Escolhida

The House of Night
Livro
3

4ª reimpressão - Novembro/2013

P.C. Cast e Kristin Cast

Escolhida

The House of Night
Livro
3

Tradução
Johann Heyss

novo século®

São Paulo 2009

Chosen
Edição original St. Martin's Press.

Produção Editorial	Equipe Novo Século
Editoração Eletrônica	Sergio Gzeschnik
Capa	Genildo Santana - Lumiar Design
Preparação de Texto	Alessandra Kormann
Revisão de Texto	Bel Ribeiro

Dados Internacionais de Catalogação na Publicação (CIP)
(Câmara Brasileira do Livro, SP, Brasil)

Cast, P.C.
Escolhida: the house of night, livro 3 / P. C. Cast e Kristin Cast; tradução Johann Heyss. – Osasco, SP: Novo Século Editora, 2009.

Título original: Chosen.

1. Ficção norte-americana I. Título

09-10956 CDD-813

Índices para catálogo sistemático:

1. Ficção: Literatura norte-americana 813

2009
IMPRESSO NO BRASIL
PRINTED IN BRAZIL
DIREITOS CEDIDOS PARA ESTA EDIÇÃO À
NOVO SÉCULO EDITORA LTDA.
Rua Aurora Soares Barbosa, 405 – 2º andar
CEP 06023-010 – Osasco – SP
Fone (11) 3699-7107 – Fax (11) 3699-7323
www.novoseculo.com.br
atendimento@novoseculo.com.br

Este livro é para todos vocês
que nos enviaram e-mails
pedindo mais e mais
Zoey e sua gangue.
Nós amamos vocês!

Agradecimentos

Agradecemos à nossa fabulosa agente Meredith Bernstein, que teve a ideia da escola de ensino médio de vampiros.

Um grande obrigado à nossa equipe de St. Martin's: Jennifer Weis, Stefanie Lindskog, Katy Hershberger, Carly Wilkins e os gênios do *marketing* e do *design*.

De P.C.:

Agradeço a todos os alunos que vivem me implorando para colocá-los nestes livros e matá-los. Vocês são ótimo material de inspiração cômica.

1

– Pois é, meu aniversário é sempre um "pé no saco" – eu disse à minha gata Nala. (Tá, na verdade eu sou mais a humana dela do que ela é minha gata. Sabe como são os gatos: eles não têm donos, têm empregados. Um fato que a maioria tenta ignorar.)

Enfim, continuei falando com a gata como se ela estivesse ligada em cada palavra que eu dizia. O que neeeem era o caso. – São dezessete anos de aniversários "pé no saco", em todo 24 de dezembro. Já estou até acostumada. Nada demais. – Eu sabia que estava dizendo aquelas palavras só para convencer a mim mesma. Nala soltou um *miauff* com aquela sua voz de gata velha resmungona e foi lamber suas partes íntimas, deixando claro que aquele assunto a entediava.

– Já sei o que vou fazer – continuei enquanto terminava de passar um pouquinho de delineador nos olhos. (E estou falando de *um pouquinho*, nada de ficar com cara de guaxinim, pois com certeza não fica bem para mim. Na verdade, para ninguém.) – Vou receber um monte de presentes bem-intencionados, que não são bem presentes de aniversário – são coisas com temas natalinos, porque as pessoas sempre tentam misturar meu aniversário com o Natal, e isso nunca dá certo. – Mas vou sorrir e fingir que estou adorando meus presentes bobos de *natalversário*, já que as pessoas não conseguem entender que não se deve misturar Natal com aniversário. Ao menos não se elas quiserem agradar.

Nala espirrou.

– É exatamente assim que me sinto em relação a isso. Mas sejamos legais, porque quando eu digo alguma coisa, fica tudo pior. Eu acabo ganhando os benditos presentes, as pessoas ficam chateadas e dá tudo errado. – Nala não pareceu convencida, então concentrei minha atenção em minha reflexão. Por um segundo pensei que tivesse exagerado no delineador, mas olhei mais de perto e percebi que o que estava deixando meus olhos tão enormes e escuros não tinha nada a ver com algo tão comum quanto um delineador. Apesar de eu já ter sido Marcada há dois meses, a tatuagem de lua crescente cor de safira entre meus olhos e as elaboradas filigranas de passamanaria, tatuadas ao redor do meu rosto, ainda tinham a capacidade de me surpreender. Passei a ponta do dedo sobre uma das espirais azuis. Depois, quase sem pensar, baixei a gola (que já era grande) do meu suéter para expor o ombro esquerdo. Joguei meus longos cabelos para trás com um movimento rápido de cabeça e exibi os desenhos tatuados que começavam na base do pescoço e se espalhavam por todo o meu ombro, descendo pela coluna até chegar ao fim das costas. Como sempre, a visão das minhas tatuagens me causou um arrepio elétrico, que misturava deslumbre e medo.

– Você é diferente de todo mundo – murmurei para meu reflexo e limpei a garganta. Continuei a falar com uma voz excessivamente pomposa – e não há problema nenhum em ser assim. – A quem eu queria enganar, pensei. – Então tá – olhei para a parte de cima de minha cabeça e fiquei, em parte, surpresa por não estar visível. Tipo, eu com certeza sentia a nuvem negra gigantesca que vinha me acompanhando há um mês. – Caraca, fico até surpresa por não estar chovendo aqui dentro. Não seria uma maravilha para meu cabelo? – eu disse com sarcasmo para meu reflexo. Então suspirei e peguei o envelope que estava na minha mesa. Sobre o endereço do remetente lia-se FAMÍLIA HEFFER, impresso em dourado reluzente. – E por falar em coisas deprimentes... – murmurei.

Nala espirrou de novo.

– Você tem razão. Melhor acabar logo com isto – abri o envelope com relutância e retirei o cartão. – Ah, que inferno. É pior do que eu esperava – havia uma enorme cruz de madeira na parte da frente do cartão, e um papel enrolado à moda antiga no meio da cruz (com um prego sangrento preso a ela). Estava escrito FELIZ NATAL em letras vermelhas (representando o sangue, naturalmente). Logo abaixo vinha escrito com a letra da minha mãe: *Espero que você esteja se lembrando de sua família neste momento abençoado do ano. Feliz aniversário, com amor, da mamãe e do papai.*

– É a cara dela – eu disse a Nala e senti uma pontada no estômago. – E ele não é meu pai – rasguei o cartão, joguei no cesto de lixo e fiquei olhando para os pedaços rasgados. – Quando meus pais não me ignoram, eles me insultam. Prefiro ser ignorada.

Dei um pulo ao ouvir a batida na porta.

– Zoey, está todo mundo querendo saber onde você está – foi fácil reconhecer a voz de Damien do outro lado da porta.

– Espere aí, estou quase pronta – gritei, procurando pensar em outra coisa, e então dei uma última olhada para meu reflexo no espelho. Concluí, sentindo um traço totalmente defensivo, que poderia deixar meu ombro exposto. – Minhas Marcas são diferentes de todas as outras. Bem que eu posso dar motivo para as pessoas ficarem me olhando, com cara de bobas, enquanto falam – murmurei.

Então soltei um suspiro. Não costumo ser tão irritadiça. Mas com meu aniversário "pé no saco", meus pais "pé no saco"...

Não. Eu não podia continuar mentindo para mim mesma.

– Queria que Stevie Rae estivesse aqui – sussurrei.

E era isso que estava me afastando dos meus amigos (inclusive dos meus namorados – dos dois) durante o último mês, e, ao mesmo tempo, o que estava me tornando uma nuvem de chuva enorme, pesada e desagradável. Eu sentia falta da minha melhor amiga e colega de quarto, que todos viram morrer no mês passado, mas que eu sabia que havia se transformado em uma criatura noturna morta-viva. Por mais melodramático e *trash* que isso possa parecer. A verdade era que agora, quando Stevie Rae deveria estar para lá e para cá envolvida com os detalhes desta minha droga de aniversário, ela estava na verdade escondida em algum túnel velho nos subterrâneos de Tulsa, conspirando com outras criaturas mortas-vivas nojentas, maldosas e fedorentas como o diabo.

– Ahn, Z? Está tudo bem aí dentro? – Damien chamou de novo, interrompendo meu blá-blá-blá mental. Peguei Nala, que não parava de resmungar, dei as costas ao tenebroso cartão de *natalversário* e corri para abrir a porta, quase trombando com Damien, que estava com cara de superpreocupado.

– Desculpe... desculpe... – murmurei. Ele seguiu ao meu lado, me olhando de canto de olho de vez em quando.

– Nunca ouvi falar sobre uma pessoa que ficasse *tão* desanimada com o próprio aniversário quanto você – Damien disse.

Nala estava se contorcendo em meu colo e eu a soltei no chão, dando de ombros, tentando forçar um sorriso indiferente. – Estou só praticando para quando eu for uma velha decrépita, tipo com uns trinta anos, e precisar mentir a idade.

Damien parou para olhar para mim. – Ah, tááááá – ele falou, esticando a palavra. – Todos nós sabemos que vampiros de trinta anos mal aparentam ter vinte e são sempre lindos. Na verdade, vampiros de cento e trinta anos ainda parecem ter vinte e poucos anos e continuam lindos. Esse seu papo de idade é pura besteira. O que está realmente acontecendo com você?

Enquanto eu hesitava, tentando imaginar o que deveria dizer a Damien e o que não deveria, ele levantou uma das sobrancelhas cuidadosamente delineadas e disse, com sua melhor voz de professor de escola:

– Você sabe como somos sensíveis às emoções, então é melhor desistir e me dizer a verdade.

Eu soltei outro suspiro. – Vocês *gays* são assustadoramente intuitivos.

– Somos assim: homos – os poucos, os orgulhosos, os hipersensíveis.

– Homo não é um termo depreciativo?

– Não se for usado por um homo. Mas você está tentando me enrolar, não está funcionando – ele chegou a pôr a mão na cintura e bater o pé.

Sorri para ele, mas sabia que a expressão não combinava com meus olhos. Com uma intensidade que me surpreendeu, eu de repente senti uma vontade desesperada de dizer a verdade a Damien.

– Estou com saudade de Stevie Rae – desabafei antes que pudesse segurar a língua.

Ele não hesitou. – Eu sei – e ficou com os olhos imediatamente molhados.

E foi isto. Parecia que um dique havia se rompido dentro de mim, e as palavras saíram desembestadas. – Ela tinha de estar aqui! Ela estaria correndo que nem uma louca para fazer a decoração de aniversário e provavelmente fazendo um bolo sozinha.

– Um bolo terrível – Damien disse fungando um pouquinho.

– É, mas seria uma das *receitas favoritas da mamãe* – eu disse, imitando o carregado sotaque de Oklahoma de Stevie Rae, o que me fez sorrir entre as lágrimas. Pensei em como era esquisito compartilhar com Damien minha insatisfação e poder justificá-la, e então meu sorriso alcançou meus olhos.

– E as gêmeas e eu ficaríamos irritados por ela insistir que todos nós usássemos aqueles chapeuzinhos pontudos de aniversário, com aqueles prendedores de elástico que pinicam sob o queixo – ele teve um arrepio de horror nem tão fingido assim. – Deus do céu, aquilo é tão pouco atraente.

Eu ri e senti um pouco da tensão em meu peito começando a se dissolver. – Tem algo em Stevie Rae que me faz sentir bem – não percebi que estava usando o tempo presente, até que Damien parou de sorrir.

– É, ela *era* demais – ele disse com ênfase extra no *era* enquanto olhava para mim como se estivesse preocupado com minha sanidade mental. Se ao menos ele soubesse da verdade. Se eu pudesse contar.

Mas não podia. Se eu fizesse isso, Stevie Rae ou eu, ou ambas, acabaríamos mortas. E, desta vez, para valer.

Então, ao invés de falar, agarrei o braço de meu amigo evidentemente preocupado, e o fiz descer a escada comigo em direção à sala de estar do dormitório das garotas, onde meus amigos me esperavam (com seus presentes "pé no saco").

– Vamos. Estou sentindo necessidade de abrir presentes – eu menti, cheia de entusiasmo.

– *Aimeudeus*! Mal posso esperar para você abrir o meu! – Damien disse efusivamente. – Levei uma eternidade para comprar!

Eu sorri e balancei a cabeça apropriadamente enquanto Damien continuava a falar sem parar sobre sua busca pelo presente perfeito. Ele não costumava ser tão *gay* assim normalmente. Não que o fabuloso Damien Maslin não fosse *gay* de verdade. Ele é totalmente *gay*. Mas também é um gatinho alto, de cabelos castanhos e olhos grandes que tinha potencial para ser ótimo namorado (e era – para outros garotos). Ele não era nenhum *gayzinho* serelepe, mas quando começava a falar de compras, suas tendências afeminadas afloravam. Não que eu não gostasse disto nele. Acho que ele fica lindo ao tagarelar sobre a importância de comprar sapatos bons, e naquele momento seu blá-blá-blá me acalmou. Estava me dando forças para encarar os presentes idiotas que (lamentavelmente) me aguardavam.

Pena que aquilo não me ajudava a encarar o que realmente estava me incomodando.

Ainda falando sobre sua busca ao presente, Damien me conduziu ao salão principal do dormitório. Acenei para os montes de garotas agrupadas ao redor das tevês de tela plana, enquanto nos dirigíamos à salinha ao lado, que servia de biblioteca e sala de informática. Damien abriu a porta e meus amigos irromperam em um coro totalmente desafinado o "parabéns pra você". Ouvi Nala resmungar e, pelo canto do olho, eu a vi saindo pela porta, em direção à entrada. *Covarde*, eu pensei, apesar de estar com vontade de fugir com ela.

Quando a canção acabou (graças a Deus), minha gangue veio toda para cima de mim.

– Parabéns! – as gêmeas disseram juntas. Tá, elas não são gêmeas genéticas. Erin Bates é uma garota muito branca de Tulsa, e Shaunee Cole é uma linda mulata descendente de jamaicanos que cresceu em Connecticut, mas as duas são tão bizarramente parecidas que a cor da pele e a região de onde vieram não faziam a menor diferença. São gêmeas espirituais, o que é bem mais forte que a mera biologia.

– Feliz aniversário, Z. – disse uma voz profunda e muito, muito *sexy* que eu conhecia tão bem. Saí do abraço de sanduíche das gêmeas e fui para os braços do meu namorado, Erik. Bem, tecnicamente, Erik era um dos meus dois namorados. O outro era Heath, um adolescente humano que namorei antes de ser Marcada, e com o qual eu não devia ter mais nada, não fosse pelo fato de eu ter sugado seu sangue, meio que acidentalmente, e com isso ter provocado uma nova ligação entre nós. Estávamos Carimbados, então, ele era meu outro namorado à revelia. É, é confuso. Sim, Erik fica louco com isto. Sim, eu suponho que ele vai me dar o fora qualquer dia desses por causa disso.

– Obrigada – murmurei, levantando os olhos para ele e me deixando aprisionar por aqueles olhos incríveis. Erik é alto e sensual, com cabelos escuros de Super-Homem e olhos incrivelmente azuis. Relaxei em seus braços, um gesto que não me permiti nos últimos meses, e temporariamente me aqueci no seu cheiro bom e na sensação de segurança que me vinha quando estava perto dele. Ele me olhou nos olhos e, como nos filmes, por um segundo todo mundo desapareceu e só havíamos nós dois ali. Ao perceber que eu não saía de seus braços, sorriu lentamente esboçando uma leve surpresa, o que provocou uma dorzinha em meu coração. Eu estava pegando pesado com ele e não sabia direito por quê. Por impulso, fiquei na ponta dos pés e o beijei, para grande alegria dos meus amigos.

– Ei, Erik, que tal compartilhar um pouco dessa doçura de aniversário? – Shaunee balançou as sobrancelhas para meu sorridente namorado.

– Sim, coisinha linda – Erin disse, e balançou as sobrancelhas como Shaunee à moda das gêmeas. – Que tal um beijinho de aniversário aqui também?

Revirei meus olhos para as gêmeas e disse: – O aniversário não é dele. Só se beija o aniversariante.

– Droga – Shaunee disse. – Adoro você, Z., mas não quero beijá-la.

– Beijar garotas? Qual é?! – Erin disse, então sorriu para Damien (que olhava para Erik com adoração). – Deixo para Damien este negócio de beijar o mesmo sexo.

– Ahn? – Damien disse, claramente dando mais atenção à beleza de Erik do que para as gêmeas.

– Outra vez, nós dissemos que... – Shaunee começou.

– ... ele não joga no seu time! – Erin terminou.

Erik deu uma boa risada e um soquinho bem masculino no braço de Damien, dizendo: – Ei, se eu resolver mudar de time, você será o primeiro a saber.

(Outra razão pela qual eu o adoro. Ele é megapopular e gente boa. Aceita as pessoas como elas são, sem ficar bancando o gostoso esnobe.)

– Ahn, espero que *eu* seja a primeira a saber se você resolver mudar de time – eu disse.

Erik riu e me abraçou, murmurando em minha orelha: – Você jamais vai precisar se preocupar com isso.

Enquanto eu estava pensando seriamente em roubar outro beijo de Erik, um minirredemoinho adentrou o recinto na forma de Jack Twist, namorado de Damien.

– Oba! Ela ainda não abriu os presentes. Feliz aniversário, Zoey! – Jack nos abraçou (sim, a Damien e a mim) e foi um abraço forte.

– Eu disse que você tinha de se apressar – Damien disse quando saímos dos braços uns dos outros.

– Eu sei, mas eu tinha de ter certeza que tudo estava embrulhado *direitinho* – Jack respondeu com um floreado que só poderia vir de um garoto *gay*. Retirou de sua bolsa masculina, em seu braço, uma caixa embrulhada em papel de presente vermelho com um laço verde brilhante tão grande que quase engolia o embrulho. – Eu mesmo fiz o laço.

– Jack é muito bom com embrulhos para presente – Erik disse. – Ele só não é bom para limpar a bagunça que faz.

– Desculpe – Jack disse docilmente. – Juro que vou limpar tudo depois da festa.

Erik e Jack eram colegas de quarto, o que provava como Erik era legal. Ele é um quinto-formando (em linguagem normal, ele era do terceiro ano do ensino médio) e sem dúvida o cara mais legal da escola. Jack é um terceiro-formando (um calouro), um novato, lindinho, mas meio *nerd*, e totalmente *gay*. Erik podia ter criado o maior caso por dividir o quarto com um *gay* e podia ter se negado, transformando a vida de Jack na Morada da Noite em um verdadeiro inferno. Mas, ao invés disso, parecia totalmente tranquilo e o tratava como um irmãozinho, o mesmo tratamento que ele dispensava a Damien, que estava oficialmente ficando com Jack há cinco semanas. (Todos nós sabíamos, porque Damien é ridiculamente romântico e comemora aniversários até de meia semana de relacionamento. Sim, para todos nós aquilo era uma piada. Mas de boa...)

– *Hello*! Falando em presentes! – Shaunee disse.

– Sim, traga esta caixa com o laço gigante para a mesa de presentes e deixe Zoey abrir – Erin disse.

Ouvi Jack murmurar para Damien: – Laço gigante? – e flagrei o olhar de Damien pedindo *socorro* enquanto dizia a Jack: – Não, está perfeito!

– Tudo bem, vou abrir primeiro este – peguei o pacote das mãos dele, fui até a mesa e comecei a tirar cuidadosamente o laço verde gigantesco e brilhante do papel de presente vermelho. – Acho que vou guardar este laço tão legal – disse ao terminar de retirá-lo.

Damien piscou para mim em agradecimento. Ouvi Erik e Shaunee abafando o riso e dei um chute em um deles, fazendo-os se calarem. Pus o laço de lado, abri a caixa e tirei...

Ah, minha nossa.

– Um globo de neve – eu disse, tentando soar feliz. – Com um boneco de neve dentro – tá, mas um globo de neve com um boneco de neve dentro *não é* presente de aniversário. É decoração natalina. E das mais cafonas.

– É! É! E ouça só o que toca! – Jack disse, praticamente pulando de excitação ao tomar o globo das minhas mãos, mover um botão na base para o boneco de neve começar a girar e a tocar uma musiquinha dolorosamente desafinada.

– Obrigada, Jack. É muito lindo – menti.

– Que bom que você gostou – Jack disse. – É meio que um tema para o seu aniversário.

Então ele olhou para Erik e Damien. Os três se entreolharam e sorriram como garotinhos peraltas.

Eu plantei um sorriso no rosto: – Bom, acho que devo abrir o próximo presente.

– O meu é o próximo! – Damien me deu uma caixa comprida e leve.

Com um sorriso firme no rosto comecei a abrir a caixa, apesar de desejar profundamente que eu pudesse me transformar em uma gata, resmungar e sair correndo daquela sala também.

2

– Aaah, que lindo! – passei a mão no tecido do cachecol, totalmente chocada por ter ganhado um presente legal.

– É de caxemira – Damien disse presunçosamente.

Eu o tirei da caixa, entusiasmada ao ver o tom de creme chique e brilhante ao invés de algum daqueles presentes de *natalversário* vermelhos ou verdes que eu costumava ganhar. Mas então o tempo pareceu parar quando me dei conta de que me entusiasmara cedo demais.

– Viu os bonecos de neve bordados nas pontas? – Damien perguntou. – Não são lindos?

– Sim, lindos – eu disse. Claro, *para o Natal,* eles eram lindos. Para um presente de aniversário, ahn, nem tanto.

– Muito bem, agora somos nós – Shaunee disse, entregando-me uma caixa grande e negligentemente embalada em papel alumínio verde-árvore-de-Natal.

– E não seguimos o tema do boneco de neve – Erin disse, fazendo cara feia para Damien.

– É, ninguém nos avisou – Shaunee também fez cara feia para Damien.

– Tudo bem! – eu disse um pouquinho rápido demais e, com entusiasmo excessivo, rasguei o embrulho. Dentro do pacote havia um par de botas de couro de salto *stiletto* que seriam totalmente lindas e chiques e fabulosas... *se* não fossem as árvores de Natal (com ornamentos vermelhos e dourados) alinhavadas em plena cor nas laterais das botas. *Isto só dá para usar no Natal*. Ou seja, mais uma droga de presente de *natalversário*. – Ah, obrigada – tentei bancar a entusiasmada. – São muito bonitinhas.

– Levamos uma eternidade para achar – Erin disse.

– É, botas comuns não têm nada a ver com a senhorita Nascida-em-Vinte-e-Quatro-de-Dezembro – Shaunee disse.

– De jeito nenhum. Botas de couro normais de salto *stiletto* estão fora de consideração – eu disse, e senti vontade de chorar.

– Ei, ainda tem mais um presente.

A voz de Erik me arrancou do buraco negro de minha depressão causada pelos presentes de *natalversário*. – Ah, mais um? – torci para que apenas meus ouvidos tivessem percebido o tom de "ah, mais um presente trágico".

– É, mais um – quase timidamente Erik me entregou uma caixinha retangular bem pequena. – Tomara mesmo que você goste.

Baixei os olhos para a caixa antes de pegá-la e quase dei um gritinho de surpresa e felicidade. Erik estava segurando um presente embalado em prateado e dourado com um adesivo da joalheria Moody's Fine elegantemente colado bem no meio. (Juro que ouvi o coro de "aleluia" crescendo ao fundo.)

– É da Moody's! – soei ofegante, mas não consegui me controlar.

– Tomara que você goste – Erik repetiu, levantando a mão e oferecendo a caixinha prateada e dourada como um pequeno tesouro.

Rasguei o lindo embrulho, revelando uma caixa de veludo negro. Veludo. Juro. Veludo mesmo. Mordi o lábio para não dar risada, prendi a respiração e abri.

A primeira coisa que vi foi o brilho de uma corrente de platina. Sem palavras de felicidade, meus olhos acompanharam a corrente em direção às belas pérolas aninhadas no elegante veludo.

Veludo! Platina! Pérolas! Aspirei para começar a dizer *ah-meu-Deus-Erik-você-é-o-melhor-namorado-do-mundo* quando percebi que as pérolas tinham um formato estranho. Será que elas eram defeituosas?

Será que a Moody's Fine, uma joalheria tão fabulosamente exclusiva e incrivelmente cara, havia passado meu namorado para trás? Foi quando me dei conta do que estava vendo.

As pérolas tinham formato de boneco de neve.

– Gostou? – Erik perguntou. – Quando vi, achei a cara do seu aniversário e tive de comprar para você.

– É. Gostei. É, ahn, diferente – esforcei-me para dizer.

– Foi Erik quem deu a ideia de usarmos o tema "boneco de neve"! – Jack gritou todo feliz.

– Bem, não foi exatamente um tema – Erik disse com as bochechas corando. – Só achei que seria diferente, não seria como aqueles corações que todo mundo ganha, esse tipo de coisa.

– É isso aí, corações e coisas assim são tão típicas de aniversários. Quem iria querer algo assim? – eu disse.

– Deixe-me colocar em você – Erik disse.

Eu não podia fazer mais nada senão levantar meu cabelo e deixar Erik fechar a delicada corrente ao redor do meu pescoço. Eu senti o boneco de neve pendendo pesado e repulsivamente festivo bem entre meus seios.

– É bonitinho – Shaunee disse.

– E muito caro – Erin completou. As duas gêmeas balançaram a cabeça simultaneamente em aprovação.

– Combina perfeitamente com o cachecol que eu dei – Damien falou.

– E com o globo de neve que eu dei! – Jack acrescentou.

– É com certeza um tema de aniversário no Natal – Erik disse, lançando um olhar encabulado para as gêmeas, que responderam com sorrisos indulgentes.

– Sim, sim, com certeza é um tema de aniversário no Natal – eu disse, tocando o boneco de neve de pérola com o dedo. Então dei um sorriso bem luminoso e forçado para todos. – Obrigada, pessoal. Eu fico realmente grata pela dedicação e pelo tempo que vocês levaram para procurar estes presentes tão especiais. Sério mesmo – e estava falando sério mesmo. Eu podia ter odiado os presentes, mas as intenções por detrás deles eram algo completamente diferentes.

Meus amigos totalmente sem-noção se juntaram e nos demos um abraço grupal meio esquisito e todos rimos. Foi quando a porta se abriu e a luz do corredor brilhou em cada fio daqueles cabelos tão compridos e louros.

– Tome.

Felizmente, meus reflexos de vampira em transformação eram muito bons, e peguei a caixa que ela jogou em minha direção.

– O carteiro passou quando você estava aqui com sua turma de *nerds* – ela falou com um tom de desprezo.

– Cai fora Aphrodite, sua bruxa – Shaunee disse.

– Antes que a gente lhe jogue água e você derreta – Erin completou.

– Não tô nem aí – Aphrodite respondeu. Ela começou a dar meia-volta, mas parou e me lançou um sorriso amplo e inocente antes de dizer: – Uma graça seu colar de boneco de neve – nossos olhos se encontraram e eu posso jurar que ela piscou para mim antes de jogar o cabelo e sair rapidamente.

– Mas que cachorra – Damien disse.

– Ela deveria ter aprendido a lição depois de perder para você o comando das Filhas das Trevas e de Neferet declarar que a Deusa havia lhe tomado os dons – Erik disse. – Mas essa garota não tem jeito.

Fiz cara feia para ele. *Quem fala é Erik Night, seu ex-namorado.* Eu nem precisei dizer as palavras em voz alta. Pelo jeito que Erik desviou o olhar do meu, estava na cara que a expressão em meus olhos dispensava palavras.

– Não deixe que ela estrague seu aniversário, Z. – Shaunee disse.

– Ignore aquela megera detestável. Todo mundo ignora – Erin acrescentou.

Erin tinha razão. O egoísmo de Aphrodite a levou a ser publicamente chutada da liderança das Filhas das Trevas, o grupo de alunos mais exclusivo da escola. E o cargo de líder das Filhas das Trevas, bem como de sacerdotisa em treinamento, foi dado a mim e, desde então, ela perdera seu lugar de novata mais popular e poderosa. Nossa Grande Sacerdotisa, Neferet, que também era minha mentora, deixara claro que nossa Deusa Nyx havia revogado suas bênçãos sobre Aphrodite. Basicamente, Aphrodite, que antes era adorada em um pedestal de popularidade, agora era uma excluída.

Infelizmente, eu sabia que a história não era bem como o pessoal estava pensando. Foi através das visões de Aphrodite, visões que *sem dúvida alguma* não lhe haviam sido tiradas, que eu salvara minha avó e também Heath, meu namorado humano. Claro que ela ajudou de má vontade e visando tirar partido, mas mesmo assim. Heath e vovó estavam vivos, e isso em boa parte se devia a Aphrodite. Além disso, recentemente eu descobrira que Neferet, nossa Grande Sacerdotisa – minha mentora, a *vamp* mais venerada da escola –, tampouco era o que parecia ser. Na verdade, eu estava começando a acreditar que Neferet devia ser tão má quanto poderosa.

A *escuridão nem sempre equivale ao mal, assim como a luz nem sempre traz o bem.* As palavras que Nyx me dissera no dia em que fui Marcada me passaram rapidamente pela cabeça, resumindo o problema com Neferet. Ela não era o que parecia. E eu não podia contar nada a ninguém – ao menos a ninguém que fosse vivo (e assim me restava apenas minha melhor amiga morta-viva com quem eu não conseguira falar ao longo do mês passado inteiro). Felizmente, eu também não falava com Neferet fazia um mês. Ela tinha ido participar de um retiro de inverno na Europa e só voltaria depois do Ano-Novo. Eu me dei conta de que devia fazer um plano para enfrentá-la quando ela estivesse de volta. Até agora, meu plano consistia apenas nisto: em fazer um plano. Ou seja, plano nenhum. Droga.

– Ei, o que tem no pacote? – Jack perguntou, arrancando-me de meu pesadelo mental de volta para o pesadelo de minha festa de *natalversário*.

Olhamos todos para o pacote embrulhado em papel marrom que eu ainda estava segurando.

– Sei lá – eu disse.

– Aposto que é outro presente de aniversário! – Jack gritou. – Abra!

– Cara... – eu disse. Mas quando meus amigos me olharam com cara de que não estavam entendendo nada, tratei de abrir o embrulho. Dentro do papel de embrulho marrom e comum havia outra caixa, esta embalada em um lindo papel lavanda.

– E *é* outro presente de aniversário! – Jack deu um gritinho.

– Adivinhe de quem é? – Damien perguntou.

Eu estava me perguntando a mesma coisa, e pensando que aquele papel me lembrava minha avó, que morava em uma impressionante fazenda de lavandas. Mas por que ela me enviaria este presente pelo correio se tínhamos encontro marcado para mais tarde, à noite?

Tirei a tampa da caixa lisa e branca e abri. Dentro havia outra caixa, bem menor, aconchegada em um monte de papel. Fiquei simplesmente morta de curiosidade e tirei a caixinha do meio do ninho de papel lavanda. Vários pedaços do papel ficaram presos ao fundo da caixa pela eletricidade estática e, antes de abri-la, esfreguei-a para removê-los. Enquanto os papeizinhos flutuavam sobre a mesa, dei uma olhada para o interior da caixa e perdi o ar, perplexa. Sobre um leito de algodão branco estava a pulseira de prata mais linda que eu já vira. Eu a peguei, exclamando "oh" e "ah" enquanto fitava, encantada, a peça cintilante. A pulseira tinha desenhos de estrelas-do-mar, conchas e cavalos-marinhos, todos separados por adoráveis coraçõezinhos de prata.

– Totalmente perfeita! – eu disse, ajustando a peça em meu pulso. – Quem será que me mandou esta pulseira? – rindo, virei o pulso para lá e para cá, deixando a luz de gás que nossos olhos de novatos captavam tão bem refletir na prata polida e fazê-la brilhar como joias facetadas. – Só pode ter sido minha avó, mas isso é estranho, pois vamos nos encontrar daqui a... – e então percebi que havia no ar um silêncio absolutamente desconfortável.

Tirei os olhos do meu pulso e olhei para meus amigos. Suas expressões iam do choque (Damien) à irritação (as gêmeas), chegando enfim à raiva (Erik).

– O que foi?

– Tome – Erik disse, entregando-me um cartão que devia ter caído da caixa com os pedaços de papel pendurados.

– Ah – eu disse, reconhecendo a caligrafia no mesmo instante.

Ah, que inferno! Era de Heath. Mais conhecido como namorado número dois. Enquanto lia o bilhete, senti meu rosto esquentar, sabendo que estava ganhando um tom de vermelho nada atraente.

Zo – FELIZ ANIVERSÁRIO!!! Eu sei como você odeia aqueles presentes infelizes de natalversário *que misturam seu aniversário com o Natal, então mandei algo que sei que você vai gostar. Ei! Não tem nada a ver com o Natal! Dããã! Estou odiando as drogas das Ilhas Cayman e estas férias chatas com meus pais, e estou contando os dias para rever você. Até o dia 26! Eu te amo!*

Heath

– Ah – repeti como uma retardada. – É, ahn, de Heath – minha vontade era poder desaparecer.

– Por favor. Por favor *mesmo*. Por que você não disse a ninguém que não gostava de presentes de aniversário que tivessem algo a ver com o Natal? – Shaunee indagou com seu jeito muito franco.

– É, era só dizer – Erin disse.

– Ah – respondi sucintamente.

– Achamos que o tema do boneco de neve ficaria bonitinho, mas se você odeia essas coisas de Natal, de bonitinho não tem nada – Damien opinou.

– Eu não odeio coisas de Natal – consegui dizer.

– Eu gosto de globos de neve – Jack disse baixinho, parecendo prestes a chorar. – A parte da neve me alegra.

– Parece que Heath conhece seu gosto melhor do que a gente aqui – a voz de Erik soou indiferente e fria, mas seus olhos estavam turvos de mágoa, o que me deixou com dor no estômago.

– Não, Erik, não é nada disso – eu disse logo, dando um passo em direção a ele.

Ele recuou como se eu tivesse alguma doença contagiosa, e aquilo de repente me irritou. Eu não tinha culpa se Heath me conhecia desde a terceira série do ensino fundamental e já tinha se tocado muitos anos antes que eu não gostava de presentes de *natalversário*. Tá, tudo bem, ele sabia coisas sobre mim que os demais não sabiam. Não havia nada de errado nisso! O garoto fazia parte da minha vida desde os sete anos de idade. Erik, Damien, as gêmeas e Jack estavam em minha vida fazia dois meses – ou menos. Que culpa eu tinha?

Determinada, olhei para o relógio em meu pulso com movimentos explícitos: – Preciso encontrar minha avó no Starbucks daqui a quinze minutos. É melhor eu não me atrasar – caminhei até a porta, mas parei antes de sair da sala. Dei meia-volta e olhei para minha turma de amigos: – Eu não tinha intenção de magoar ninguém. Desculpem se o bilhete de Heath deixou vocês mal, mas não tenho culpa. E eu disse a uma pessoa que não gosto quando misturam meu aniversário com o Natal. Eu disse a Stevie Rae.

3

O Starbucks de Utica Square, aquele *shopping center* ao ar livre superlegal que ficava bem no fim da rua da Morada da Noite, estava bem mais cheio do que eu esperava. Tipo, claro, era uma noite de inverno excepcionalmente quente, mas também era 24 de dezembro, e quase nove da noite. Eu imaginava que as pessoas estariam em casa, preparando-se para ver doces natalinos e sei lá que outras guloseimas, e não correndo atrás de uma dose de cafeína.

Não, eu disse a mim mesma severamente, *eu não vou encontrar minha avó de baixo-astral. Mal tenho chance de vê-la e não vou desperdiçar o pouquinho de tempo que temos.* Além do mais, vovó estava ligada que presentes de *natalversário* não tinham nada a ver. Ela sempre me dava algo único e maravilhoso, como ela própria.

– Zoey! Estou aqui!

Na outra ponta da calçada do Starbucks vi minha avó acenando para mim. Desta vez não tive de fingir o sorriso. A onda de felicidade ao vê-la sempre era autêntica, o que me fez abrir caminho às pressas entre um monte de gente para alcançá-la.

– Ah, Zoey Passarinha! Senti tanta saudade de você, *u-we-tsi-a-ge-hu-tsa!* – fui envolvida pelo termo Cherokee para filha e pelos braços quentes e familiares de minha avó, com aquele doce aroma de lavanda e de lar. Eu me agarrei a ela, absorvendo amor, segurança e aceitação.

– Também senti saudade, vó.

Ela me apertou mais uma vez e depois se afastou um pouco, ainda me segurando pelos ombros: – Deixe-me olhar para você. Sim, dá para dizer que você tem dezessete anos. Você parece bem mais madura e acho que está um pouquinho mais alta do que quando tinha só dezesseis anos.

Eu sorri.

– Ah, vó, a senhora sabe que eu não estou diferente coisa nenhuma.

– Claro que está. Os anos sempre acrescentam beleza e força a certo tipo de mulher. O seu tipo.

– A senhora também está ótima, vó! – eu não estava falando da boca para fora. Vovó tinha zilhões de anos – tinha seus cinquenta e alguma coisa –, mas para mim não parecia ter idade. Tá, não sem idade como as vampiras que pareciam ter vinte e poucos aos cinquenta e poucos anos (ou cento e cinquenta e poucos). Vovó era uma adorável humana sem idade definida com seus cabelos grisalhos grossos e seus olhos castanhos gentis.

– Queria que você não tivesse de cobrir suas lindas tatuagens para vir aqui – os dedos de minha avó pousaram brevemente em meu rosto carregado da maquiagem que os novatos tinham de usar para disfarçar as tatuagens sempre que saíam do *campus* da Morada da Noite. Sim, os humanos sabiam da existência dos vampiros – os vampiros adultos não se escondiam. Mas as regras para os novatos eram diferentes. Acho que fazia sentido – nem sempre os adolescentes lidavam bem com o conflito, e o mundo humano parecia realmente entrar em conflito com os vampiros.

– É assim que tem que ser. Regras são regras, vó – dei de ombros.

– Você não cobriu as lindas Marcas no seu pescoço e no seu ombro, cobriu?

– Não, por isso estou usando esta jaqueta – olhei ao redor para me certificar de que não havia ninguém nos observando, joguei meu cabelo para trás e baixei o ombro da jaqueta para mostrar as espirais em forma de renda cor de safira tatuadas na minha nuca e no meu ombro.

– Ah, Zoey Passarinha, que coisa mais mágica – vovó disse baixinho. – Fico tão orgulhosa por você ter sido Escolhida e Marcada de modo tão especial pela Deusa.

Ela me abraçou outra vez e eu me agarrei a ela, incrivelmente feliz por ela existir em minha vida. Ela me aceitava pelo que eu era. Ela não ligava se eu estava virando vampira e se eu já estava sentindo sede de sangue. Ela não se importava com o fato de eu ter o poder de manifestar todos os cinco elementos: ar, fogo, água, terra e espírito.

Para minha avó eu era sua verdadeira *u-we-tsi-a-ge-hu-tsa,* sua filha de coração, e todo o resto era secundário. Era esquisito, e maravilhoso que ela e eu pudéssemos ser tão próximas e tão parecidas enquanto sua filha de verdade, minha mãe, era tão completamente diferente.

– Aí está você. O trânsito estava um horror. Detesto dirigir de Broken Arrow para Tulsa em feriados.

Como se meus pensamentos a tivessem tragicamente conjurado, a voz de minha mãe foi como um balde de água fria em minha felicidade. Vovó e eu nos soltamos ao ver minha mãe parada ao lado de nossa mesa, segurando uma caixa retangular de padaria e um presente embrulhado.

– Mãe?

– Linda? – vovó e eu falamos juntas. Não era surpresa que minha avó estivesse tão chocada quanto eu pelo súbito aparecimento de minha mãe. Vovó jamais teria convidado minha mãe sem me avisar. Nós duas pensávamos o mesmo sobre minha mãe. Primeiro, ela nos entristecia. Segundo, queríamos que ela fosse capaz de mudar. Terceiro, sabíamos que dificilmente isto aconteceria.

– Não façam essas caras de surpresa. O que tem de surpreendente em minha presença na comemoração de aniversário de minha própria filha?

– Mas, Linda, quando eu falei com você na semana passada, você disse que ia mandar o presente de aniversário de Zoey pelo correio – minha avó disse, parecendo tão irritada quanto eu.

– Isso foi antes de a senhora dizer que ia encontrá-la aqui – minha mãe respondeu, depois virou-se para mim fazendo cara feia. – Não que Zoey tenha me convidado, mas já estou acostumada a ter uma filha sem consideração.

– Mãe, faz mais de um mês que você não fala comigo. Como eu poderia lhe fazer algum convite? – tentei manter um tom neutro. Eu realmente não queria que a visita de minha avó se transformasse em uma cena dramática, mas minha mãe nem havia dito dez frases ainda e já estava conseguindo me irritar profundamente. A não ser por aquele cartão idiota de *natalversário* que ela havia me mandado, o único contato que tive com minha mãe foi quando ela e seu horroroso marido, o padrastotário, vieram me visitar na Morada da Noite no mês passado. Foi um pesadelo total. O padrastotário, que era Veterano da Igreja do Povo de Fé, havia sido bitolado, intolerante e fanático como sempre e terminou sendo praticamente expulso e proibido de voltar lá. Como sempre, minha mãe foi atrás com o rabinho entre as pernas, como boa esposinha submissa que era.

– Você não recebeu meu cartão? – o tom de voz frágil de minha mãe começou a se desfazer sob meu olhar fixo.

– Sim, mãe. Recebi.

– Viu? Eu pensei em você.

– Tá, mãe.

– Sabe, você podia ligar para sua mãe de vez em quando – ela disse com uma vozinha chorosa.

Eu suspirei.

– Desculpe, mãe. O final de semestre na escola tem sido uma loucura.

– Espero que você esteja tirando boas notas.

– Estou, mãe – ela me fazia sentir tristeza, solidão e raiva ao mesmo tempo.

– Que bom – minha mãe secou os olhos e começou a fazer o maior alvoroço com os pacotes que havia trazido. Então acrescentou, com uma voz falsamente animada: – Vamos, vamos todas nos sentar. Zoey, você podia ir ao Starbucks e nos trazer algo para beber em um minuto. Que bom que sua avó me convidou. Como sempre, ninguém pensou em trazer um bolo.

Nós nos sentamos e minha mãe se digladiou com a caixa de padaria. Enquanto ela estava ocupada, minha avó e eu trocamos um olhar de completo entendimento. Eu sabia que ela não havia convidado minha mãe, e ela sabia que eu absolutamente odiava bolo de aniversário. Principalmente aqueles bolos baratos e doces demais que minha mãe sempre comprava na padaria.

Com o tipo de fascinação mórbida normalmente reservada a espiar carros batidos, observei minha mãe abrir a caixa de padaria. Dentro, havia um bolinho quadrado de uma só camada. O *Feliz Aniversário* genérico estava escrito em vermelho, combinando com as gotas em forma de poinsétias vermelhas nos cantos. O resto do bolo era coberto de glacê verde.

– Não parece bom? Bonito e natalino – minha mãe disse enquanto tentava tirar a etiqueta de desconto da tampa da caixa. Então ela parou e olhou para mim com olhos bem abertos. – Mas você não comemora mais o Natal, não é?

Retomei o sorriso fingido que utilizara antes e o plantei no rosto: – Nós comemoramos o Yule, ou Solstício de Inverno, que foi dois dias atrás.

– Aposto que o *campus* está lindo agora – vovó sorriu para mim e me deu um tapinha na mão.

– Por que o *campus* estaria lindo? – minha mãe voltara a fazer aquela vozinha frágil. – Se eles não comemoram o Natal, por que montariam árvores de Natal?

Vovó se antecipou a mim na explicação: – Linda, o Yule já era celebrado muito antes do Natal. Povos antigos já montavam *árvores de Natal* – ela disse com uma voz levemente sarcástica – milhares de anos antes. Foram os cristãos que adotaram a tradição dos pagãos, e não o contrário. Na verdade, a Igreja escolheu 25 de dezembro como data do nascimento de Jesus para coincidir com a comemoração do Yule. Se você puxar pela memória, vai se lembrar de que, quando era criança, nós passávamos pinhas na manteiga de amendoim, juntávamos maçãs, pipoca e amoras e decorávamos a árvore do lado de fora, que eu sempre chamei de árvore do Yule, além da árvore de Natal que tínhamos dentro de casa – Vovó deu um sorriso triste e confuso para a filha e se voltou para mim: – Então você decorou as árvores no *campus*?

Eu fiz que sim com a cabeça: – É, elas estão incríveis e os pássaros e esquilos também estão totalmente enlouquecidos.

– Bem, por que você não abre seus presentes para depois comermos bolo e tomarmos café? – minha mãe disse, agindo como se minha avó e eu não tivéssemos dito nada.

Vovó procurou se animar. – Sim, já faz um mês que estou ansiosa para lhe dar isto – ela se abaixou e pegou dois presentes debaixo de seu lado da mesa. Um dos pacotes era grande e tinha um embrulho muito colorido (sem nada a ver com Natal). O outro era do tamanho de um livro e estava coberto por papel de seda cor de nata, daqueles que só se vê em butiques chiques. – Abra este primeiro – vovó me passou o pacote grande e eu o abri avidamente, encontrando dentro dele a magia de minha infância.

– Ah, vó! Muito obrigada mesmo! – apertei o rosto contra a lavanda em plena flor que ela plantara em um pote de barro púrpura e respirei fundo para sentir o cheiro. O aroma daquela planta maravilhosa me trouxe visões de preguiçosos dias de verão e piqueniques com vovó. – É perfeita – eu disse.

– Tive de cultivá-la na estufa às pressas para que estivesse em flor para você. Ah, e você vai precisar disto – vovó me deu um saco de papel. – Aqui dentro tem uma lâmpada para que não falte luz à planta e você não precise abrir a janela e sinta dor nos seus olhos.

Sorri para ela: – A senhora pensa em tudo – dei uma olhada em minha mãe e percebi que ela estava com aquela cara sem expressão que eu conhecia e que significava que ela queria estar em outro lugar. Senti vontade de perguntar por que ela se dera ao trabalho de vir, mas a dor travou minha garganta, o que me surpreendeu. Pensei que ela já não fosse mais capaz de me magoar. Parece que na verdade ter dezessete anos não tinha nada a ver com ser mais madura, como eu havia imaginado.

– Tome, Zoey Passarinha, eu lhe trouxe mais uma coisinha – vovó disse, e me passou o presente embrulhado em papel de seda. Notei que ela também havia percebido o silêncio mortal de minha mãe e, como sempre, estava tentando compensar a péssima mãe que era sua filha.

Engoli o nó que se formou em minha garganta e, ao abrir o presente, vi que era um livro encadernado em couro mais velho que os dinossauros. Então vi o título e ofeguei: – *Drácula!* Você está me dando uma cópia antiga de *Drácula!*

– Olhe para a página do *copyright*, meu bem – vovó disse, os olhos brilhando de alegria.

Eu virei a página e não acreditei no que vi: – *Aimeudeus*! É a primeira edição!

Vovó deu risada, feliz da vida: – Vire algumas páginas – virei e me deparei com a assinatura de Bram Stoker na página do título, datada de janeiro de 1899.

– É uma primeira edição *autografada*! Deve ter custado um zilhão de dólares! – abri os braços para minha avó e a abracei.

– Na verdade, descobri esta cópia em um velho sebo de livros que ia fechar as portas. Estava de graça. Afinal, é nada menos que a primeira edição do lançamento americano de Stoker.

– É inacreditavelmente legal, vó! Muito obrigada mesmo.

– Bem, eu sei como você ama esta velha história sinistra e, à luz dos recentes eventos, achei que seria ironicamente divertido você ter uma edição autografada – minha avó disse.

– A senhora sabia que Bram Stoker foi Carimbado por uma vampira e que foi por isso que ele escreveu o livro? – Me emocionei ao virar as páginas grossas com todo o cuidado do mundo, observando com atenção as velhas ilustrações, que eram de fato sinistras.

– Eu não sabia que Stoker teve um relacionamento com uma vampira – vovó disse.

– Ser mordido por uma vampira e ser vítima de um feitiço não é o que eu chamaria de *relacionamento* – minha mãe disse.

Vovó e eu olhamos para ela. Suspirei: – Mãe, é totalmente possível um humano e um vampiro terem um relacionamento. É o que chamamos de Carimbagem – bem, isso também incluía sede de sangue e uns desejos bem sérios, além de um vínculo mediúnico que poderia ser bastante desconcertante, e eu sabia de tudo isso por causa de minha experiência com Heath. Mas não falaria disso com minha mãe.

Minha mãe estremeceu como se algo repugnante estivesse lhe subindo a espinha: – Acho isso tão nojento.

– Mãe. Você não entende que eu tenho duas escolhas bem específicas para o meu futuro? Uma delas é me tornar exatamente isto que você acha nojento. A outra é morrer dentro de quatro anos – eu não queria discutir isso com ela, mas sua postura estava me irritando demais. – Você prefere me ver morta ou prefere me ver vampira?

– Nenhuma das duas coisas, é claro – ela disse.

– Linda – vovó pôs a mão na minha perna debaixo da mesa e apertou. – O que Zoey está dizendo é que você precisa aceitá-la, aceitar o novo futuro que ela tem pela frente, e que sua postura a magoa.

– *Minha* postura! – achei que minha mãe fosse se sair com uma de suas tiradas tipo "por que vocês ficam sempre me perseguindo?", mas ela me surpreendeu ao respirar fundo e me olhar bem nos olhos. – Não tive intenção de magoá-la, Zoey.

Por um momento ela pareceu voltar a ser a mãe de antigamente, da época em que ainda não havia se casado com John Heffer e se transformado na Perfeita Esposa Crente, e eu senti um aperto no coração: – Mas você me magoa, mãe – eu me ouvi dizer.

– Desculpe – ela disse. Então me estendeu a mão. – Que tal tentarmos essa coisa de aniversário outra vez?

Pus minha mão na dela, sentindo uma esperança cautelosa. Quem sabe ainda restasse dentro dela algo da minha mãe de antigamente? Tipo, ela viera sozinha, sem o padrastotário, o que era praticamente um milagre. Apertei sua mão e sorri:

– Por mim, tudo bem.

– Bem, então você devia abrir seu presente e depois comeremos o bolo – minha mãe disse, pegando a caixa que estava ao lado do bolo ainda intacto.

– Tudo bem! – tentei manter o entusiasmo em minha voz, apesar do papel de presente natalino. Meu sorriso durou até o momento em que reconheci a capa de couro branco e as páginas de bordas douradas. Sentindo o coração afundar, virei o livro e li: *A Palavra Sagrada, Edição do Povo de Fé,* com letras bem desenhadas impressas em caríssima folha de ouro sobre a capa. Outro excesso dourado reluzente me chamou a atenção. Na base da capa estava escrito *Família Heffer.* Havia um marcador de veludo vermelho com franjas vermelhas enfiado nas páginas da frente do livro e, tentando ganhar tempo para não dizer "que presente horroroso", deixei as páginas abertas onde estava o marcador. Então pisquei os olhos na tentativa de me certificar se estaria lendo direito. Sim. Eu estava lendo direito. O livro abrira na página da árvore de família. Vi o nome de minha mãe, Linda Heffer, escrito com uma letra inclinada de canhoto que logo reconheci como sendo do padrastotário. Fora traçada uma linha ligando o nome dela ao de John Heffer, com a data de seu casamento ao lado. Sob seus nomes, como se fôssemos filhos do casal, estavam o meu nome, o do meu irmão e o de minha irmã.

Tudo bem que meu pai biológico, Paul Montgomery, nos abandonara quando eu era criança e desaparecera da face da Terra. De vez em quando, um cheque pateticamente irrisório de uma suposta pensão chegava sem endereço de retorno. Mas, tirando essas raras ocasiões, há mais de dez anos ele não fazia parte de nossa vida. Sim, ele era um pai de merda. Mas era meu pai, e John Heffer, que simplesmente me odiava, não era.

Levantei os olhos daquela árvore genealógica fajuta e olhei nos olhos de minha mãe. Minha voz soou surpreendentemente firme, até calma, mas por dentro eu sentia um turbilhão de emoções: – O que lhe passou pela cabeça quando resolveu me dar isto de presente de aniversário?

Minha mãe pareceu irritada com a pergunta: – Achamos que você iria gostar de saber que ainda faz parte desta família.

– Mas eu não faço. E já não fazia muito tempo antes de ser Marcada. Você sabe disso, eu sei disso, e John sabe disso.

– Seu pai com certeza não...

Eu levantei a mão para interrompê-la: – Não! John Heffer não é meu pai. Ele é seu marido, e só. É uma escolha sua, não minha. É só isto que ele sempre foi – a ferida que sangrava dentro de mim desde que minha mãe chegara estourou, e meu corpo foi tomado por uma hemorragia de raiva. – Mãe, o negócio é o seguinte. Quando você comprou meu presente, devia ter escolhido algo que eu gostasse, não algo que seu marido quer me enfiar goela abaixo.

– Você não sabe o que está dizendo, mocinha – minha mãe disse. Então ela fez cara feia para minha avó: – É de você que ela pega esse jeito de falar.

Minha avó arqueou uma das sobrancelhas grisalhas para a filha e disse:

– Obrigada, Linda, acho que você nunca me disse nada melhor antes.

– Onde ele está? – perguntei à minha mãe.

– Quem?

– John. Onde ele está? Você não veio por minha causa. Você veio porque ele quer que você faça com que eu me sinta mal, e ele não iria perder a cena. Então, onde ele está?

– Não sei o que você está querendo dizer – ela olhou ao redor entregando sua culpa, e eu vi que estava certa.

Eu me levantei e gritei para a calçada:

– John! Apareça, apareça, onde quer que esteja!

De fato, o sujeito surgiu de uma das mesas altas do outro lado da calçada, perto da entrada do Starbucks. Eu o observei enquanto ele se aproximava de nós, tentando entender o que minha mãe havia visto nele. Ele era um cara totalmente sem graça. Altura mediana, cabelos escuros ficando grisalhos, queixo fraco, ombros estreitos, pernas finas. Só se encontrava algo de diferente nele ao olhar em seus olhos; mas a diferença era uma absoluta ausência de calor humano. Eu sempre achei esquisito um cara tão frio e sem alma falar o tempo todo sobre religião.

Ele chegou à nossa mesa e começou a abrir a boca, mas antes que ele pudesse falar joguei meu "presente" nele.

– Fique com isto. Não faço parte desta família e não acredito nessas coisas – eu disse, olhando bem nos olhos dele.

– Então você está escolhendo o mal e a escuridão – ele disse.

– Não. Estou escolhendo uma Deusa amorosa que me Marcou como dela e me presenteou com poderes especiais. Eu escolhi um caminho diferente do seu. Só isso.

– Como eu disse, você escolheu o mal – ele pôs a mão no ombro de minha mãe, como se ela precisasse de seu apoio para ficar sentada. Minha mãe cobriu sua mão com a dela e fungou.

Eu o ignorei e me concentrei nela.

– Mãe, por favor, não faça mais isso. Se você me aceitar, e se você realmente quiser me ver, me ligue e nos encontramos. Mas fingir que quer me ver porque John mandou é algo que realmente me magoa e não é bom para nenhuma de nós.

– É bom para a esposa se submeter ao marido – John disse.

Eu pensei em falar como ele era chauvinista e arrogante e como aquilo tudo era tão errado, mas resolvi não perder meu tempo e disse:

– John, vá para o inferno.

– Eu queria afastá-la do mal – minha mãe disse, chorando baixinho.

Minha avó resolveu falar. Sua voz estava triste, mas severa: – Linda, é lamentável você ter encontrado e aceitado completamente um sistema de crenças que toma por princípio básico que tudo o que é diferente equivale ao mal.

– Sua filha encontrou a Deus, e não graças à senhora – John rebateu.

– Não. Minha filha o encontrou, e a triste verdade é que ela jamais gostou de pensar por si mesma. O que você faz agora é pensar por ela. Mas Zoey e eu gostaríamos de compartilhar com você um pensamentozinho independente – vovó continuou a falar enquanto me dava o vaso de lavanda e a primeira edição de *Drácula*. Então ela me segurou pelo cotovelo e me puxou para ficar em pé: – Estamos nos Estados Unidos, e isto significa que você não tem direito de pensar por nós. Linda, eu concordo com Zoey. Se você encontrar um jeito de pôr algum juízo nessa sua cabeça e quiser nos ver porque nos ama *como nós somos*, então nos ligue. Do contrário, não quero mais ouvir falar de você – vovó fez uma pausa e balançou a cabeça demonstrando nojo de John: – E você, não quero mais ouvir falar de você de jeito nenhum.

Enquanto nos afastávamos, a voz de John nos açoitou, incisiva e cortante, cheia de ódio e raiva: – Ah, mas vocês vão ouvir falar de mim outra vez. Vocês duas. Há muitas pessoas boas, decentes e tementes a Deus que estão cansadas de tolerar suas perversidades, pessoas que acham que já chega. Não vamos continuar vivendo muito tempo lado a lado com adoradores das trevas. Anote o que estou dizendo... esperem só... está na hora de vocês se arrependerem...

Felizmente logo paramos de ouvir sua cantilena. Achei que fosse chorar, até que ouvi o que minha doce avó estava murmurando sozinha.

– Aquele homem é uma anta escrota.

– Vó! – eu disse.

– Ah, Zoey Passarinha, eu chamei o marido de sua mãe de anta escrota em voz alta?

– Sim, vó, chamou.

Ela olhou para mim com os olhos escuros brilhando.

– Ótimo.

4

Vovó tentou salvar o resto da minha comemoração de aniversário. Nós caminhamos de Utica Square até o restaurante Stonehorse, onde decidimos comer um bolo de aniversário. O que significa que minha avó tomou duas taças de vinho tinto e eu tomei refrigerante de cola e comi uma fatia enorme de bolo de chocolate diabolicamente gostoso. (Sim, nós gostamos da ironia.)

Vovó não tentou pôr panos quentes nem ficou inventando bobagens do tipo que minha mãe não queria dizer isso... que ela ia melhorar, que era só dar tempo ao tempo... blá-blá-blá. Vovó era prática e legal demais para se prestar a isto.

– Sua mãe é uma mulher fraca que só pode encontrar sua identidade através de um homem – ela disse enquanto bebericava seu vinho tinto. – Infelizmente, ela escolheu um homem ruim demais.

– Ela não vai mudar nunca, vai?

Vovó tocou meu rosto gentilmente: – É possível, mas eu honestamente duvido, Zoey Passarinha.

– Você não mente para mim, vó, e eu gosto disso – eu disse.

– Mentiras não resolvem as coisas. Nem sequer as facilitam, ao menos não no longo prazo. É melhor dizer a verdade e resolver as besteiras feitas de forma honesta.

Soltei um suspiro.

– Meu bem, você fez alguma besteira e está precisando resolver? – minha avó perguntou.

– Sim, mas infelizmente não foi uma besteira nada honesta – dei um sorriso sem graça para minha avó e contei da minha desastrosa festa de aniversário.

– Sabe, você vai ter que resolver quem é seu namorado. Heath e Erik não vão aguentar esta situação por muito mais tempo. Falta isto aqui – ela levou a ponta do indicador à dobra do polegar – para um deles perder a paciência.

– Eu vou resolver, mas Heath ficou no hospital por quase uma semana depois que o salvei daqueles assassinos em série, e então os pais dele o levaram para as Ilhas Cayman para as férias de Natal. A última vez que o vi faz mais de um mês. Por isso não pude mesmo fazer muita coisa quanto a Heath e Erik – fiquei olhando para o prato, raspando o fundo, ao invés de olhar para minha avó. Aquela história de "assassinos em série" era uma bobagem total. Eu salvei Heath, mas não de algo simples como um humano pirado. Eu o salvei de um grupo de criaturas lideradas por minha melhor amiga, a morta-viva Stevie Rae (que provavelmente continuava na liderança do grupo). Mas eu não podia contar isso a minha avó. Não podia contar isso a ninguém, pois por trás de tudo estava Neferet, Grande Sacerdotisa da Morada da Noite *e* minha mentora, e ela tinha uma mediunidade forte demais. Se bem que ela não conseguia ler minha mente, pelo menos não muito bem. Mas se eu contasse a alguém ela acabaria lendo a mente da pessoa, e estaríamos todos bastante encrencados.

Isso é que é *stress*.

– Talvez fosse melhor você ir para casa e resolver a situação – vovó disse. Então, ao ver meu olhar de surpresa, acrescentou: – Estou me referindo à situação do presente de *natalversário*, não à situação de Heath e Erik.

– Ah, bom. É, tenho que fazer isso – fiz uma pausa, pensando sobre o que ela acabara de dizer. – Sabe, aquele lugar realmente virou minha casa.

– Eu sei – ela sorriu. – E fico feliz por você. Você está encontrando seu lugar, Zoey Passarinha, e estou muito orgulhosa de você.

Vovó me acompanhou até onde eu havia estacionado meu Fusca *vintage* e me deu um abraço de despedida. Agradeci novamente pelos ótimos presentes e nenhuma de nós mencionou minha mãe. Sobre certas coisas é melhor não falar. Eu disse a minha avó que ia voltar à Morada da Noite para acertar tudo com meus amigos, e era isso que eu pretendia fazer. Mas então me peguei dirigindo para o centro da cidade. De novo.

No último mês, toda noite eu arrumava uma desculpa esfarrapada para sair de fininho e assombrar as ruas do centro de Tulsa. Assombrar... Bufei comigo mesma. Era um termo excelente para descrever minha procura por minha melhor amiga, Stevie Rae, que havia morrido no mês passado e se tornara morta-viva.

Sim, a coisa era esquisita assim mesmo.

Novatos morriam. Todo mundo sabia disso. Presenciei a morte de dois dos três que morreram desde que eu chegara à Morada da Noite. Certo, todos nós sabíamos que podíamos morrer. O que todo mundo desconhecia era que os últimos três novatos que morreram haviam ressuscitado, ou revivido, ou... droga! Acho que a maneira mais fácil de descrever é dizer que eles se tornaram o estereótipo dos vampiros: mortos-vivos, monstros sugadores de sangue e sem qualquer traço remanescente de humanidade. Além de fedorentos.

Eu sabia por ter tido o azar de ver o que de início pensei que fossem fantasmas dos dois primeiros novatos mortos. Depois, adolescentes humanos começaram a ser mortos, e parecia que alguém estava tentando fazer todos pensarem que o assassino era um vampiro. Isto era uma merda, especialmente porque eu conhecia os dois primeiros garotos que foram assassinados e a polícia desconfiou de mim no começo. Merda pior ainda foi quando levaram Heath.

Bem, eu não poderia deixar que o matassem. Além disso, havíamos sido Carimbados meio que acidentalmente. Com a ajuda de Aphrodite, entendi como seguir o Carimbo de Heath. A polícia achava que eu tinha salvado Heath de um *serial killer* humano dos mais sinistros.

Mas o que realmente eu havia descoberto?

Minha melhor amiga morta-viva e seus servos nojentos. Tirei Heath de lá ("lá" eram os velhos túneis da época da Lei Seca debaixo de um depósito abandonado em Tulsa) e enfrentei Stevie Rae. Ou o que sobrara dela.

Como dá para ver, o problema é que eu não acreditava que sua humanidade tivesse sido destruída, como parecia ser o caso dos demais detestáveis ex-novatos mortos-vivos que tentavam se alimentar de Heath.

O segundo problema era Neferet. Stevie Rae me dissera que Neferet estava por trás de sua condição de morta-viva. Eu sabia que era verdade, pois Neferet lançara um feitiço dos bravos em Heath e em mim pouco antes da chegada da polícia. Era para nos fazer esquecer o que acontecera nos túneis. Acho que funcionou em Heath. Em mim só funcionou temporariamente. Eu usei o poder dos cinco elementos para dissolver o feitiço que ela me lançou.

Então, para encurtar a história, desde aquela noite eu vivia preocupada com o que fazer em relação a: primeiro, Stevie Rae; segundo, Neferet; terceiro, Heath. O fato de nenhuma dessas fontes de preocupação estar por perto no último mês deveria ter ajudado a aliviar a pressão, mas não ajudou.

– Muito bem – eu disse em voz alta –, é meu aniversário, e um aniversário de merda, até para os meus padrões. Portanto, Nyx, vou lhe pedir apenas um favor de aniversário. Quero encontrar Stevie Rae – e acrescentei rapidamente: – Por favor (como Damien sempre me lembrava, ao se falar com uma Deusa é melhor ser educado.)

Eu não esperava realmente nenhuma resposta, por isso quando as palavras "*abra sua janela*" ficaram girando em minha mente, pensei que fosse a letra de alguma música tocando no rádio. Mas meu rádio não estava ligado e as palavras não tinham melodia – além do mais, elas estavam dentro da minha cabeça e não no meu rádio.

Sentindo-me já bem nervosa, abri a janela.

O tempo estava quente demais para a época do ano. Hoje fez quinze graus Celsius, o que era esquisito para dezembro, mas estávamos em Oklahoma, e esquisito era uma das palavras que descrevem bem o clima de Oklahoma.

Ainda assim, era quase meia-noite e havia esfriado bastante. Não que me incomodasse. Vampiros adultos não sentem tanto frio quanto os humanos. Não por serem pedaços de carne fria, morta e reanimada (nossa, mas isto é o que Stevie Rae é). É porque o metabolismo deles é diferente dos humanos. Como novata, especialmente uma novata mais avançada do que qualquer outra que tenha sido Marcada cerca de apenas dois meses atrás, minha resistência ao frio já era bem maior do que a de uma garota humana. Por isso, o ar frio que invadiu meu Fusca não me incomodou, razão pela qual achei estranho eu começar a fungar de repente e a me sentir desconfortável.

Eca, que fedor era aquele? Era como uma mistura de porão mofado com salada de ovo estragado e lama formando um cheiro já conhecido.

– Ah, inferno! – dei-me conta do que era aquele cheiro que eu estava sentindo e joguei meu Fusca para o lado para cruzar três faixas de rolamento e estacionar um pouco ao norte da parada de ônibus do centro da cidade. Rapidamente levantei a janela e tranquei a porta (eu ia morrer se roubassem minha primeira edição de *Drácula*) antes de sair do carro, e corri para a calçada, onde fiquei parada, respirando. Eca. Era horrível demais para ignorar. Ainda fungando como uma cachorra retardada, comecei a seguir farejando pela calçada, afastando-me das luzes reconfortantes do ponto de ônibus.

Eu a encontrei em uma viela. No começo pensei que ela estivesse debruçada sobre um saco enorme cheio de lixo e senti um aperto no coração. Eu tinha de tirá-la desse tipo de vida – tinha que dar um jeito de mantê-la em segurança até poder resolver esse bagulho bizarro que acontecera com ela. *Ou então ela precisa morrer de uma vez por todas*. Não! Bloqueei minha mente para este tipo de pensamento. Eu já vira Stevie Rae morrer uma vez. Não ia passar por aquilo de novo.

Mas antes que pudesse alcançá-la e abraçá-la (prendendo a respiração) e dizer que ia dar um jeito naquilo tudo, o saco de lixo gemeu e se mexeu, e me dei conta de que Stevie Rae não estava fuçando o lixo, ela estava mordendo o pescoço de uma moradora de rua!

– Ah, que nojo! Nossa, para com isso!

Com rapidez inumana, Stevie Rae se virou. A moradora de rua caiu no chão, mas Stevie Rae continuou segurando um de seus pulsos sujos. Mostrando os dentes e com os olhos vermelhos brilhando de modo assustador, ela sibilou para mim. Estava enojada demais para sentir medo ou ter um chilique. Além do mais, eu havia passado por um aniversário terrível e estava sem um pingo de paciência para ninguém, inclusive para minha melhor amiga morta-viva.

– Stevie Rae, sou eu. Pode parar de ficar sibilando, isto é um clichê ridículo de vampiros.

Ela não disse nada por um segundo, e me veio à mente a terrível percepção de que ela devia ter sofrido algum tipo de deterioração desde a última vez que a vira, no mês passado, a ponto de chegar ao mesmo estado bestial e inalcançável. Meu estômago revirou, mas olhei nos seus olhos vermelhos e revirei os meus: – E, por favor, você está fedendo muito. Não tem chuveiro na Terra dos Mortos-Vivos Sinistros?

Stevie Rae franziu a testa, o que já era alguma coisa, pois em seguida seus lábios cobriram os dentes: – Vá embora, Zoey – ela disse.

Sua voz estava fria e monótona, e o doce sotaque de Oklahoma de antes agora soava vulgar, mas ela dissera meu nome, o que era todo o estímulo do qual eu precisava.

– Não vou a lugar algum antes de conversarmos. Portanto, solte essa moradora de rua... eca, Stevie Rae, ela deve ter piolho e sabe lá mais o quê... e vamos conversar.

– Se você quiser conversar, vai ter de esperar eu acabar de comer.

Stevie Rae virou a cabeça para o lado em um movimento digno de um inseto: – Acha que eu não me lembro que você Carimbou seu *ficantezinho* humano? Parece que você também gosta de sangue. Está servida? – ela sorriu e lambeu as presas.

– Tá, isso é nojento, simplesmente nojento! E para seu governo, Heath não é meu *ficantezinho*. Ele é meu *namorado*, um deles, que seja. Suguei o sangue dele meio que por acidente. Eu ia lhe contar, mas você morreu. Por isso, não. Não quero morder essa pessoa. Nem sei de onde ela veio – dei um sorriso sem graça para a pobre mulher de olhos arregalados e cabelo emaranhado. – Ahn, sem ofensa, senhora.

– Ótimo. Sobra mais pra mim – Stevie Rae começou a se debruçar sobre a garganta da mulher.

– Solte-a!

Ela levantou os olhos para mim: – Já disse, vá embora, Zoey. Aqui não é o seu lugar.

– Nem o seu – respondi.

– Esta é apenas uma das coisas sobre as quais você está errada.

Quando ela se voltou de novo para a mulher, que agora estava chorando e repetindo "por favor, por favor" o tempo todo, dei dois passos à frente e levantei as mãos acima da cabeça: – Eu mandei soltá-la.

A resposta de Stevie Rae foi sibilar e abrir a boca para morder o pescoço da mulher. Fechei os olhos e rapidamente me concentrei.

– Ar, eu o invoco! – comandei. Instantaneamente, meu cabelo começou a voar na brisa que me cercou. Desenhei um círculo em frente a mim com a mão, imaginando um minitornado. Abri meus olhos e girei o pulso ao mesmo tempo, jogando o poder do ar em direção à mendiga chorosa. Exatamente como imaginara, ela foi envolvida por um turbilhão que a fez passar roçando de leve o cabelo da tonta Stevie Rae e descer a viela até a rua, soltando-a na segurança de uma rua iluminada: – Obrigada, ar – murmurei, e senti a brisa roçar meu rosto delicadamente e desaparecer.

– Você está ficando boa nisso.

Voltei-me para Stevie Rae. Ela estava me observando com uma expressão claramente desconfiada, como se estivesse pensando que eu fosse traçar outro tornado e sugá-la para um buraco sem fundo.

Dei de ombros: – Tenho praticado. É questão de concentração e controle. Você saberia se também estivesse praticando.

O rosto esquelético de Stevie Rae foi tomado por uma dor tão fugaz que me perguntei se eu tinha mesmo visto aquilo ou se era só minha imaginação.

– Os elementos agora não têm mais nada a ver comigo.

– Isso é besteira, Stevie Rae. Você tem afinidade com a terra. Você tinha antes de morrer, ou sei lá o quê – balbuciei qualquer coisa sobre como era difícil falar sobre morte com Stevie Rae morta-viva. – Esse tipo de coisa não some de uma hora para outra. Além do mais, você se lembra dos túneis? Você ainda tinha afinidade naquela hora.

Stevie Rae balançou a cabeça e com ela balançaram seus cachos loiros e curtos, aqueles mesmos que nunca estavam oleosos e sujos, e eu me lembrei de como ela era antes.

– Já era. Tudo que já tive um dia morreu com minha parte humana. Você precisa aceitar isso e esquecer. Foi o que eu fiz.

– Jamais aceitarei isso. Você é minha melhor amiga. Não vou esquecer.

De repente Stevie Rae sibilou de um jeito maldoso e feroz, e seus olhos vermelhos se inflamaram: – Por acaso eu pareço sua melhor amiga?

Ignorei o jeito que meu coração estava batendo em meu peito. Ela tinha razão. Ela havia se transformado em algo que não tinha absolutamente nada a ver com a Stevie Rae que eu conhecia. Mas eu não acreditava que ela tivesse desaparecido por completo. Vi relances de minha melhor amiga nos túneis, e isto significava que eu não podia desistir dela. Senti vontade de chorar, mas o que fiz foi me controlar e forçar minha voz a soar normal.

– Bem, não, você não parece ser Stevie Rae. Quanto tempo faz que você não lava os cabelos? E o que é isso que você está usando?

– apontei para a calça de moletom e a camisa larga demais cobertos por um sobretudo preto asqueroso e manchado, igual aos usados por aqueles góticos malucos debaixo de um sol de quarenta graus. – Eu também não pareceria mais ser eu mesma se estivesse usando algo assim – suspirei e dei uns dois passos em direção a ela. – Por que você simplesmente não vem comigo? Eu dou um jeito de fazer você voltar escondida ao dormitório. Vai ser fácil; não tem praticamente ninguém lá. Neferet não está lá – acrescentei, e logo mudei de assunto (tive certeza de que nenhuma de nós duas queria falar sobre Neferet naquele momento, se é que um dia iríamos querer). – A maioria dos professores está de férias e os alunos viajaram para ver suas famílias. Não tem nada acontecendo, está tudo parado. Não seremos incomodadas nem mesmo por Damien, nem pelas gêmeas e Erik, porque eles estão putos comigo. De modo que você vai poder tomar um longo banho, com bastante sabonete, e vou lhe arrumar umas roupas de verdade e depois poderemos conversar – estava olhando para os olhos dela e vi que ficaram cheios de vontade. Foi só por um instante, mas eu vi. Então ela logo virou a cabeça.

– Não posso ir com você. Tenho que me alimentar.

– Isto não é problema. Pego algo para você comer na cozinha do dormitório. Ei, aposto que consigo arrumar uma tigela de Lucky Charms – sorri. – Lembra-se de como eles são magicamente deliciosos e sem qualquer valor nutricional?

– Como Count Chocula?

Dei um amplo sorriso de alívio ao ver que Stevie Rae entrou na nossa velha onda de discutir qual dos nossos cereais matinais favoritos era o melhor: – Count Chocula é uma bênção sabor coco. Coco é uma fruta. É saudável.

Stevie Rae me olhou. Seus olhos não estavam mais brilhando de tão vermelhos e ela não tentou esconder as lágrimas que deles brotaram e começaram a escorrer por suas bochechas. Eu automaticamente me aproximei para abraçá-la, mas ela recuou.

– Não! Eu não quero que você me toque, Zoey. Eu não sou quem era antes. Sou suja e nojenta.

– Então volte para a escola comigo e tome um banho! – pedi. – Prometo que vamos dar um jeito nisso.

Stevie Rae balançou a cabeça com tristeza e enxugou os olhos: – Não tem como resolver isso. Quando disse que sou suja e nojenta, não quis dizer por fora. O que você vê não é nem metade da podridão dentro de mim. Zoey, eu tenho que me alimentar. Não vai ser comendo cereais nem sanduíches e nem bebendo refrigerante de cola. Eu tenho que beber sangue. Sangue humano. Se eu não... – ela fez uma pausa e eu vi que um calafrio terrível passou pelo seu corpo. – Se eu não fizer isso, a dor fica me moendo e queimando de um jeito insuportável. E você precisa entender que eu *quero* me alimentar. Eu *quero* rasgar gargantas de humanos e beber aquele sangue quente e repleto de terror e raiva e dor que me deixa tonta – ela fez outra pausa, desta vez arfando pesadamente.

– Não é possível que você queira mesmo matar gente, Stevie Rae.

– Engano seu. Eu quero, sim.

– Você diz isso, mas eu sei que ainda tem um pouco da minha melhor amiga dentro de você, e Stevie Rae não seria capaz de fazer mal a uma formiga, que dirá matar alguém – tratei de dizer quando ela abriu a boca para discordar. – E se eu lhe arrumar sangue humano para que você não tenha que matar ninguém?

Ela disse naquele tom horripilantemente desprovido de emoção: – Eu gosto de matar.

– Também gosta de feder e de ser repugnante? – rebati.

– Eu não estou nem aí para nada disso.

– É mesmo? E se eu disser que posso lhe arrumar uma calça Roper, botas de caubói e uma linda, confortável e bem passada camisa de mangas compridas? – vi o brilho nos olhos dela e percebi que havia conseguido atingi-la. Minha mente deu voltas pensando no que seria melhor dizer enquanto eu ainda conseguia prender sua atenção.

– O negócio é o seguinte. Você me encontra amanhã à meia-noite... não, espere aí. Amanhã é sábado. Não há chance de as coisas se resolverem até meia-noite para eu escapar. Vamos combinar às três da manhã. No gazebo na área de Philbrook – fiz uma pausa para sorrir de novo para ela. – Você se lembra onde fica, não lembra? – é claro que eu sabia que ela se lembrava muito bem. Ela já havia estado comigo lá, só que naquela noite estava tentando me salvar, e não o contrário.

– Sim. Eu me lembro – ela disse com aquela voz fria e indiferente.

– Tá, então me encontre lá. Vou levar sua roupa e o sangue também. Você vai poder comer, ou beber, ou sei lá o que, e trocar de roupa. Depois a gente vê o que vai fazer – acrescentei em pensamento que também ia levar sabonete e xampu e um pouco de água para ela se lavar. Eca, o fedor dela combinava com a aparência horrorosa. – Tudo bem?

– É inútil.

– Por favor, você pode me deixar decidir isso? Além do mais, não lhe contei dos horrores que passei no meu aniversário. Vovó e eu vivemos um pesadelo com minha mãe e o padrastotário. Vovó o chamou de anta escrota.

Stevie Rae soltou uma risada tão parecida com a de antigamente que minha vista ficou turva com as lágrimas, e tive de piscar freneticamente.

– Por favor, venha – eu disse com voz entorpecida. – Sinto tanto sua falta.

– Eu vou – Stevie Rae disse. – Mas você vai se arrepender.

5

Depois de dizer algo tão construtivo, Stevie Rae deu meia-volta e saiu em disparada pela viela abaixo, desaparecendo em meio àquela escuridão imunda.

Entrei no meu Fusca bem mais lentamente. Estava triste e agitada, e tinha que pensar em coisas demais para voltar direto para a escola, então fui para uma IHOP[1] que ficava aberta vinte e quatro horas por dia no sul de Tulsa, na Rua 71. Pedi um *milk-shake* de chocolate enorme e uma pilha de panquecas com lascas de chocolate e comecei a pensar enquanto comia para aliviar o *stress*.

Acho que foi tudo bem com Stevie Rae. Tipo, ela concordou em me encontrar amanhã. E não tentou me morder, o que já era alguma coisa. É claro que aquela história de tentar morder a moradora de rua era bem perturbadora, e eu fiquei totalmente enojada com a aparência e o fedor dela. Mas eu podia jurar que sob aquele exterior pavoroso de morta-viva doida ainda existia a *minha* Stevie Rae, minha melhor amiga. Eu ia me preparar para isso e ver se conseguia convencê-la a voltar para a luz. Falando figurativamente, é claro. Eu acho que a luz de verdade a incomodava ainda mais que a mim ou aos vampiros adultos. O que fazia sentido. Aqueles garotos mortos-vivos asquerosos eram

1 International House Pancakes – Rede internacional de restaurantes (N.T.).

sem dúvida estereótipos de vampiros. Fiquei pensando se ela entraria em combustão caso a luz do sol a tocasse. Merda. Aquilo seria ruim demais, especialmente porque íamos nos encontrar às três da manhã, ou seja, a apenas duas horas do amanhecer. Merda outra vez.

Como se ficar preocupada com a luz do sol e sei lá o que não bastasse, eu tive de começar a pensar sobre o que faria quando todos os professores (Neferet em particular) estivessem de volta à escola em um futuro próximo demais e o fato de ter que guardar para mim que Stevie Rae era uma morta-viva ao invés de morta-morta. Não. Eu ia me preocupar com isso depois que Stevie Rae estivesse limpa e em lugar seguro. Eu ia dar um passinho de cada vez e torcer para que Nyx, que havia nitidamente me levado até Stevie Rae, me ajudasse a dar um jeito naquilo tudo.

Quando voltei à escola, já estava quase amanhecendo. O estacionamento estava quase deserto, e não encontrei ninguém ao dar a volta lentamente pela lateral das construções tipo castelo que compunham a Morada da Noite. O dormitório das meninas ficava do outro lado do campus, mas mesmo assim não apertei o passo.

Afinal, eu tinha que fazer uma coisa antes de ir para o dormitório, onde era bem provável que eu topasse com pelo menos um dos meus contrariados amigos. (Eca, como eu *realmente* odiava meu aniversário.)

O edifício que ficava em frente à construção principal da Morada da Noite era feito da mesma mistura esquisita de tijolos velhos e pedras protuberantes que o resto da escola, mas esse era menor e mais redondo, e em frente a ele havia uma estátua de mármore de nossa Deusa, Nyx, com os braços para cima como se suas mãos estivessem abarcando uma lua cheia. Fiquei parada, olhando para a Deusa. Os antigos lampiões a gás que iluminavam o campus não eram apenas agradáveis às nossas vistas em processo de transformação. Eles geravam uma luz suave e cálida que brilhava como uma carícia, dando um sopro de vida à estátua de Nyx.

Sentindo uma profunda reverência pela Deusa, pus meu vaso de lavanda e meu *Drácula* (gentilmente) na base da estátua de Nyx e procurei ao redor do gramado de inverno até encontrar a vela votiva verde que caíra por aquele lado. Coloquei-a de pé de novo, fechei os olhos e me concentrei no calor e na beleza da luz a gás e sobre como uma vela podia projetar luz suficiente para transformar toda a atmosfera de um recinto escuro.

– Eu invoco o fogo; que me venha a luz, por favor – sussurrei.

Ouvi o chiado do pavio e senti o calor da chama contra meu rosto. Ao abrir os olhos, vi que a vela verde, que representa o elemento terra, estava queimando alegremente. Sorri de satisfação. Eu não exagerara ao dizer a Stevie Rae que andava praticando com os elementos. Passara o mês anterior inteirinho fazendo isto, e estava ficando boa mesmo. (Não que meu magnífico poder concedido pela Deusa fosse me ajudar a aplacar a mágoa de meus amigos, mas, mesmo assim.)

Pus a vela acesa cuidadosamente aos pés de Nyx. Ao invés de baixar a cabeça, joguei-a para trás para deixar o rosto exposto e olhar para o majestoso céu noturno. Depois rezei para minha Deusa, mas admito que meu jeito de rezar é mais parecido com um bate-papo. Não por qualquer desrespeito a Nyx. É só o meu jeito. Desde o primeiro dia em que eu fora Marcada e a Deusa me aparecera, venho me sentindo próxima a ela – como se ela realmente se importasse com o que acontece na minha vida, não como se fosse um Deus sem nome no Céu me olhando de cima para baixo de cara feia e com um caderninho na mão, pronto para anotar as faltas que me mandarão para o inferno.

– Nyx, obrigada por me ajudar nesta noite. Estou confusa e completamente surtada por causa da situação de Stevie Rae, mas sei que você vai me ajudar, nos ajudar, a superar isso tudo. Cuide dela, por favor, e me ajude a saber o que fazer. Sei que você me Marcou e me concedeu poderes especiais por alguma razão, e estou começando a achar que essa razão deve ter algo a ver com Stevie Rae. Eu não vou mentir, fico com medo. Mas você sabe como eu era fracote quando você me escolheu – sorri para o céu. Durante minha primeira conversa com Nyx eu lhe dissera que não podia ser Marcada de modo especial porque não sabia nem estacionar o carro direito. Ela não pareceu se importar com isso na ocasião, e eu esperava que continuasse sem se importar. – De qualquer forma, eu só queria acender esta vela por Stevie Rae para simbolizar que não vou me esquecer dela, e que não vou deixar de fazer o que você precisa que eu faça, por mais que eu desconheça os detalhes.

Minha intenção era ficar lá sentada um pouquinho na esperança de ouvir outro sussurro em minha mente que me desse alguma ideia sobre como agir no encontro com Stevie Rae amanhã. Então, eu ainda estava em frente à estátua de Nyx, olhando para o céu, quando a voz de Erik quase me matou de susto.

– A morte de Stevie Rae realmente a abalou, não é?

Dei um pulo e soltei um gritinho nada atraente: – Nossa mãe, Erik! Quase fiz pipi nas calças de medo agora. Não apareça assim de fininho.

– Tudo bem. Desculpe. Eu não devia tê-la incomodado. Até mais – ele começou a se afastar.

– Espere, eu não quero que você vá embora. É só que você me pegou de surpresa. Da próxima vez, pise em alguma folha ou algo assim. Tá?

Ele parou de caminhar e se voltou para mim. Seu rosto estava com uma expressão cautelosa, mas ele balançou a cabeça de modo contido e disse: – Tudo bem.

Eu me levantei e dei um sorriso que esperei surtisse efeito encorajador. Amiga morta-viva e namorado humano Carimbado à parte, eu gostava mesmo de Erik, e realmente não queria terminar tudo com ele: – Na verdade, estou feliz por você estar aqui. Preciso me desculpar pelo que aconteceu.

Erik fez um gesto brusco com a mão: – Não se preocupe com isso, e não precisa usar o colar com o boneco de neve, pode levar na loja e trocar. Sei lá. Eu guardei a notinha.

Toquei o boneco de neve de pérola. Agora que podia perdê-lo (e a Erik), percebi de repente que era até bonitinho (Erik era mais do que bonitinho): – Não! Eu não quero trocar – fiz uma pausa e me recompus para não soar tão psicótica e desesperada. – Muito bem, o negócio é o seguinte. Existe uma nítida possibilidade de eu estar sensível demais em relação a essa história de misturar aniversário com Natal. Eu realmente devia ter dito o que achava disso, mas já venho tendo aniversários "pé no saco" por tanto tempo que acho que nem me passou pela cabeça avisar vocês. Pelo menos não até o dia de hoje. Mas aí já era tarde demais. Eu não ia dizer nada e vocês nem iam ficar sabendo de nada se eu não recebesse aquele cartão de Heath – então lembrei que ainda tinha no pulso a linda pulseira que Heath me dera, por isso baixei o braço e apertei-o contra a lateral do corpo, desejando que aqueles lindos coraçõezinhos parassem de tinir tão festivamente. Então acrescentei, soando canastrona: – Além disso, você tem razão. Stevie Rae realmente me preocupa – calei a boca ao perceber que havia falado (de novo) sobre Stevie Rae, que estava oficialmente morta, como se ainda estivesse viva, ou não-morta, como eu achava mais adequado dizer no seu caso. E é claro que eu estava tagarelando como a maluca desesperada que eu não queria demonstrar que era.

Os olhos azuis de Erik pareceram olhar dentro de mim: – As coisas ficariam mais fáceis para você se eu desse um tempo e a deixasse um pouco sozinha?

– Não! – ele estava realmente me deixando com dor de estômago. – Não seria nada mais fácil se você se afastasse.

– Você anda *tão* distante desde a morte de Stevie Rae. Eu estou percebendo que você precisa de espaço.

– Erik, a verdade é que não é só Stevie Rae. Tem mais coisas acontecendo comigo, coisas sobre as quais é realmente difícil falar.

Ele se aproximou e pegou minha mão, entrelaçando seus dedos aos meus: – Você não pode me contar? Sou ótimo para resolver problemas. Quem sabe eu possa ajudar.

Olhei nos olhos dele e senti tanta vontade de contar tudo sobre Stevie Rae e Neferet e até sobre Heath que fui me aproximando também. Erik eliminou qualquer espaço entre nós dois e eu fui envolvida por seus braços. Dei um suspiro. Ele sempre tinha um cheiro tão bom e me dava uma sensação incrível de força e solidez.

Apoiei meu rosto em seu peito: – Está brincando, é claro que você é bom em resolver problemas. Você é bom em tudo. Na verdade, você chega tão perto da perfeição que é uma loucura.

Senti seu peito retumbar quando ele deu risada.

– Você fala isso como se fosse algo ruim.

– Não é ruim... é assustador – murmurei.

– Assustador! – ele se afastou para olhar para mim. – Você está brincando! – ele riu de novo.

Franzi a testa e levantei os olhos para ele: – Por que você está rindo de mim?

Ele me abraçou e disse: – Z., você faz alguma ideia do que é ficar com uma garota que é a novata mais poderosa da história dos vampiros?

– Não, eu não fico com garotas. Não que haja algo de errado em ser lésbica.

Ele segurou meu queixo com a mão e levantou meu rosto.

– Você pode ser assustadora, Z. Você *controla os elementos,* todos eles. Taí uma namorada que eu nunca vou querer contrariar.

– Ah, por favor! Não seja bobo. Eu nunca ataquei você – pensei no fato de já ter atacado outras pessoas. Mais especificamente, mortos-vivos. Bem, e sua ex-namorada, Aphrodite (que é quase tão detestável e irritante quanto os mortos-vivos). Mas provavelmente seria boa ideia não tocar neste assunto.

– Só estou dizendo que você não precisa se deixar intimidar por ninguém. Você é espetacular, Zoey. Você não sabe disso?

– Acho que não. As coisas têm sido meio confusas para mim ultimamente.

Erik se afastou de novo e olhou para mim: – Então me deixe ajudar a resolver as coisas para você.

Eu me senti nadando em seus olhos azuis. Talvez pudesse contar a ele. Erik era um quinto-formando e estava no meio de seu terceiro ano na Morada da Noite. Ele tinha quase dezenove anos e um talento impressionante como ator (e também cantava bem). Se havia um novato que poderia guardar segredo, este era ele. Mas, quando eu abri minha boca para soltar o verbo sobre Stevie Rae, meu estômago trincou de tal maneira que as palavras não saíram. Era *aquela* sensação outra vez. Aquela sensação visceral me mandando ficar quieta ou sair correndo ou simplesmente respirar fundo e pensar. No momento, era impossível ignorar a sensação que me mandava manter a boca fechada, sensação que foi confirmada pelas palavras seguintes de Erik:

– Olha, eu sei que seria melhor você conversar com Neferet, mas ela só volta mais ou menos daqui a uma semana. Eu posso substituí-la nesse meio tempo.

Neferet era *a* pessoa ou vampira com quem conversar estava fora de cogitação. Diabo, Neferet e sua mediunidade eram a razão pela qual eu não podia conversar com meus amigos nem com Erik sobre Stevie Rae.

– Obrigada, Erik – automaticamente comecei a sair de seus braços. – Mas tenho de resolver isso sozinha.

Ele me soltou tão de repente que quase caí para trás: – É ele, não é?

– Ele quem?

– Aquele humano. Heath. Seu antigo namorado. Ele volta daqui a dois dias e é por isso que você está esquisita.

– Eu não estou esquisita. Pelo menos não tanto assim.

– Então por que você não me deixa tocá-la?

– Do que você está falando? Eu deixo você me tocar. Acabei de abraçá-lo.

– Por uns dois segundos. Depois você se afastou, como já vem fazendo há um tempinho. Olha, se fiz algo errado, você precisa me dizer e...

– Você não fez nada de errado!

Erik não disse nada por vários instantes e, quando falou, soou bem mais velho do que seus dezenove anos, além de bastante triste: – Não posso competir com um Carimbado. Sei disso. E nem vou tentar. Eu só pensei que havia algo especial entre eu e você. Nossa história tem potencial para durar muito mais do que uma coisa biológica entre você e um humano. Você e eu somos parecidos, mas você e Heath não. Pelo menos não são mais.

– Erik, você não está numa competição com Heath.

– Eu me informei sobre Carimbagem. É questão de sexo.

Senti meu rosto esquentar. Claro que ele tinha razão. A Carimbagem era uma coisa sexual porque o ato de beber sangue humano acionava tanto no cérebro do vampiro quanto no do humano a mesma área atingida durante o orgasmo. *Não que eu quisesse discutir o assunto com Erik.* Por isso resolvi não me aprofundar nos fatos: – É questão de sangue, não de sexo.

Ele me lançou um olhar de quem (infelizmente) sabia o que estava falando. Ele pesquisara o assunto.

Naturalmente, fiquei na defensiva: – Ainda sou virgem, Erik, e não estou pronta para mudar esta situação.

– Eu não disse que você...

– Parece que você está me confundindo com sua última namorada – interrompi. – Aquela que eu vi se ajoelhar na sua frente para tentar... você sabe o quê – tudo bem que não foi muito justo da minha parte voltar a tocar nesse incidente desagradável que presenciei por acaso entre Aphrodite e ele. Eu nem conhecia Erik na época, mas, no momento, criar caso com ele pareceu bem mais fácil do que falar sobre a sede de sangue que eu sem dúvida sentia por Heath.

– Eu não estou confundindo você com Aphrodite – ele disse trincando os dentes.

– Bem, talvez a questão não seja eu agir de modo esquisito. Talvez a questão seja você querer mais do que posso dar agora.

– Isso não é verdade, Zoey. Você sabe muito bem que não a estou pressionando para fazer sexo. Não quero alguém como Aphrodite. Eu quero você. Mas quero poder tocá-la sem você me afastar como se eu tivesse lepra.

Será que andei mesmo fazendo isso? Droga. Devo ter feito. Respirei fundo. Brigar assim com Erik era estupidez, e eu o acabaria perdendo se não desse um jeito de deixá-lo se aproximar de mim sem que soubesse de coisas que não poderia deixar Neferet sabendo sem querer. Olhei para o chão tentando selecionar o que podia e o que não podia dizer a ele: – Não acho que você seja nenhum leproso. Acho que é o cara mais gostoso desta escola.

Ouvi Erik suspirar fundo: – Bem, você já disse que não fica com garotas, então devia gostar quando eu a toco.

Olhei para ele: – Mas eu gosto – então resolvi contar a verdade. Ou pelo menos o máximo de verdade que pudesse contar. – É que é difícil deixar você se aproximar quando estou lidando com, bem, com umas *paradas* – ah, que ótimo. Eu falei *paradas*. Eu sou uma retardada. Por que este garoto ainda gosta de mim?

– Z., essa *parada* tem algo a ver sobre como lidar com seus poderes?

– Tem – tá, isso era mentira, mas não uma *completa* mentira. As *paradas* (Steve Rae, Neferet, Heath) aconteceram comigo por causa dos meus poderes, e eu estava tendo de lidar com isso, apesar de estar claro que não estava me saindo muito bem neste quesito. Senti que tinha que cruzar os dedos pelas costas, mas fiquei com medo de Erik perceber.

Ele deu um passo na minha direção: – Então as *paradas* não têm nada a ver com você odiar ser tocada por mim?

– Odiar ser tocada por você não é a *parada*. Com certeza não é. Certeza total – eu dei um passo em direção a ele.

Ele sorriu e de repente seus braços estavam me envolvendo, só que desta vez ele se curvou para me beijar. O gosto dele era tão bom quanto seu cheiro, portanto o beijo foi ótimo e em algum ponto no meio dele percebi como fazia tempo que eu e Erik não dávamos uns bons amassos. Tipo, não sou nenhuma cachorra que nem Aphrodite, mas também não sou nenhuma freira. E não estava mentindo quando disse a Erik que gostava do seu toque. Deslizei meus braços em direção aos seus ombros largos, me debruçando ainda mais sobre ele. Nós nos encaixávamos bem. Ele era bem alto mesmo, mas eu gostava disso. Ele me fazia sentir pequena, feminina e protegida, e eu gostava disso também. Fiquei brincando com os dedos na nuca dele, onde seus cabelos ficavam mais grossos e um pouquinho encaracolados. Minhas unhas roçaram a pele macia da sua nuca, e percebi que Erik estremeceu ao ouvir um gemidinho vindo do fundo de sua garganta.

– Você é tão gostosa – ele murmurou junto aos meus lábios.

– Você também é – sussurrei em resposta. Apertei meu corpo contra o dele e o beijei mais forte. E então, por impulso (daqueles bem de cachorra, aliás), puxei a mão dele que estava na parte de baixo das minhas costas e levei até a lateral de um dos seios. Ele gemeu de novo e seu beijo ficou mais intenso e mais quente. Ele desceu a mão e a enfiou dentro do meu suéter, depois subiu e segurou meu seio por sobre o sutiã de renda preta.

Tá, vou reconhecer. Eu gostei de senti-lo tocando meu seio. Foi muito bom. Era especialmente bom sentir que eu estava provando a Erik que não o havia rejeitado. Eu me mexi para ele sentir melhor, e aquele pequeno e inocente (bem, semi-inocente) movimento fez nossas bocas escorregarem e meu dente da frente arranhou seu lábio inferior.

O gosto do sangue dele me atingiu com força e arfei junto à boca dele. Era um gosto delicioso, quente e de um indescritível doce e salgado. Eu sei que soa nojento, mas não pude evitar minha reação imediata. Segurei o rosto de Erik com as mãos e puxei seu lábio para baixo com minha boca. Lambi de levinho, o que fez o sangue fluir mais rápido.

– Isso, vamos. Beba – Erik disse com a voz rasgada e respirando cada vez mais rápido.

Esse era todo o encorajamento de que eu precisava. Suguei seu lábio para dentro da boca, provando da maravilhosa magia de seu sangue. Não era como o sangue de Heath. Não me deu um prazer intenso de doer, e quase fora de controle. O sangue de Erik não me trouxe aquela rajada de paixão incandescente que Heath me trazia. O sangue de Erik era como uma pequena fogueira de acampamento, algo quente, firme e forte. Ele me preenchia o corpo como uma flama que esquentava, um prazer líquido que descia até os dedos dos pés e me fazia querer mais: mais de Erik e mais de seu sangue.

– Uh-hum!

O som de uma garganta sendo ostensivamente (e ruidosamente) limpa fez Erik e eu nos afastarmos um do outro como se estivéssemos sendo eletrocutados. Vi os olhos de Erik se arregalarem quando olhou para trás de mim, e então o vi sorrir, o que o fez parecer um garotinho flagrado com a mão no pote de biscoitos (aparentemente na minha jarra de biscoitos).

– Desculpe, professor Blake. Pensei que estivéssemos sozinhos.

6

Aimeudeus. Eu queria morrer. Eu queria morrer e virar pó e ser soprada pelo vento para *qualquer lugar,* contanto que fosse para longe. Mas, ao invés disso, dei meia-volta. Claro que Loren Blake, Poeta *Vamp* Laureado e Macho Mais Lindo do Universo, estava lá, parado, com seu sorriso classicamente belo no rosto.

– Ah, ahn, oi – eu gaguejei e, como não soou estúpido o suficiente, falei sem pensar: – Você está na Europa.

– Estava. Cheguei esta noite.

– Como foram as coisas na Europa? – calmo e controlado, Erik colocou o braço nos meus ombros de modo casual.

Loren sorriu ainda mais e olhou de Erik para mim: – As pessoas não são tão simpáticas quanto as daqui.

Erik, que parecia estar se divertindo, riu baixinho: – Bem, a questão não é aonde você vai, mas quem você conhece.

Loren arqueou uma das sobrancelhas perfeitas: – Óbvio.

– É aniversário de Zoey. Estávamos em pleno beijo de parabéns – Erik disse. – Você sabe que Z. e eu estamos juntos.

Olhei de Erik para Loren. A testosterona era quase visível no ar entre eles. Nossa mãe, eles estavam fazendo a linha bofe totalmente. Principalmente Erik. Juro que eu não ficaria surpresa se ele me desse uma bordoada na cabeça e saísse me arrastando pelos cabelos. O que não era uma imagem mental das mais atraentes.

– Sim, ouvi falar que vocês estavam saindo – Loren disse. Seu sorriso pareceu meio esquisito, um tanto sarcástico, quase um esgar. Então ele apontou para o meu lábio: – Você está com um pouquinho de sangue aí, Zoey. Provavelmente vai querer limpar – fiquei corada. – Ah, e feliz aniversário.

Ele foi seguindo a calçada em direção à parte da escola onde ficavam as salas particulares dos professores.

– Acho que não tinha como isso ser mais constrangedor – eu disse, após lamber o sangue do meu lábio e endireitar meu suéter.

Erik deu de ombros e sorriu.

Bati em seu peito antes de me abaixar para pegar minha planta e meu livro: – Não sei por que você está achando graça – eu disse e comecei a caminhar em direção ao dormitório. Naturalmente, ele me seguiu.

– Estávamos só nos beijando, Z.

– Você estava me beijando. Eu estava sugando seu sangue – olhei para ele de rabo de olho. – Ah, e tem aquele detalhezinho de sua mão dentro da minha blusa. Não podemos nos esquecer disso.

Ele pegou o pote de lavanda e segurou minha mão: – Não vou me esquecer disso, Z.

Eu não tinha nenhuma mão livre para bater nele outra vez, então olhei feio: – É constrangedor. Não acredito que Loren nos viu.

– Era só Blake, e ele nem sequer é professor pleno.

– É *constrangedor* – repeti, querendo que meu rosto esfriasse. Também queria poder sugar mais sangue de Erik, mas não ia dizer isso.

– Não estou constrangido. Estou feliz por ele nos ter visto – Erik disse orgulhosamente.

– Está contente? Desde quando você fica excitado de se exibir em público? – maravilha. Erik era um doido tarado e eu estava agora descobrindo isso.

– Não fico excitado por me exibir em público, mas mesmo assim fico feliz por Blake ter nos visto – a voz de Erik perdeu o tom divertido e seu sorriso deu lugar a uma expressão carrancuda: – Não gosto do jeito que ele olha para você.

Meu estômago se revirou: – Como assim? Como ele olha para mim?

– Como se você não fosse aluna e ele não fosse professor – ele fez uma pausa. – Então você não reparou?

– Erik, acho que você é doido – tive o cuidado de não responder à pergunta. – Loren não me olha de jeito nenhum – meu coração estava batendo como se fosse pular do peito. Droga, eu havia reparado *sim* no modo como Loren olhava para mim! *Eu percebia direitinho*. Cheguei a conversar com Stevie Rae sobre isso. Mas, com tudo que aconteceu depois, além de Loren ter passado quase um mês fora, eu estava quase me convencendo de que havia sido imaginação minha o que acontecera entre nós.

– Você o chama de Loren – Erik disse.

– Sim, como você disse, ele não é professor de verdade.

– Eu não o chamo de Loren.

– Erik, ele me ajudou a fazer a pesquisa para as novas regras das Filhas das Trevas – o que era mais do que um exagero; era uma mentira descarada. Eu fiz a pesquisa. Loren apenas estava lá. Nós conversamos sobre a pesquisa. Ele tocou meu rosto. Sem querer pensar naquilo, apressei-me: – Além do mais, ele me perguntou sobre minhas tatuagens – era verdade. Sob a lua cheia, eu mostrei quase as costas inteiras para ele ver... e tocar... e se inspirar para escrever poemas. Procurei mudar o rumo que aqueles pensamentos estavam tomando e encerrei o assunto dizendo: – Então, eu meio que o conheço.

Erik resmungou qualquer coisa.

Parecia que havia um monte de ratos pedalando dentro da minha cabeça, mas forcei minha voz a soar leve e brincalhona.

– Erik, você está com ciúmes de Loren?

– Não – Erik olhou para mim, olhou para o outro lado e encarou meus olhos outra vez: – Sim. Tudo bem, talvez.

– Não fique. Não há razão para você ficar com ciúmes. Não existe nada entre eu e ele. Juro – bati meu ombro contra o dele. E naquele momento não estava fingindo. Já era estressante demais tentar bolar o que eu faria quanto à Carimbagem de Heath. A última coisa de que eu precisava era um romance secreto com um tipo ainda mais proibitivo que um ex-namorado humano. (Era triste, mas, pelo jeito, a última coisa de que eu precisava era sempre a primeira que me vinha.)

– Tem alguma coisa nele que eu não gosto – Erik disse.

Nós paramos em frente ao dormitório das meninas e, ainda segurando sua mão, virei-me para ele e estremeci os cílios de modo inocente: – Então você já experimentou Loren também?

Ele fez cara feia: – Não existe a mais remota possibilidade – ele me puxou para si e me envolveu com os braços. – Desculpe por viajar errado em relação a Blake. Eu sei que não tem nada entre vocês. Acho que fui bobo e ciumento.

– Você não é bobo, e não ligo de você sentir ciúmes. Pelo menos um pouquinho.

– Você sabe que sou louco por você, Z. – ele disse, e então se curvou e roçou o nariz em minha orelha. – Queria que já não fosse tão tarde.

Estremeci: – Eu também – mas olhei por sobre o ombro dele e vi o céu começando a clarear. Além do mais, eu estava exausta. Depois do meu aniversário, da cena com minha mãe e o padrastotário, e do encontro com minha melhor amiga morta-viva, eu realmente precisava de um tempo para pensar sozinha e de uma boa noite (no nosso caso, dia) de sono. Mas isso não impedia de me aninhar nos braços de Erik.

Ele me beijou no alto da cabeça e me abraçou forte: – Ei, você já pensou em quem vai representar a terra no Ritual da Lua Cheia?

– Não, ainda não – respondi. Droga. O Ritual da Lua Cheia seria dali a duas noites e eu estava evitando pensar nisso. Substituir Stevie Rae já seria pavoroso demais se ela estivesse morta de verdade. Saber que ela era uma morta-viva que vivia se esgueirando por vielas imundas e túneis medonhos no centro da cidade era algo que tornava mais deprimente ainda a função de substituí-la. Para não dizer errado.

– Você sabe que posso fazer isso. Basta pedir.

Inclinei a cabeça para olhar para ele. Ele fazia parte do Conselho Sênior das Filhas das Trevas com as gêmeas, Damien e eu, é claro. Eu era Monitora Sênior, apesar de ser, tecnicamente, uma novata, e não uma sênior. Stevie Rae também fazia parte do conselho. E não, eu não havia resolvido quem deveria substituí-la. Na verdade, eu tinha que me virar para escolher dois alunos para o conselho, e também ainda não pensara nisso. Deus, eu estava estressada. Respirei fundo: – Você poderia fazer o favor de representar a terra no círculo para nosso Ritual da Lua Cheia?

– Tudo bem, Z. Mas você não acha que seria uma boa ideia praticar a consagração do círculo antes do ritual? Com todos vocês tendo afinidade pelos elementos, ou, no seu caso, todos os cinco elementos, é melhor termos certeza de que tudo vai correr bem quando um cara sem dom nenhum estiver no círculo.

– Eu não diria que você é um cara sem dom nenhum.

– Bem, não estou falando de meu enorme dom de dar um bom amasso.

Revirei os olhos: – Nem eu.

Ele me puxou mais para perto para que meu corpo ficasse ajustado ao dele: – Acho que preciso lhe mostrar mais do meu talento.

Dei risada e ele me beijou. Eu ainda podia sentir um vago traço de sangue em seu lábio, o que tornou o beijo ainda mais doce.

– Acho que vocês fizeram as pazes – Erin disse.

– Parece mais pegação do que fazer as pazes, gêmea – Shaunee corrigiu.

Desta vez Erik e eu não nos afastamos. Apenas suspiramos.

– Não existe privacidade nesta escola – Erik murmurou.

– *Hello*! Vocês estão engolindo a cara um do outro aqui bem na frente de todo mundo – Erin disse.

– Eu acho lindinho – Jack palpitou.

– Isso porque você é lindinho – Damien falou, dando o braço a Jack enquanto desciam a escadaria da frente do dormitório.

– Gêmea, acho que vou vomitar. E você? – Shaunee perguntou.

– Com certeza – Erin disse.

– Quer dizer que vocês duas ficam enjoadas com essas coisas de casal, né? – Erik perguntou com um brilho maldoso nos olhos. Eu tentei imaginar o que ele estaria armando.

– Totalmente enjoativo – Erin disse.

– Só é – Shaunee concordou.

– Então vocês não estão interessadas em saber o recado que Cole e T. J. querem que eu lhes passe.

– Cole Clifton? – Shaunee indagou.

– T. J. Hawkins? – Erin perguntou.

– Sim e sim – Erik disse.

Vi o cinismo gêmeo de Shaunee e Erin desaparecer de um minuto para o outro.

– Cole é *liiiiindo* – Shaunee praticamente ronronou. – Aqueles cabelos louros e aqueles olhos azuis sacanas me dão vontade de dar uns tapinhas naquele traseiro.

– T. J. – Erin disse entre dramática e airosa –, aquele garoto sabe *cantar*. E ele é alto... Aaah, ele é *tão* bom.

– Esse drama todo significa que vocês duas na verdade estão interessadas nessas coisinhas de casal? – Damien perguntou, levantando as sobrancelhas de um jeito presunçoso.

– Sim, Rainha Damien – Shaunee disse, enquanto Erin olhava feio para ele, concordando com a amiga.

– Quer dizer que você queria passar um recado de Cole e T. J. para as gêmeas? – perguntei a Erik antes que Damien pudesse rebater as gêmeas, o que me fez sentir falta de Stevie Rae pela zilionésima vez. Ela era melhor pacificadora do que eu.

– Sim, só que todos nós achamos que seria legal se Shaunee e Erin e você – ele me apertou os ombros – fossem ao IMAX amanhã com a gente.

– A gente quem, você, Cole e T. J.? – Shaunee perguntou.

– É. Ah, e Damien e Jack também estão convidados.

– O que vamos assistir? – Jack perguntou.

Erik fez uma pausa para dar dramaticidade e disse: – *300* vai ser reapresentado em um evento especial no IMAX.

Desta vez foi Jack quem se abanou. Damien sorriu: – Já era, nós vamos.

– Estamos nessa também – Shaunee disse, enquanto Erin balançava tanto a cabeça, concordando, que seus longos cabelos louros giraram e ela ficou parecendo uma chefe de torcida maluca.

– Sabe, *300* pode ser o filme perfeito. Tem algo de interesse nele para todo mundo – eu disse. – Peitinhos masculinos para quem gosta. E peitões femininos para quem gosta. Além de uma boa dose de heróis lutando, e quem não gosta disso?

– E há um espetáculo à meia-noite no IMAX para quem não gosta da luz do dia – Erik disse.

– Perfeição pura – Damien observou.

– Só! – as gêmeas disseram juntas.

Fiquei parada lá, sorrindo. Eu era louca por eles. Todos os cinco. Eu ainda sentia muito a falta de Stevie Rae, mas pela primeira vez depois de um mês eu estava me sentindo eu mesma – contente, até feliz.

– Então está marcado? – Erik disse.

Todo mundo disse que sim ao mesmo tempo.

– É melhor ir para o dormitório. Não quero ser flagrado no sagrado andar das garotas depois do toque de recolher – ele disse, brincando.

– Sim, é melhor irmos – Damien disse.

– Ei, Zoey, feliz aniversário – Jack disse.

Nossa mãe, ele era um doce de garoto. Sorri para ele: – Obrigada, querido – então olhei para o resto de meus amigos. – Desculpe por ter sido uma bundona hoje cedo. Eu gostei sim dos meus presentes.

– Isso quer dizer que você vai *usar* seus presentes? – Shaunee perguntou, olhando para mim com seus olhos cor de chocolate apertados.

– É, e você vai usar aquelas botas super da hora nas quais pagamos US$ 295,52? – Erin acrescentou.

Engoli em seco. As famílias de Shaunee e Erin tinham dinheiro. Já eu, por outro lado, com certeza *não* estava acostumada a ter botas de trezentos dólares. Na verdade, só então me dei conta de como as botas eram caras e passei a gostar delas cada vez mais.

– Sim. Eu vou usar aquelas botas *liiiindas* – eu disse, imitando o jeito de Shaunee falar.

– O cachecol de caxemira também não foi exatamente barato – Damien disse com desdém. – Eu já disse que é de caxemira? Cem por cento.

– Já disse tantas vezes que perdemos a conta – Erin resmungou.

– Eu amo caxemira – afirmei.

Jack franziu a testa e olhou para os pés: – Meu globo de neve não foi tão caro.

– Mas é uma graça e segue o tema do boneco de neve, combinando perfeitamente com meu lindo colar de boneco de neve, que nunca mais vou tirar – sorri para Erik.

– Nem no verão? – ele perguntou.

– Nem no verão – respondi.

Erik sussurrou: – Obrigado, Z. – E me beijou de leve.

– Estou sentindo vontade de vomitar outra vez – Shaunee disse.

– Já estou regurgitando um pouquinho – Erin falou.

Erik me abraçou de novo e correu atrás de Jack e Damien, que já estavam se afastando. Ele ainda gritou por sobre o ombro: – Então vou dizer a Cole e T. J. que vocês duas não gostam muito desse negócio de ficar beijando.

– Se você fizer isso, a gente te mata – Shaunee disse docemente.

– Você vai cair duro feito pedra de tão morto – Erin completou com a mesma doçura.

Fiz eco à gargalhada de Erik, que desaparecia à medida que ele se distanciava, e peguei meu vaso de lavanda, agarrei meu *Drácula* junto ao peito e entrei no dormitório com minhas amigas. E comecei na verdade a pensar que talvez eu pudesse arrumar uma solução para o problema de Stevie Rae e poderíamos ficar todos juntos de novo.

Lamentavelmente, essa ideia se provou não só ingênua, mas impossível.

7

Sábado à tardinha (que na verdade é sábado de manhã para nós) costuma ser um momento de ócio. As garotas ficam andando pelo dormitório de pijamas e camisolas, cabelos desgrenhados, sonolentamente comendo cereais ou pipoca fria e assistindo reprises nas diversas tevês de tela *widescreen* na sala de estar do dormitório. Por isso não foi surpresa que Shaunee e Erin me olhassem com caras grogues de quem não estavam entendendo nada quando peguei uma barra de granola e uma lata de refrigerante de cola (*não diet*, eca) e apareci no caminho entre seus olhares vidrados e a TV.

– O que foi? – Erin perguntou.

– Z., por que você está tão acordada? – Shaunee quis saber também.

– É, não é saudável ficar tão acesa tão cedo – Erin disse.

– Exatamente, gêmea. Todo mundo tem sua cota de energia. Se a pessoa gasta tudo logo no começo do dia, ela acaba e a pessoa fica de mau humor – Shaunee concordou.

– Não estou acesa. Estou ocupada – felizmente, isso encerrou a lição de moral das duas. – Vou à biblioteca pesquisar sobre rituais – não era mentira. Elas presumiram que eu estivesse falando do próximo Ritual da Lua Cheia, mas na verdade eu estava falando de um ritual para desfazer a condição de morta-viva de Stevie Rae. – Enquanto eu faço isso, quero que vocês encontrem Damien e Erik e lhes digam que vamos nos encontrar debaixo da árvore perto do muro às... – dei uma olhada em meu relógio de pulso. – São cinco e meia agora. Eu devo terminar minha pesquisa lá pelas sete e pouco. Que tal nos encontrarmos às sete e quinze?

– Pode ser – as gêmeas disseram.

– Mas por que vamos nos reunir? – Erin perguntou.

– Ah, desculpe. É que Erik vai representar a terra amanhã – engoli o nó que se formou em minha garganta. As gêmeas pareceram igualmente tristes. Estava na cara que nenhum de nós havia realmente superado a perda de Stevie Rae, mesmo aqueles de nós que achavam que ela estava morta. – Erik achou que poderia ser uma boa ideia praticar a consagração do círculo mágico antes do ritual de verdade. Sabe, considerando que todos nós temos afinidades elementais e ele não. Achei que seria uma boa ideia, também.

– É... parece que é... – as gêmeas murmuraram.

– Stevie Rae não ia querer que estragássemos um ritual por ela não estar aqui – eu disse. – Ela ia dizer "*é melhor vocês agirem direitinho e não ficar pagando mico*" – meu sotaque fez as gêmeas sorrirem.

– Estaremos lá, Z. – Shaunee afirmou.

– Ótimo, depois disso vamos assistir ao *300* – eu disse.

Isso as fez sorrir de verdade.

– Ah, e vocês duas podem ficar responsáveis pelas velas dos elementos?

– Pode deixar, Z. – Erin disse.

– Obrigada, pessoal.

– Ei, Z. – Shaunee chamou quando eu já estava quase saindo pela porta.

Parei e olhei para elas.

– Lindas botas – Erin disse.

Sorri e levantei um dos pés. Eu estava de calça jeans, mas a bainha batia um pouco abaixo dos joelhos, de modo que todo mundo podia ver bem as árvores de Natal cintilantes que adornavam as laterais das botas. Eu também estava usando o cachecol de boneco de neve que Damien me dera, e a caxemira era mesmo um sonho de tão macia. Duas meninas sentadas no sofá perto da porta também fizeram uns barulhinhos de aprovação para as botas e eu vi que as gêmeas trocaram olhares convencidos do tipo "eu sabia".

– Obrigada, as gêmeas me deram de aniversário – eu disse alto o bastante para que Shaunee e Erin ouvissem. Elas me sopraram beijos quando saí pela porta.

Mastiguei minha barra de granola e segui para o centro de mídia no edifício principal da escola. Para minha surpresa, eu estava tranquila em relação ao Ritual da Lua Cheia. Claro que seria esquisito não ter Stevie Rae representando a terra, mas eu estaria cercada por amigos. Nós ainda éramos *nós*, mesmo que faltando um.

A escola estava ainda mais vazia do que no mês anterior, o que fazia sentido. Era Natal, e apesar de os novatos terem de ficar em contato físico com *vamps* adultos, temos permissão para passar até um dia inteiro fora do campus. (Os *vamps* soltam algum tipo de feromônio que controla parcialmente a Transformação que ocorre dentro de nós e nos permite completar a metamorfose em que viramos vampiros adultos, ou ao menos permite que alguns de nós completem o processo. Os demais morrem.) Por isso muitos estavam passando o Natal com suas famílias humanas.

Como eu já esperava, a biblioteca estava deserta. E não precisava me preocupar se ela estaria fechada e com o alarme ligado, como em qualquer escola típica. Os *vamps*, com seus poderes físicos e psíquicos, não precisavam de trancas para nos fazer agir direito. Na verdade, eu não sabia bem o que eles faziam quando um novato cometia alguma bobagem de adolescente. Diziam que os *vamps* expulsavam o apóstata (hehe, "apóstata" era uma daquelas palavras complicadas que Damien usava) por um período variável de tempo. O que significava que o aluno podia ficar realmente doente – tipo se afogar no próprio corpo, decompondo-se em fluidos, e morrer.

Em suma, era melhor não aborrecer os vampiros. Naturalmente, eu ganhara a inimizade da poderosa Grande Sacerdotisa de nossa escola. Às vezes era bom ser eu mesma – quando Erik estava me beijando ou quando eu estava com meus amigos –, mas a maior parte do tempo ser eu mesma era estressante e angustiante.

Procurei pelos livros velhos mofados na seção de metafísica da biblioteca (como você já deve imaginar, nesta biblioteca específica esta seção era enorme). Levou tempo, pois resolvi não acessar o catálogo do computador pelo mecanismo de busca. A última coisa de que eu precisava era deixar um rastro eletrônico gritando: Zoey Redbird está tentando encontrar informações sobre novatos que morreram e voltaram à vida como demônios sugadores de sangue por obra e graça de uma Grande Sacerdotisa compulsiva e manipuladora que tem algum plano-mestre ainda desconhecido! Não. Até eu sabia que isso não seria uma boa ideia.

Fazia mais de uma hora que eu estava lá e já estava ficando frustrada com aquele ritmo de tartaruga. Como eu queria poder pedir ajuda a Damien. O garoto não era só esperto e lia rápido, ele também era bom demais em pesquisa. Eu estava me agarrando a *Rituais para Curar o Corpo e o Espírito* e tentando pegar na prateleira mais alta um livro de capa de couro mais velho que andar para a frente chamado *Combatendo o Mal com Feitiços e Rituais,* quando surgiu um braço forte que o alcançou e o pegou com a maior facilidade por sobre minha cabeça. Eu me virei e trombei como uma retardada com Loren Blake.

– *Combatendo o Mal,* hein? Escolha de leitura interessante.

Sua proximidade não me ajudou os nervos: – Você sabe como eu sou (na verdade, não sabia nada). Gosto de estar preparada.

Ele franziu as sobrancelhas, como quem não estava entendendo: – Está esperando algum ataque maligno?

– Não! – eu disse rápido demais. Então ri, tentando soar airosa (airosa, hehehe), mas tenho certeza de que soou totalmente falso. – Bem, dois meses atrás ninguém estava esperando que Aphrodite perdesse o controle de um monte de espíritos vampirescos sugadores de sangue, mas aconteceu. Então achei que era melhor prevenir do que remediar – Deus, que idiota eu sou.

– Acho que faz sentido. Então não está se preparando para nada específico?

Questionei comigo mesma aquele interesse agudo em seus olhos: – Não – eu disse como quem não quer nada. – Estou apenas tentando fazer um bom trabalho como líder das Filhas das Trevas.

Ele deu uma olhada nos rituais do livro que eu estava segurando: – Você sabe que estes rituais são só para vampiros adultos, não sabe? Quando um novato adoece, infelizmente, a razão é uma só. É porque o corpo dele ou dela está rejeitando a Transformação e depois vem a morte – então ele acrescentou em um tom mais gentil: – Você não está se sentindo doente, está?

– Ah, meu Deus, não! – eu disse afobadamente. – Estou ótima. É só, bem... – hesitei, tentando arrumar uma desculpa. Com uma súbita inspiração, disparei: – É constrangedor admitir, mas pensei em estudar mais para quando eu me tornar Grande Sacerdotisa.

Loren sorriu: – Por que isso seria algo constrangedor de admitir? Eu jamais imaginei que você fosse uma dessas mulheres bobas que acham que ler e estudar bastante seria algum tipo de constrangimento.

Senti minhas bochechas começando a esquentar – ele me chamou de "mulher", o que era bem melhor do que me chamar de novata ou garota. Ele sempre me fazia sentir tão crescida, tão *mulher*: – Ah, não, nada disso. É constrangedor porque parece presunção dar como certo que serei Grande Sacerdotisa um dia.

– Acho que você supor isso é apenas bom senso e uma compreensível autoconfiança – seu sorriso me esquentou a ponto de eu poder jurar que estava sentindo seu calor em minha pele. – Sempre senti atração por mulheres seguras.

Deus, ele me fez retorcer os dedos dos pés.

– Você não faz ideia de como é especial, não é, Zoey? Você é única. Não como o resto dos novatos. Você é uma deusa entre aqueles que se consideram semideuses – quando ele levou a mão ao meu rosto e fez um carinho, detendo-se nas tatuagens que me emolduravam os olhos, achei que fosse derreter em meio às estantes de livros. – *A ti jurei lealdade e a julguei radiante. A ti que és negra como o inferno e escura como a noite.*

– De onde é esse trecho? – seu toque fez meu corpo todo latejar, deixando minha cabeça tonta, mas consegui reconhecer a cadência profunda de sua incrível voz ao recitar poesia.

– Shakespeare – ele murmurou, passando o polegar de leve sobre as linhas das tatuagens que decoravam minha maçã do rosto. – É de um dos sonetos que ele escreveu para *Dark Lady*, que foi seu verdadeiro amor. É claro que nós sabemos que ele era vampiro. Mas acreditamos que o verdadeiro amor de sua vida foi uma jovem que fora Marcada e que morreu ainda novata, sem completar a Transformação.

– Pensei que vampiros adultos não deviam ter relacionamentos com novatos – estávamos tão próximos que eu não precisava falar mais alto do que um sussurro para ele me ouvir.

– Não devemos. É extremamente impróprio. Mas às vezes existe uma atração que transcende os limites entre vampiro e novato, bem como os limites de idade e de correção. Você acredita nesse tipo de atração, Zoey?

Ele estava falando de nós! Estávamos olhando nos olhos um do outro e me senti absorvida por ele. Suas tatuagens eram um ousado padrão de linhas intrincadas que pareciam raios e combinavam perfeitamente com seus cabelos e olhos escuros. Ele era tão insanamente lindo e tão mais velho que me fazia sentir ao mesmo tempo atração e medo de estar brincando com algo muito além de qualquer coisa que já tivesse experimentado, algo que poderia facilmente sair do controle. Mas a atração existia. E se ele estivesse mesmo certo, transcendia totalmente os limites entre vampiro e novata. Tanto que Erik até reparou no jeito que Loren me olhava.

Erik... Fui tomada pela culpa. Ele morreria se visse o que estava acontecendo entre Loren e eu. Então me veio à mente um pensamentozinho maldoso (*Erik não está aqui para ver)* e dei um suspiro fundo e trêmulo, e me ouvi dizer: – Sim. Eu acredito nesse tipo de atração. E você?

– Agora, acredito – ele deu um sorriso triste. De repente, ele me pareceu tão jovem e lindo e vulnerável que meu sentimento de culpa evaporou. Eu quis envolver Loren nos braços e dizer que ia dar tudo certo. Estava apenas reunindo coragem para chegar ainda mais perto dele quando suas palavras seguintes me surpreenderam tanto que me esqueci de seu sorriso de garotinho perdido: – Voltei ontem porque sabia que era seu aniversário.

Fiquei chocada: – É mesmo?

Ele fez que sim, ainda fazendo carinho no meu rosto com o dedo. – Estava procurando você quando a encontrei com Erik – seu olhar ficou mais intenso, e a voz ficou mais grave e rouca. – Não gostei de vê-lo com aquelas mãos cheias de dedos te agarrando.

Hesitei, não sabia direito como responder. Fiquei morrendo de vergonha quando ele me viu com Erik. Mesmo assim, apesar de ser constrangedor ser flagrada naquele agarramento, eu não havia feito nada de errado. Afinal, Erik era meu namorado, e o que ele e eu fazíamos não era da conta de Loren. Mas, ao olhar em seus olhos, me dei conta de que talvez eu quisesse que fosse, sim, da conta de Loren.

Como se pudesse ler minha mente, ele tirou a mão do meu rosto e olhou para o outro lado: – Eu sei. Não tenho direito nenhum de ficar com raiva por você estar com Erik. Não é da minha conta.

Lentamente, levei a mão ao queixo dele, virando seu rosto para mim, para poder olhar em seus olhos: – Você quer que seja da sua conta?

– Nem tenho palavras para expressar o quanto – ele disse. Então soltou o livro, que ainda estava segurando, e pegou meu rosto com as mãos, de modo que seus polegares pararam perto dos meus lábios e seus dedos se espalharam em meus cabelos: – Acho que é minha vez de lhe dar um beijo de feliz aniversário.

Ele tomou conta de minha boca e, ao mesmo tempo, foi como se tomasse conta do meu corpo e da minha alma. Bom, Erik beijava bem. E eu beijava Heath desde que estava na terceira série e ele na quarta; eu gostava e conhecia o jeito de Heath beijar. Mas Loren era um homem. Quando ele me beijou, não houve aquela desajeitada hesitação à qual eu estava acostumada. Seus lábios e sua língua disseram exatamente o que ele queria e que também sabia como fazer. E algo estranho e mágico aconteceu. Eu não era mais uma garota ao corresponder àquele beijo. Eu era uma mulher madura e poderosa, e também sabia o que queria e como conseguir.

Ao fim do beijo, estávamos os dois arfando. Loren segurou meu rosto com as mãos e se afastou só um pouquinho para podermos olhar nos olhos um do outro mais uma vez.

– Eu não devia ter feito isso – ele disse.

– Eu sei – respondi, mas isso não me impediu de continuar olhando para ele de modo ousado. Eu ainda estava segurando a droga do livro de rituais e feitiços de cura com uma das mãos, mas a outra estava pousada em seu peito.

Abri os dedos lentamente para deslizá-los na gola desabotoada da camisa dele e tocar sua pele. Ele estremeceu e senti aquele tremor reverberar em algum ponto bem dentro de mim.

– Isso vai ser complicado – ele disse.

– Eu sei – repeti.

– Mas eu não quero parar.

– Nem eu – eu disse.

– Ninguém pode saber de nós. Pelo menos, não por enquanto.

– Tudo bem – fiz que sim com a cabeça, sem saber direito o que havia para se saber, mas sentindo um estranho nó se formando no fundo do meu estômago ao pensar no que ele estava me pedindo.

Ele me beijou outra vez. Desta vez seus lábios estavam doces, quentes e muito, muito delicados, e senti o nó se dissolver.

– Quase me esqueci – ele sussurrou de encontro aos meus lábios –, trouxe uma coisa para você – e me deu mais um beijinho rápido e enfiou a mão no bolso da calça preta à procura de algo. Sorrindo, pegou uma caixinha dourada. Entregando-me, ele disse: – Feliz aniversário, Zoey.

Meu coração sofreu um baque ridículo dentro do peito quando abri a caixa e ofeguei: – *Aimeudeus*! Mas é deslumbrante! – um par de brincos de diamante cintilou para mim como um lindo sonho aprisionado. Não eram enormes e espalhafatosos, mas pequenos, delicados e tão claros e faiscantes que quase doíam na vista. Por um instante, vi o sorriso doce de Erik ao me dar o colar com o boneco de neve, ouvi a voz de minha avó dizendo em minha consciência que eu não poderia aceitar um presente tão caro de um homem, mas a voz de Loren apagou a imagem de Erik e o aviso de minha avó.

– Quando vi estes brincos, lembrei-me de você: perfeita, linda e brilhante.

– Ah, Loren! Nunca vi nada mais lindo – recostei-me ao peito dele com o rosto para cima e ele se abaixou, me abraçou e me beijou até eu sentir que minha cabeça ia explodir.

– Vamos lá, coloque-os – Loren sussurrou enquanto eu ainda tentava ganhar fôlego após mais um beijo.

Eu não pusera brincos ao acordar, de modo que em segundos eles já estavam nas minhas orelhas.

– Tem um velho espelho lá no canto. Dê uma olhada – devolvemos os livros à prateleira e Loren me pegou pela mão e me levou para o aconchegante canto de leitura do centro de mídia, onde havia um sofá grande e bastante estofado e duas poltronas combinadas. Na parede entre eles havia um espelho enorme, obviamente antigo, de moldura dourada. Loren parou atrás de mim com as mãos nos meus ombros de modo que nós dois fomos refletidos pelo espelho. Puxei meus cabelos grossos para trás das orelhas e virei a cabeça de um lado para outro para que a iluminação a gás batesse nas facetas dos diamantes e eles cintilassem.

– São lindos – eu disse.

Loren apertou meus ombros e me puxou para junto de si.

– Sim, você é linda – ele disse. Depois, ainda me olhando nos olhos através do espelho, ele se curvou para esfregar o nariz em um dos meus lóbulos já adornado e sussurrou: – Acho que você já estudou demais por hoje. Venha para meu quarto comigo.

Vi minhas pálpebras ficando pesadas quando ele me beijou o pescoço, seguindo a trilha das minhas tatuagens até alcançar o ombro. Foi quando percebi o que ele estava realmente sugerindo e senti uma onda de medo me envolver o corpo. Ele queria que eu fosse para o quarto dele para transar! Eu não queria fazer isso! Bem, tá, talvez quisesse. Mas só em tese. Mas perder a virgindade para valer com aquele homem tão gostoso e experiente... Agora? Hoje? Quase engasgando, saí dos braços dele, meio sem jeito: – Eu... eu não posso – enquanto minha mente procurava algo para dizer que não soasse debiloide e infantil, o relógio de pêndulo solenemente posicionado atrás do sofá começou a soar ruidosamente e senti um alívio repentino: – Não posso porque combinei de encontrar Shaunee e Erin e os demais membros do Conselho Sênior às sete e quinze para ensaiarmos o ritual de amanhã.

Loren sorriu: – Você é uma liderzinha bem dedicada às Filhas das Trevas, não é? Então vamos deixar para outra vez – ele se aproximou e pensei que fosse me beijar de novo. Mas, ao invés disso, ele tocou meu rosto, fazendo um rápido carinho nas tatuagens. Seu toque me deixou trêmula e sem fôlego: – Se você mudar de ideia, estarei no andar dos poetas. Sabe onde é?

Fiz que sim com a cabeça, ainda com dificuldade de falar. Todo mundo sabia que o Poeta Laureado tinha o terceiro andar do edifício dos professores só para ele. Cheguei a ouvir as gêmeas fantasiando se embrulharem como presentes gigantes e se mandarem entregar no "*loft* da luxúria" (como elas chamavam).

– Ótimo. Saiba que estarei pensando em você, mesmo que resolva não vir me tirar deste estado miserável.

Ele já havia dado meia-volta e estava se afastando quando consegui falar: – Mas eu realmente não vou poder ir. Então, quando vamos nos ver outra vez?

Ele olhou para mim por sobre o ombro, dando aquele sorriso *sexy* e esperto: – Não se preocupe, minha pequena Grande Sacerdotisa, eu a procuro.

Quando ele foi embora eu afundei no sofá. Minhas pernas estavam moles feito borracha e meu coração batia tão forte que doía. Trêmula, toquei um dos brincos de diamante. Era frio, ao contrário do boneco de neve feito de pérolas que pendia, acusatório, do meu pescoço, e da pulseira de prata apertada em meu pulso. A pulseira e o colar eram quentes. Afundei o rosto nas mãos e disse, infeliz: – Acho que estou virando uma cachorra.

8

Todo mundo já estava lá quando cheguei, apressada. Até Nala. Juro que ela me olhou de um jeito que parecia saber exatamente o que eu estava fazendo na biblioteca. Então ela resmungou *miauff* na minha direção, espirrou e saiu trotando. Deus, que bom que ela não fala.

De repente, os braços de Erik estavam me envolvendo. Ele me beijou rapidamente e depois me abraçou sussurrando em minha orelha: – Passei o dia inteiro louco para vê-la.

– Bem, eu estava na biblioteca – percebi que meu tom saiu abrupto e agressivo (em outras palavras, eu me sentia culpada) quando ele se afastou de mim e me deu um sorriso doce, mas confuso: – É, foi o que as gêmeas nos disseram.

Olhei nos olhos dele me sentindo uma grande idiota. Como pude sequer me arriscar a perdê-lo? Eu jamais deveria ter deixado Loren me beijar. Foi um erro. Eu sabia que era um erro e...

– Ei, Z., lindo cachecol – Damien disse, puxando a ponta de um dos bonecos de neve e interrompendo minha falação interna de culpada.

– Obrigada, foi meu amigo querido quem me deu – respondi, soando esquisita e com uma animação afetada.

– Querido no sentido de amigo, foi o que ela quis dizer – Shaunee observou, revirando os olhos para mim.

– É, não estresse Jack – Erin disse. – Damien não vai mudar de time.

– Você não devia estar dizendo para eu não me estressar? – Erik perguntou jocosamente.

– Não, docinho – Erin respondeu.

– Se Z. trocá-lo pela Rainha Damien, teremos prazer em ajudá-lo a sair da fossa – Shaunee completou. Então as gêmeas improvisaram uma dancinha sensual para Erik. Apesar da culpa que estava sentindo, as duas me fizeram rir e eu cobri os olhos de Erik.

Damien limpou a garganta propositalmente, fazendo cara feia para as gêmeas: – Vocês duas são completamente incorrigíveis.

– Gêmea, esqueci, o que quer dizer incorrigível? – Shaunee perguntou.

– Acho que quer dizer que somos mais gostosas e sensuais do que um rebanho inteiro de garotas certinhas – Erin respondeu, ainda fazendo sua dancinha *sexy*.

– Vocês são duas néscias, ou seja, duas sem-noção – Damien explicou, mas nem ele conseguiu deixar de rir, especialmente quando Jack começou a fazer a dancinha *sexy* também, às gargalhadas. – Enfim – ele continuou –, eu quase fui à biblioteca, mas Jack e eu ficamos tão envolvidos com uma reprise de *Will e Grace* que perdi completamente a noção do tempo. Da próxima vez que você quiser pesquisar, pode me chamar que terei prazer em ajudar.

– Ele é muito rato de biblioteca – Jack disse, empurrando o ombro dele de brincadeira.

Damien corou. As gêmeas deram risinhos. Erik riu. Eu senti vontade de vomitar.

– Ah, não tem problema. Eu estava só, bem... procurando umas coisas – eu disse.

– Outras *paradas*? – Erik sorriu para mim.

Eu odiava o fato de ele ser tão compreensivo e estar sempre do meu lado. Se ele soubesse que a *parada* que eu andara pesquisando na verdade foi dar uns amassos com Loren Blake... Ah, Deus. Não. Ele jamais, jamais podia descobrir.

E sim, eu sabia que era coisa de cachorra fútil eu ter ficado aos beijos com Loren, ter sentido um desejo louco por ele e agora estar praticamente sufocando com uma onda de culpa.

Eu precisava de uma terapia, isso estava claro.

– E vocês trouxeram as velas? – perguntei às gêmeas, resolvendo de uma vez por todas pensar na confusão com Loren mais tarde.

– É claro – Erin disse.

– Por favor. Foi moleza – Shaunee afirmou. – Até já colocamos as velas em seus devidos lugares – ela apontou para uma bela área plana sob a copa de um enorme carvalho. Vi as quatro velas representando os elementos nos lugares adequados, com a quinta vela, a que representa o espírito, no meio do círculo.

– Eu trouxe os fósforos – Jack disse cheio de entusiasmo.

– Bom... vamos fazer assim – falei. Nós cinco começamos a nos dirigir às nossas velas. Damien me surpreendeu ao recuar um pouco e sussurrar: – Se você quiser que Jack saia, é só falar.

– Não – respondi automaticamente, e então minha mente entrou em sincronia com minha boca e acrescentei: – Não, Damien. Por mim tudo bem ele ficar aqui. Ele faz parte do grupo. Ele é um de nós.

Damien me deu um sorriso agradecido e fez um sinal para que Jack me trouxesse os fósforos. Ele correu para me entregá-los no meio do círculo.

– Eu ia trazer um isqueiro, mas pensei melhor e achei que não tinha nada a ver – ele me explicou com muita seriedade. – Acho melhor usar madeira de verdade. Sabe, fósforos *de verdade*. Um isqueiro seria frio e moderno demais para um ritual antigo. Então trouxe isto aqui – ele apresentou orgulhosamente um objeto longo e cilíndrico. Quando olhei para o objeto com cara de, bem, cara de boba, ele tirou a tampa e me entregou a parte de baixo. – Veja só, fósforos de lareira compridos e totalmente chiques. Peguei no gabinete do nosso dormitório. Sabe, perto da lareira.

Peguei os fósforos. Eram compridos e esguios, com um lindo tom de violeta no corpo e pontas vermelhas: – São perfeitos – eu disse, feliz por fazer alguém feliz. – Não se esqueça de trazê-los amanhã para o ritual de verdade. Vou usá-los no lugar do isqueiro.

– Maravilha! – ele exclamou emocionado, e então, sorrindo todo satisfeito para Damien, saiu correndo do círculo e se sentou confortavelmente debaixo da árvore, recostando-se no carvalho.

– Muito bem, pessoal, todo mundo pronto?

Meus três amigos e meu namorado (felizmente havia apenas *um* dos meus namorados presente) disseram sim ao mesmo tempo.

– Vamos revisar o básico para não complicar demais. Vocês estarão em seus lugares no círculo com os demais Filhos e Filhas das Trevas. Então Jack toca a música e eu entro, como no mês passado.

– O professor Blake vai recitar um poema outra vez? – Damien perguntou.

– Ah, *baby*, eu espero que sim – Shaunee disse.

– Aquele *vamp* é tão *liiiindo* que quase me faz gostar de poesia – Erin falou.

– Não! – repreendi. Quando todos me olharam com estranheza (reconheço que estavam *todos* me olhando assim – as gêmeas e Damien estavam, e evitei olhar para Erik), controlei meu tom de voz e continuei: – Tipo, não acho que ele vá recitar nada. Não falei com ele sobre isso, enfim – respondi completamente como quem não quer nada, e tratei de voltar ao ensaio: – Então eu entro e percorro o círculo ao som da música, com ou sem poesia, até chegar ao centro. Eu conjuro o círculo, peço que Nyx nos abençoe especificamente no começo de um novo ano, dou a volta com o vinho e depois fecho o círculo e vamos todos comer – dei uma olhada para Damien: – Você cuidou da comida, certo?

– Sim, a *chef* voltou das férias de inverno e nós dois resolvemos ontem qual seria o *menu*. Temos zilhões de tipos de pimenta. E – ele acrescentou com uma voz que indicava que estava sendo totalmente malicioso – também mandei importar umas cervejas.

– Parece ótimo – sorri para ele. Sim, parece esquisito e vagamente ilegal menores bebendo cerveja em um evento essencialmente escolar. A verdade é que, devido à Transformação física que estava ocorrendo dentro de nossos corpos, o álcool simplesmente não nos afetava mais – nem para nos fazer agir como adolescentes típicos (em outras palavras, não vamos encher a cara e usar isto como desculpa para todo mundo transar).

– Ei, Z., não se esqueça de anunciar no ritual quem você vai nomear para o Conselho Sênior do próximo ano – Erik disse.

– Tem razão. Já havia me esquecido que tinha de fazer isso – suspirei. – Bem, sim, antes de fechar o círculo vou anunciar as nomeações.

– E quem são? – Damien perguntou.

– Eu, ahn, ainda não defini isso. Vou tomar a decisão final hoje à noite – menti. Na verdade, eu ainda não havia pensado em ninguém. Nem quis pensar no assunto, já que uma dessas pessoas iria tomar o lugar no Conselho que fora de Stevie Rae. Então me lembrei de que na verdade devia deixar meu atual Conselho ajudar nesta decisão. – Ahn, pessoal. Acho que amanhã, antes do ritual, podemos nos encontrar e decidir juntos.

– Ei, Z., não se estresse – Erik disse. – Escolha dois nomes. Por nós, tudo bem.

Senti um enorme alívio: – Tem certeza?

Meus amigos disseram "temos" em coro e comentaram entre si "por mim, tudo bem". Todos confiando plenamente em mim. Eca.

– Ótimo. Bem, todos concordam com a ordem do ritual? – perguntei.

Eles concordaram.

– Muito bem. Vamos ensaiar o traçado do círculo – como sempre, não importava a quantidade de *stress* e loucura que estivesse acontecendo em minha vida, quando se tratava de traçar um círculo e invocar os cinco elementos com os quais eu tinha uma ligação especial, ou afinidade, a excitação e o prazer que (felizmente) vêm com meu dom me fazem esquecer todo o resto. Ao me aproximar de Damien, senti o *stress* ir embora, enquanto meu espírito se elevava. Peguei um dos fósforos compridos e raspei na lixa na base do cilindro. Ele se acendeu enquanto eu dizia: – Eu invoco o ar ao nosso círculo. Nós o inalamos em nossas primeiras respirações, nada mais justo que seja o primeiro elemento invocado. Venha para nós, ar! – encostei o fósforo na vela amarela que Damien estava segurando e a acendi, e ela continuou acesa apesar do vento que soprou ao redor de Damien e de mim como se estivéssemos no meio de um minitornado manso, mas brincalhão.

Damien e eu sorrimos um para o outro: – Acho que nunca vou deixar de me impressionar com isto – ele disse baixinho.

– Nem eu – respondi, e soprei para apagar o fósforo que queimava loucamente. Então segui no sentido horário ao redor do círculo em direção a Shaunee, que estava com a vela vermelha. Ao tirar o próximo fósforo, ouvi Shaunee cantarolar algo baixinho e reconheci a velha canção de Jim Morrison, *Light My Fire*. Sorri para ela. – O fogo nos aquece com sua chama apaixonada. Eu invoco o fogo ao nosso círculo! – como sempre, mal tive que tocar a vela de Shaunee com o fósforo aceso. Ela se acendeu imediatamente, projetando luz e calor em nossas peles.

– Estou mais quente do que se estivesse pegando fogo – Shaunee disse.

– Bem, não resta dúvida de que Nyx lhe deu o elemento certo – falei. Então fui até Erin, que estava praticamente vibrando de excitação. Meu fósforo ainda estava aceso, de modo que simplesmente sorri para Erin e disse: – A água é o equilíbrio perfeito para o fogo, assim como Erin é a gêmea perfeita para Shaunee. Eu invoco a água ao nosso círculo! – toquei a vela azul com o fósforo e instantaneamente fui envolvida pelos aromas e sons do mar. Juro que senti águas quentes e tropicais lambendo minhas pernas e esfriando tudo o que o fogo tinha aquecido.

– Eu adoro a água – Erin disse, feliz.

Então respirei fundo para me fortalecer, fiz questão de pôr um sorriso calmo no rosto e fui até onde Erik estava no círculo, segurando a vela verde que representava o quarto elemento do círculo, a terra.

– Pronto? – perguntei a ele.

Erik estava um pouquinho pálido, mas fez que sim e disse com firmeza e segurança: – Sim. Estou pronto.

Levantei o fósforo ainda aceso e disse: – Ai! Merda! – sentindo-me uma grande retardada ao invés da Grande Sacerdotisa em treino e única novata da história a ser presenteada com a afinidade com os cinco elementos, soltei o fósforo que deixara queimar demais e chamuscar meus dedos. Olhei sem graça para Erik e para o círculo quase totalmente traçado: – Desculpe, pessoal.

Eles tiveram a boa vontade de dar de ombros para minha patetice. Eu estava me voltando para Erik e pegando outro fósforo quando vi – ou melhor, *deixei de ver* – algo que me chamou a atenção. Não havia uma ligação luminosa entre Damien, Shaunee e Erin. Suas velas estavam acesas. Seus elementos se manifestaram. Mas a ligação que sentíamos desde que nós cinco traçamos juntos nosso primeiro círculo, que era tão poderoso que dava para ver na forma de uma linda corrente de luz ofuscante, simplesmente não aparecera. Sem saber o que fazer, emiti um pedido silencioso para Nyx. *Por favor, Deusa, mostre o que preciso fazer para reconstituir nosso círculo sem Stevie Rae!* Então acendi o fósforo e sorri para Erik, encorajando-o.

– A terra nos sustenta e nos nutre. Na condição de quarto elemento, invoco a terra ao nosso círculo!

Peguei o fósforo comprido e com ele toquei a vela verde. A reação de Erik foi imediata. Ele gritou de dor quando a vela voou de sua mão para fora do círculo e caiu na espessa sombra detrás da árvore. Erik ficou esfregando a mão e murmurando que sentira algo como uma ferroada, e ao mesmo tempo alguém veio saindo do escuro e vindo em nossa direção, aparentemente bem aborrecida e praguejando sem parar.

– Ai! Droga! Merda! Mas o que...

Aphrodite emergiu das sombras segurando a vela verde apagada e esfregando a marca vermelha na testa que já estava começando a inchar.

– Ah, que maravilha. É claro, eu devia ter imaginado. Dizem para eu vir para cá – ela fez uma pausa, olhou ao redor, para a árvore e para a grama, e torceu seu narizinho perfeito –, para o *mato*, ficar cercada pela *natureza*, e o que encontro além de insetos e lama? A horda de *nerds* jogando esta merda em cima de mim – ela disse.

– Bem que eu queria que algum de nós tivesse tido essa ideia – Erin disse docemente.

– Aphrodite, você é uma bruxa detestável do inferno – Shaunee completou tão docemente quanto.

– Debiloides, não falem comigo.

Ignorando a briga, perguntei: – Quem disse para você vir aqui?

Aphrodite me olhou nos olhos: – Nyx – ela disse.

– Por favor!

– Pense o que quiser!

– Não é possível!

Damien e as gêmeas gritaram todos juntos. Reparei que Erik manteve um silêncio suspeito. Levantei a mão: – Chega! – repreendi e eles calaram a boca.

– Por que Nyx lhe disse para vir aqui? – perguntei a Aphrodite.

Ainda me encarando, ela se aproximou. Mal olhando para Erik, ela disse: – Sai da frente, ex-namorado ridículo.

Para minha surpresa, Erik realmente abriu caminho para ela ocupar o lugar da terra em frente a mim: – Invoque a terra e acenda a vela que você vai ver – Aphrodite disse.

Antes que alguém pudesse reclamar, segui meu instinto, já intuindo o que vinha pela frente: – A terra nos sustenta e nos nutre. Na condição de quarto elemento, invoco a terra ao nosso círculo! – repeti e levei o fósforo recém-aceso à vela verde. Ela se acendeu instantaneamente, cercando Aphrodite e eu com os aromas e sons de um prado verdejante em pleno verão.

Aphrodite falou baixinho: – Nyx resolvera que eu precisava de mais merda acontecendo na minha já ferrada vida. Então agora eu tenho afinidade com a terra. É ironia o bastante para você?

9

– Ah, não sacaneia! – Shaunee gritou.

– Exatamente, gêmea! Só que eu diria não sacaneia, *droga*! – Erin disse.

– Isto não pode estar certo – Damien disse.

– Pode acreditar que está – eu disse, ainda de costas para o resto do círculo e olhando para Aphrodite. Antes que meus amigos dessem mais algum ataque, acrescentei: – Olhem para o círculo – nem precisei olhar para ele. Eu já sabia o que ia ver e os queixos caídos indicaram que eu estava certa. Ainda assim, virei lentamente, com renovada perplexidade pela beleza do poderoso fio de luz, doado pela Deusa, que unia os quatro.

– Ela está falando a verdade. Nyx a mandou aqui. Aphrodite tem afinidade com a terra.

Chocados e calados, meus amigos ficaram só olhando quando fui para o meio do círculo e peguei minha vela púrpura: – O espírito nos faz únicos, é o que nos dá coragem e força, e é o que resta depois que nossos corpos já não têm mais vida. Venha para mim, espírito! – fui tomada pelos quatros elementos quando o espírito veio para mim e me encheu de paz e alegria. Dei a volta no círculo me deparando com os olhares confusos e aborrecidos dos meus amigos, tentando ajudá-los a entender algo que eu mesma não estava conseguindo. Mas o que eu podia sentir era, de fato, a vontade de Nyx.

– Não vou fingir que entendo Nyx. Os caminhos da Deusa são misteriosos e às vezes ela nos pede para fazer coisas realmente difíceis. Como esta. Gostem ou não, Nyx deixou claro que Aphrodite deve ocupar o lugar de Stevie Rae em nosso círculo – olhei para Aphrodite. – Acho que ela não está exatamente morrendo de entusiasmo com a situação.

– É o mínimo que se pode dizer – Aphrodite resmungou.

Continuei: – Mas temos uma escolha. Nyx não nos força a nada. Precisamos estar de acordo quanto a Aphrodite entrar no grupo, ou... – hesitei, sem saber como terminar. Havíamos tentado traçar o círculo com outra pessoa, e Erik não teve permissão para representar a terra. Talvez fosse *apenas* Erik que a Deusa não queria no círculo, mas achava difícil que fosse isto. Não só por Erik ser um bom sujeito e membro do nosso Conselho, mas meu instinto me dizia que o problema não era Nyx não querer Erik. O problema era que Nyx queria especificamente Aphrodite. Suspirei e desatinei: – Ou então acho que podemos começar a experimentar um monte de pessoas diferentes para ver se recebem permissão para manifestar a terra – olhei para fora do círculo e me deparei com os olhos tristes de Erik. – Mas não acho que o problema seja Erik – ele sorriu para mim, mas foi só um movimento de boca; o sorriso não alcançou seus olhos nem tocou seu rosto.

– Acho que temos que fazer o que Nyx quer. Mesmo que a gente não goste – Damien disse.

– Shaunee? – virei-me para ela. – Qual o seu voto?

Shaunee e Erin se entreolharam e juro, por mais bizarro que soe, que quase vi as palavras passarem no ar entre as duas.

– Vamos deixar a bruxa entrar no círculo – Shaunee respondeu.

– Mas só porque Nyx quer – Erin disse.

– É, mas queremos deixar claro que simplesmente *não* entendemos o que Nyx está querendo – Shaunee acrescentou, enquanto Erin balançava a cabeça, concordando.

– Elas vão ficar me chamando de bruxa? – Aphrodite perguntou.

– Você está respirando? – Shaunee perguntou.

– Porque, se estiver, continua sendo uma bruxa – Erin disse.

– Por isso a gente a chama assim – Shaunee completou.

– Não – eu disse com firmeza. As gêmeas me olharam com olhos arregalados. – Vocês não precisam gostar dela. Não precisam nem gostar do fato de Nyx querê-la aqui. Mas se formos aceitar Aphrodite, então teremos de *aceitá-la*. Isso quer dizer que o xingamento tem que parar – as gêmeas chiaram, obviamente se preparando para discutir comigo, de modo que fui logo dizendo: – Olhem para dentro de si mesmas, especialmente agora que manifestaram seus elementos. O que sua consciência está lhes dizendo? – contive o fôlego e esperei.

As gêmeas fizeram uma pausa.

– Tá, tudo bem – Erin disse de má vontade.

– Entendemos seu ponto de vista. Apenas não gostamos – Shaunee explicou.

– E ela? Nós paramos de chamá-la de bruxa e tudo mais, mas ela continua agindo como uma? – Erin perguntou.

– Nisso Erin tem razão – Damien disse.

Olhei para Aphrodite. Por sua expressão, ela estava entediada, mas percebi que ficou respirando fundo, como se não se cansasse de sentir o cheiro da terra que se manifestou ao seu redor. De vez em quando, percebi que ela passava os dedos ao redor de si mesma, como se os estivesse passando na grama mais cheirosa. Sem dúvida, ela não estava tão indiferente ao que acabara de acontecer quanto fingia estar.

– Aphrodite vai fazer a mesma coisa que vocês duas acabaram de fazer. Ela vai procurar em sua consciência e fazer o que é certo.

Aphrodite olhou ao redor de um jeito irônico como se estivesse procurando por algo escondido na noite. Então deu de ombros:

– Oops. Acho que não tenho consciência.

– Pare com isso! – eu a repreendi, e a energia que eu invocara ao círculo bateu forte entre mim e Aphrodite, serpenteando ameaçadoramente ao redor de seu corpo. O poder aumentou minha voz, fazendo Aphrodite arregalar os olhos azuis de surpresa e medo: – Aqui não. Não neste círculo. Você não vai ficar mentindo e fingindo. Decida já.

Você também tem uma escolha. Sei que você já ignorou Nyx antes. Pode escolher se vai ignorá-la outra vez. Mas, se optar por ficar e fazer a vontade da Deusa, não será para continuar com ódios e mentiras.

Achei que ela fosse quebrar o círculo e ir embora. Quase quis que ela fosse. Seria mais fácil não ter ninguém representando a terra. Eu podia simplesmente acender a vela verde eu mesma e pôr no chão. Sei lá. Mas Aphrodite me surpreendeu, e esta seria apenas a primeira de muitas surpresas que Nyx estava preparando para mim.

– Tudo bem. Eu fico.

– Tudo bem – eu disse. Dei uma olhada para os meus amigos: – Tudo bem?

– Tá, tudo bem – eles murmuraram.

– Ótimo. Então temos o nosso círculo – eu disse.

Antes que mais alguma bizarrice acontecesse, dei a volta no círculo no sentido anti-horário, despedindo-me de cada elemento. O fio prateado de poder desapareceu, deixando um cheiro de oceano, de flores do campo e uma brisa morna. Ninguém disse nada, e o silêncio desconfortável cresceu a ponto de eu começar a ficar com pena de Aphrodite. É claro que ela acabou abrindo a boca e, como sempre, destruiu qualquer pena que alguém pudesse sentir dela.

– Não se preocupe. Vou embora para vocês continuarem seu encontro de Dungeons e Dragons ou sei lá o quê – Aphrodite disse com desprezo.

– Ei, nós não jogamos Dungeons e Dragons! – Jack disse.

– Vamos, temos tempo de dar um pulo no IHOP para comer alguma coisa antes de começar o filme – Damien disse, e o grupo inteiro foi embora ignorando Aphrodite completamente, todos conversando animadamente entre si sobre os espartanos e sobre como desta vez prestariam atenção nos atores *vamps* ao assistir *300*. Já estavam a certa distância quando Erik percebeu que eu não estava com eles.

– Zoey? – ele chamou. A gangue parou e se virou para olhar para mim, todos obviamente surpresos ao ver Aphrodite e eu ainda paradas onde antes havia o círculo. – Você não vem? – a voz dele estava cuidadosamente neutra, mas percebi a tensão em seu maxilar, indicando irritação ou preocupação.

– Podem ir na frente. Encontro com vocês no cinema. Preciso falar com Aphrodite.

Pensei que Aphrodite fosse dizer alguma de suas tiradas espertinhas, mas ela não disse nada. Olhei de rabo de olho e vi que ela estava olhando para o escuro, sem prestar a menor atenção em mim nem em meus amigos.

– Mas, Z., você vai perder as panquecas com lasquinhas de chocolate – Jack disse.

Sorri para ele: – Tudo bem. Eu já comi uma ontem, no dia do meu aniversário.

– Elas precisam conversar, então vamos embora – Erik disse.

Não gostei do tom que usou, quase como se não estivesse nem aí, mas ele foi embora antes que eu pudesse dizer qualquer coisa. Droga. Eu sem dúvida tinha que fazer as pazes com ele.

– Erik gosta de fazer as coisas do jeito dele. Também gosta de uma namorada que o coloque em primeiro lugar. Acho que você está descobrindo isto – Aphrodite disse.

– Não vou falar com você sobre Erik. Só quero saber o que Nyx lhe mostrou a respeito de sua vontade.

– Você já não devia saber das vontades de Nyx, blá-blá-blá, não-sei-o-quê? Você não é a escolhida dela?

– Aphrodite, eu estou com uma dor de cabeça infernal. Gostaria de estar comendo panquecas de chocolate com meus amigos. Depois gostaria de assistir ao *300* com meu namorado. Já estou de saco cheio de você bancando a cachorra o tempo todo. O negócio é o seguinte: apenas responda à pergunta e cada uma segue seu rumo – e esfreguei a testa. A última coisa que eu esperava era a bomba que ela soltou de repente.

– O que você realmente quer é que eu responda à pergunta para você poder encontrar a criatura na qual Stevie Rae se transformou, não é?

Senti a cor fugir de meu rosto: – Que diabo você está dizendo, Aphrodite?

– Vamos caminhar – ela disse, e começou a caminhar perto do enorme muro de pedras que cerca a escola.

– Aphrodite, não – segurei-a pelo braço. – Diga o que sabe.

– Escute, é difícil para mim ficar parada logo depois de ter uma visão, e a visão que me fez vir até aqui não foi do tipo normal – Aphrodite se soltou de mim e esfregou a testa como se também estivesse com dor de cabeça. Reparei pela primeira vez que suas mãos estavam trêmulas – na verdade, seu corpo inteiro estava tremendo e a palidez de seu rosto não era normal.

– Tudo bem. Vamos andar.

Ela não disse nada por um tempo e eu tive que me segurar para não agarrá-la, sacudi-la e *fazê-la* contar o que sabia sobre Stevie Rae. Quando ela finalmente começou a falar, não olhou para mim, e pareceu estar falando mais com a noite do que comigo.

– Minhas visões têm mudado. Começou com a visão que tive quando estavam matando aqueles garotos humanos. Antes eu via as coisas como se fosse só uma observadora. Eu observava o que estava acontecendo, mas nada me tocava. Tudo e todos estavam claros e fáceis de entender. Mas com aqueles garotos foi diferente. Eu não estava mais à parte. Eu era um deles. Eu me senti sendo assassinada também – ela fez uma pausa e estremeceu. – E também não estava mais vendo as coisas com clareza. As coisas começaram a virar um amontoado de medo, pânico e emoções malucas. Alguns pedaços entrecortados eu consegui entender, como quando lhe disse que você tinha que tirar Heath daqueles túneis, senão ele ia morrer. Mas fiquei nervosa e confusa, e depois fiquei me sentindo estranha – Aphrodite olhou para mim, como se só então tivesse se lembrado de que eu estava lá. – Como da vez em que tive a visão de sua avó se afogando. Era como se eu fosse a sua avó, e foi por sorte que vi a ponte de relance e entendi que ela estava afundando na água.

Fiz que sim com a cabeça: – Eu me lembro que você não conseguiu me dizer muita coisa. Pensei que você não estivesse querendo me dizer tudo que sabia.

Ela deu um sorriso sarcástico: – É, eu sei. Não que eu me importe com o que você pensa.

– Vamos logo para a parte sobre Stevie Rae – Meu Deus, ela era irritante.

– Fiquei sem ter visão nenhuma por um mês. O que foi bom, já que meus pais insistem que eu os visite nas férias de inverno. Geralmente.

Pela sua cara feia, visitar os pais não era exatamente legal, o que já sabia. Pelo menos na última noite de visita dos pais, quando eu ouvi, meio que por acidente, uma cena digna de pesadelo com Aphrodite e seus pais. Seu pai é prefeito de Tulsa. A mãe era o próprio Satanás. Basicamente, eles faziam meus velhos parecerem os pais de Brady (sim, sou uma demente e assisto às reprises do canal Nickelodeon).

– Ontem no meu aniversário rolou uma baixaria com meus pais.

– Seu padrasto é um daqueles malucos do Povo de Fé, não é?

– Totalmente. Minha avó o chamou de anta escrota.

Depois dessa, ela riu. Tipo, riu mesmo. Eu fiquei olhando, impressionada de ver como seu rosto perdeu o jeito frio e bonitinho e ficou caloroso e belo.

– É. Eu odeio meus velhos – eu falei.

– Quem não odeia? – ela disse.

– Stevie Rae. Pelo menos não odiava até... – minha voz falhou e eu tive que fazer força para não chorar.

– Então parte da visão já aconteceu. Stevie Rae se transformou em um monstro.

– Ela *não é* um monstro! Ela só está diferente de antes.

Aphrodite levantou uma das sobrancelhas louras e perfeitas: – Eu diria que já seria bem melhor se eu não tivesse visto no que ela se transformou.

– Diga logo o que você viu.

– Eu vi vampiros sendo mortos. De um jeito horrível – Aphrodite teve que parar para respirar, como se estivesse fazendo força para não vomitar.

– Por Stevie Rae? – gritei com voz esganiçada.

– Não. Essa foi outra visão.

– Bom, agora estou confusa.

– Experimente só ter essas visões, ou ao menos essas novas visões que tenho tido. Elas são pura confusão. E dor. E medo. Essas visões são um saco.

– Então Stevie Rae não estava na visão na qual os vampiros morrem?

Ela balançou a cabeça: – Não, mas as duas visões pareciam acontecer juntas – Aphrodite suspirou. – Eu vi Stevie Rae. Ela estava horrível. Muito suja e magra, e seus olhos tinham um brilho vermelho superesquisito. Tipo, não que ela fosse nenhuma fashionista antes, mas mesmo assim.

– É, é, tô ligada. Então você viu que ela virou uma morta-viva.

– É isso que ela é, não é? Ela se transformou em um pavoroso clichê de vampiro, o tipo de monstro que os humanos têm pintado de nós ao longo dos séculos.

– Não *todos* os humanos. Sabe, você realmente precisa rever esses seus conceitos idiotas sobre os humanos. Você já foi uma um dia – eu disse.

– Que seja. Eu também já fui apaixonada por Sean William Scott. Águas passadas – ela jogou o cabelo para trás. – De qualquer forma, eu vi quando Stevie Rae morreu. De novo. Desta vez, de verdade. E sei que, se esta visão se concretizar, isto de algum modo significa que todas as mortes de *vamps* que eu vi acontecerão realmente. Então temos que dar um jeito de salvar Stevie Rae, porque Nyx não vai gostar nada se um monte de *vamps* forem mortos.

– Como Stevie Rae morria?

– Neferet a matava. Ela empurrava Stevie Rae para debaixo da luz do sol e ela morria queimada.

10

– Droga. Então ela realmente não pode pegar sol – eu disse.

– Você não sabia disso? – Aphrodite perguntou.

– Não tem sido muito fácil conversar com Stevie Rae desde que ela, bem, morreu.

– Mas você a viu e conversou com ela?

Parei na frente de Aphrodite para que ela tivesse que me encarar: – Escute, você não pode contar a ninguém sobre Stevie Rae.

– Não brinca? Pensei em colocar no jornal da escola.

– Sério, Aphrodite.

– Não me trate como retardada. Se alguém além de nós duas souber de Stevie Rae, Neferet vai saber também. Até porque ela consegue ler a mente de praticamente todo mundo. Bem, a não ser as nossas.

– Ela também não consegue ler a sua?

Aphrodite deu um sorriso de satisfação com um toque nada sutil de agressividade: – Nunca conseguiu. Como você acha que me safei por tanto tempo das besteiras que fiz?

– Que fofa – lembrei-me diretinho da cachorra que Aphrodite tinha sido na condição de líder das Filhas das Trevas. Na verdade, desde o momento em que a conheci, Aphrodite havia sido egoísta, maldosa e explicitamente agressiva. Sim, suas visões me ajudaram a salvar minha avó e Heath, mas ela deixou bem claro que não estava nem aí para salvar nenhum deles, e que só ajudara por interesse próprio. Olhei para ela: – Tá, agora você vai ter que explicar por que está se dando ao trabalho de me contar isso tudo. O que você ganha com isso?

Aphrodite arregalou os olhos, ironicamente se fazendo de inocente, e usou um ridículo sotaque *Southern Belle*: – Ora, mas do que você está falando? Estou te ajudando porque você e seus amigos sempre foram tão amáveis comigo.

– Pare de ser ridícula, Aphrodite.

Ela normalizou a expressão do rosto e sua voz voltou ao normal: – Digamos que tenho que consertar muitas coisas.

– Por Stevie Rae?

– Por Nyx – ela desviou o olhar. – Você provavelmente não vai entender, agora que está toda poderosa com os novos dons que Nyx lhe deu e foi eleita a Miss Perfeição, mas, depois que você já tiver se acostumado com seus dons, vai ver que nem sempre é fácil fazer a coisa certa. Outras coisas, pessoas, atrapalham tudo. A gente erra – Aphrodite zombou. – Bem, talvez *você* não erre. Mas eu errei. Posso não estar nem aí para você, nem para Stevie Rae, talvez não esteja nem aí para ninguém na escola, mas eu me importo com Nyx – sua voz falhou. – Eu sei bem o que é achar que a Deusa me deu as costas, e nunca mais quero sentir isso de novo.

Toquei o braço dela: – Mas Nyx não lhe deu as costas. Neferet mentiu sobre isso para ninguém acreditar mais em suas visões. Você sabe o que Neferet está fazendo e no que Stevie Rae se transformou, não sabe?

– Sei, desde que tive a visão, quando vi Heath morrendo – ela deu uma risadinha forçada. – Que bom que ela *não* consegue ler nossos pensamentos. Não sei o que ela faria com uma novata que sabe como ela é horrorosa.

– Ela sabe que eu sei.

– Está brincando!

– Bem, ela sabe que estou de olho nela – hesitei, mas então pensei "que se dane". Por estranho que pareça, Aphrodite (também conhecida como bruxa do inferno) estava se transformando na única pessoa do planeta com quem eu realmente podia conversar. – Neferet tentou apagar minhas memórias na noite em que salvei Heath daqueles mortos-vivos. Funcionou por um tempo, mas logo senti que havia algo errado. Usei o poder dos elementos para curar minha memória e, bem, meio que deixei Neferet perceber que eu me lembrava do que aconteceu.

– Você *meio que* deixou Neferet perceber?

Eu me irritei: – Bem, ela me ameaçou. Disse que ninguém acreditaria em mim se eu dissesse alguma coisa sobre ela. E, ahn, fiquei furiosa. Então eu disse que não importava se *vamp* ou novato nenhum acreditasse em mim, pois Nyx acredita.

Aphrodite sorriu: – Aposto que ela ficou cheia de raiva.

– É, acho que sim – na verdade eu ficava meio doente só de pensar em como Neferet devia estar com raiva. – Mas ela viajou logo depois para as férias de inverno. Não a vejo desde então.

– Logo ela estará de volta.

– Eu sei.

– Está com medo? – Aphrodite perguntou.

– Morrendo de medo – eu disse.

– Super a entendo. Bem, o que sei com certeza das minhas visões é o seguinte. Temos que levar Stevie Rae para algum lugar seguro e longe do resto daquelas *coisas*. E tem que ser já. Antes que Neferet volte. Existe alguma conexão entre as duas. Não sei como, mas sei que existe, e sei que é do mal – Aphrodite fez cara de quem estava sentindo um gosto ruim na boca. – Na verdade, todo esse negócio de mortos-vivos é do mal. Aquelas criaturas são totalmente nojentas.

– Stevie Rae é diferente do resto.

O olhar de Aphrodite me deixou claro que ela não acreditava no que eu estava dizendo.

– Pense só. Por que Nyx teria dado a uma novata um dom poderoso como a afinidade com a terra só para deixá-la morrer? E depois virar morta-viva? – fiz uma pausa, procurando as palavras para fazê-la entender. – Acho que a conexão que Stevie Rae tem com a terra é a razão pela qual ela manteve um pouco de sua humanidade, e eu realmente acredito que eu... quer dizer, *nós*, se *nós* pudermos ajudá-la, ela pode acabar retomando sua humanidade. Ou talvez a gente descubra um jeito de curá-la. Transformá-la em novata de novo, ou talvez até em uma *vamp* adulta. E se Stevie Rae tiver cura, os outros também podem ter.

– Mas você tem alguma ideia de como podemos curá-la?

– Nada. A menor ideia – então sorri. – Mas agora tenho a ajuda de uma poderosa novata dotada de visões e afinidade com a terra.

– Ótimo. Agora me sinto bem melhor.

Eu não queria reconhecer isto para Aphrodite, mas a verdade era que conversar com ela sobre Stevie Rae e poder contar com sua ajuda me fez sentir melhor. Bem melhor.

– Enfim – Aphrodite disse –, como vamos encontrar Stevie Rae? – ela retorceu o lábio. – *Não* me diga que está achando que eu vou sair me arrastando com você por túneis nojentos.

– Na verdade, Stevie Rae disse que ia me encontrar no gazebo Philbrook às três da madrugada.

– Ela vai aparecer?

Mordi o lábio: – Eu a subornei com roupas estilo *country*, então acho que vem, sim.

Aphrodite balançou a cabeça: – Quer dizer que ela morre, desmorre e continua sem noção de moda.

– É o que parece.

– Isso é *realmente* triste.

– É – eu suspirei. Eu adorava Stevie Rae, mas tinha que reconhecer que ela se vestia como uma caipira.

– E onde você vai levá-la depois que lhe der as roupas?

Achei que não devia dizer que minha intenção era levá-la direto para debaixo do chuveiro: – Não sei. Basicamente, só pensei em levar roupas e, ahn, sangue para ela.

– Sangue?!

– Ela precisa. Sangue humano. Senão fica louca.

– E ela já não é bem doidinha?

– Não! Ela só está enfrentando problemas.

– Problemas?

– Muitos problemas – eu disse com firmeza.

– Tá. Que seja. Você precisa decidir para onde vai levá-la. Ela não pode ficar com o resto daquelas coisas. Isso não vai ajudá-la – Aphrodite disse.

– Eu ia tentar convencê-la a voltar para cá. Percebi que poderia escondê-la aqui bem facilmente enquanto a maioria dos *vamps* está fora.

– Você não pode trazê-la de volta para cá – Aphrodite ficou pálida. – Foi aqui que eu a vi morrer. De novo.

– Merda! Então não sei que droga vou fazer – admiti.

– Pensei que você podia levá-la para minha antiga casa – Aphrodite disse.

– Ah, tá. Seus pais são supercompreensivos e tudo mais. Grande ideia, Aphrodite.

Ela revirou os olhos: – Meus pais viajaram. Saíram hoje cedo para passar três semanas esquiando em Breckenridge. Além do mais, ela não vai ficar dentro de casa. Meus pais moram em uma daquelas velhas mansões na descida da Rua Philbrook. Há um apartamento na garagem que costumava ser usado pelos empregados. Ninguém mais usa, a não ser quando minha avó vai visitá-los, mas, como minha mãe a colocou num daqueles asilos ultracaros e ultrasseguros, não precisa se preocupar com isso. Ainda assim, deve estar tudo funcionando no apartamento. Sabe, eletricidade, água etc.

– Você acha que ela vai ficar bem lá?

Aphrodite deu de ombros: – Antes lá do que aqui.

– Tudo bem. Então é para lá que ela vai.

– Ela vai concordar com isso?

– Vai – menti. – Vou dizer que a geladeira vai estar cheia de sangue – suspirei. – Apesar de não saber que diabo vou fazer para conseguir um copo de sangue, que dirá uma geladeira cheia.

– Está na cozinha.

– Da sua casa? Agora não entendi nada.

– Não, meu Deus, aqui. Eles têm sangue aqui. Em grandes *freezers* de aço na cozinha. Para os *vamps*. Chegam remessas novas de doadores humanos o tempo todo. Todos os alunos adiantados sabem disso. Às vezes, nós usamos nos rituais.

– Vai dar certo, especialmente porque não tem quase ninguém na área agora. Posso ir à cozinha e pegar sangue sem ninguém ver – franzi a testa. – Por favor, diga que não está em uma jarra tipo Tupperware ou algo igualmente perturbador – bem, apesar de eu realmente, *realmente* gostar de beber sangue, ainda ficava completamente enojada ao pensar nisso. Eu sei, preciso de uma terapia. De novo.

– Eles guardam em bolsas, como no hospital. Sem motivo de *stress*.

Desta vez viramos automaticamente à direita, caminhando em direção ao dormitório.

– Você tem que ir comigo – eu disse repentinamente.

– À cozinha?

– Não, encontrar Stevie Rae. Você vai ter de nos mostrar a casa e como entrar no apartamento e tudo mais.

– Ela não vai querer me ver – Aphrodite falou.

– Eu sei, mas ela vai ter que se acostumar à ideia. Ela sabe que sua visão salvou minha avó. Quando eu disser que você teve uma visão sobre ela, tenho certeza de que vai concordar – fiquei feliz por soar tão confiante. Eu não me sentia nada confiante. – Mas é melhor você se esconder e esperar eu conversar com ela antes que a veja.

– Olha, estou tentando fazer a coisa certa, mas não vou me esconder de uma garota que eu usava como geladeira.

– Não a chame disso! – eu a repreendi. – Já parou para pensar que parte do seu problema e de tantas coisas ruins que lhe aconteceram não tem a ver com Neferet e com as besteiras que ela quer fazer, mas sim com essa sua postura de megera?

Aphrodite levantou as sobrancelhas e inclinou a cabeça para o lado, o que a fez parecer um pássaro louro: – É, pensei nisso, mas não sou como você. Não sou toda positiva nem nenhuma menina boazinha e bem comportada. Me diga uma coisa. Você acha que as pessoas são basicamente boas, não acha?

A pergunta me surpreendeu, mas dei de ombros e fiz que sim: – É, acho que sim.

– Eu não. Acho que a maioria das pessoas, sejam *vamps* ou humanos, não presta. Elas fingem. Fingem ser boazinhas, mas na verdade custa pouco para mostrarem sua verdadeira natureza.

– Que maneira deprimente de encarar a vida – eu disse.

– Você acha deprimente. Eu acho realista.

– Como você pode confiar em alguém?

Aphrodite desviou o olhar: – Não confio. É mais fácil assim. Você vai ver – ela voltou a me olhar nos olhos, mas não consegui decifrar a expressão esquisita que vi. – O poder muda as pessoas.

– Eu não vou mudar – ia dizer mais, mas pensei que, se alguém me dissesse meses antes que eu estaria me agarrando com um marmanjo enquanto tinha nada menos que dois namorados, eu responderia que nem ferrando. Isso não era um sinal de que eu havia mudado?

Aphrodite sorriu como se lesse minha mente: – Não estava falando de você, mas das pessoas ao seu redor.

– Ah – eu disse. – Aphrodite, não quero ser maldosa nem nada, mas acho que escolho meus amigos melhor do que você.

– Veremos. Falando nisso, você não devia ir encontrar seus amigos no cinema agora?

Suspirei: – É, mas não posso ir. Preciso conseguir o sangue para Stevie Rae, arrumar as roupas dela e também dar um pulo no Wal-Mart e comprar um celular pré-pago. Acho que seria bom deixar com Stevie Rae para ela poder me ligar.

– Muito bem. Por que você não me encontra em frente ao alçapão do muro leste lá pelas duas e meia? Assim teremos tempo de sobra para chegar a Philbrook antes de Stevie Rae.

– Ótimo. Só preciso passar no meu quarto para pegar algumas roupas de Stevie Rae e minha bolsa, e então estarei a caminho.

– Tá, vou ao dormitório primeiro.

– Ahn? – eu disse.

Aphrodite me olhou como se eu fosse retardada: – Você não vai querer que as pessoas me vejam ao seu lado. Vão achar que somos amigas ou algo ridículo do tipo.

– Aphrodite, não estou nem aí para o que pensam as pessoas.

Ela revirou os olhos: – Mas eu estou – então saiu na frente em direção ao dormitório.

– Ei! – eu chamei. Ela olhou por sobre o ombro: – Obrigada por me ajudar.

Aphrodite franziu a testa: – Não diga isso. Sério mesmo. Não diga isso. Meu Deus – balançando a cabeça, ela entrou correndo no dormitório.

11

Achei o pingente de coração quando estava vasculhando a gaveta de Stevie Rae para pegar roupas. Eu estava com ela na noite em que morreu e, quando voltei ao nosso quarto, o esquadrão *vamp* de limpeza (ou seja lá o nome que eles usam) já havia passado e levado as coisas de Stevie Rae. Eu fiquei furiosa. Realmente furiosa. E insisti que devolvessem algumas coisas, pois queria guardá-las de lembrança. Assim, Anastasia, a professora que ensina feitiços e rituais (ela é bem legal e é casada com Dragon Lankford, o professor de esgrima), me levou a um depósito sinistro onde enfiei umas coisas de Stevie Rae em uma sacola e joguei de novo no antigo armário dela. Eu me lembro de que Anastasia foi gentil comigo, mas também deixou claro que desaprovava eu guardar lembranças de Stevie Rae.

Quando um novato morre, os *vamps* esperam que a gente os esqueça e continue vivendo normalmente. Ponto final.

Bem, eu simplesmente não acho isso certo. Não ia esquecer minha melhor amiga, mesmo antes de descobrir que ela na verdade se transformara em morta-viva.

De qualquer forma, quando peguei sua calça jeans, algo caiu do bolso. Era um envelope meio amassado onde se lia "Zoey" escrito com a caligrafia confusa de Stevie Rae. Senti uma dor no estômago ao abrir. Dentro havia um cartão de aniversário – daqueles bem bobinhos, com um desenho de um gato (que parecia bastante com Nala) fazendo cara feia e usando um daqueles chapeuzinhos pontudos de aniversário na frente. Dentro se lia "Feliz aniversário. Ou sei lá o quê. Nem ligo. Sou uma gata". Stevie Rae traçara um coração enorme e escrevera "eu amo você! Stevie Rae e Nala, a resmungona". No fundo do envelope havia uma corrente de prata embolada. Eu a levantei e vi um delicado pingente de coração de prata pendurado. Meus dedos tremiam ao abrir o medalhão em forma de coração. Dele caiu uma foto dobrada milhares de vezes. Abri cuidadosamente e solucei de leve ao reconhecer um pedaço da foto que tirei de nós duas (segurando a câmera, amassando nossas caras uma na outra e apertando o botão do *flash*). Esfreguei os olhos, coloquei a foto de volta no medalhão e pus a corrente em meu pescoço. Era uma corrente curta, de modo que o coração se encaixou bem na concavidade da minha garganta.

Por alguma razão, encontrar aquele colar me deu mais força, e pegar o sangue na cozinha foi bem mais fácil do que pensei que seria. Ao invés de minha bolsa normal – a pequenininha de marca que achei em uma butique em Utica Square no ano passado (feita de pele falsa cor-de-rosa, totalmente da hora) –, peguei minha bolsa mastodôntica, aquela que usava para carregar os livros e cadernos quando frequentava a South Intermediate High School de Broken Arrow, antes de ser Marcada e de minha vida explodir. De qualquer forma, a bolsa era tão grande que dava para carregar um garoto gordo (se ele fosse baixo), de modo que foi simples enfiar nela uma calça Roper cafona, uma camiseta, as botas pretas de cowboy (ugh!) e umas roupas íntimas de Stevie Rae, e ainda sobrou espaço para cinco sacos de sangue. Sim, era nojento. Sim, eu fiquei com vontade de enfiar um canudinho em uma delas e beber como se fosse suco. Sim, sou nojenta.

A cantina estava fechada, assim como a cozinha, completamente deserta. Mas, como tudo mais na escola, não estava trancada. Entrei e saí da cozinha com facilidade, segurando minha bolsa cheia de sacos de sangue e tentando parecer natural e livre de culpa. (Não sou muito boa nesse negócio de roubar.)

Fiquei preocupada em encontrar Loren (de quem eu estava *realmente* tentando esquecer, não a ponto de tirar os brincos de diamante que ele me dera, mas mesmo assim), mas a única pessoa que vi foi um terceiro-formando chamado Ian Bowser. Ele é esquisitão e magrelo, mas também um pouco engraçado. Tive aula de teatro com ele, que estava hilariamente apaixonado por nossa professora de teatro, Nolan. Na verdade, ele estava atrás dela quando literalmente trombou comigo a caminho da cantina.

– Ah, Zoey, desculpe! Desculpe! – um tanto nervoso, Ian me deu a saudação vampiresca de respeito, o punho fechado sobre o coração. – Eu... eu trombei com você sem querer.

– Tudo bem – respondi. Odiava quando algum garoto ficava nervoso perto de mim, como se eu fosse transformá-los em algo terrível. Por favor. Estamos na Morada da Noite, não na escola Hogwarts. (Sim, eu li os livros de Harry Potter e adoro os filmes. Sim, isto é prova mais do que suficiente de minha "nerdice".)

– Você não viu a professora Nolan por aí, viu?

– Não. Nem sabia que ela já tinha voltado – respondi.

– É, ela voltou ontem. Tínhamos um compromisso marcado para meia hora atrás – ele sorriu e ficou com as bochechas muito rosadas. – Eu queria demais chegar às finais do concurso de monólogos de Shakespeare do ano que vem, por isso pedi que ela fosse minha tutora.

– Ah, que legal – coitadinho. Ele jamais chegaria à final daquele concurso de Shakespeare, do qual só participavam *feras,* se sua voz não parasse de falhar.

– Se você ver a professora Nolan, pode avisá-la que estou atrás dela?

– Pode deixar – respondi. Ian saiu correndo. Agarrei minha bolsa e fui direto para o estacionamento e depois para o Wal-Mart.

Comprar o celular pré-pago (além de sabonete, escova de dentes, e um CD do Kenny Chesney) foi fácil. O difícil foi lidar com o telefonema de Erik.

– Zoey? Onde você está?

– Ainda estou na escola – eu disse. O que não era mentira na prática. Naquele momento eu estava chegando ao acostamento da rua em frente à parte do muro onde havia um alçapão "secreto" que dava para os fundos da escola. Eu disse "secreto" porque pencas de novatos e provavelmente todos os *vamps* sabiam da existência dele. Era uma tradição velada da escola os novatos escapulirem do campus para algum ritual ou peraltices de vez em quando.

– Ainda está na escola? – ele pareceu irritado. – Mas o filme está quase terminando.

– Eu sei. Desculpe.

– Você está bem? Você sabe que não deve dar ouvidos às besteiras que Aphrodite diz.

– É, eu sei. Mas ela não falou sobre você – pelo menos não muito. – É só que estou megaestressada no momento e precisava pensar numas paradas.

– *Paradas* outra vez – ele não pareceu nada contente.

– Eu realmente sinto muito, Erik.

– Tá, sei. Sem problema. A gente se vê amanhã ou sei lá quando. Tchau – e desligou.

– Droga – eu disse ao telefone já sem linha.

Aphrodite bateu na janela do carona do meu carro e me fez quase pular e soltar um gritinho. Guardei o telefone e me curvei para destrancar a porta para ela.

– Aposto que ele está "p" da vida – ela disse.

– Você tem algum tipo de audição superpotente?

– Não, só tenho capacidade de raciocínio superpotente. Além do mais, conheço nosso garoto, Erik. Você deu o bolo nele esta noite. Ele está "p" da vida.

– Pra começo de conversa, ele não é *nosso* garoto. Ele é *meu* garoto. Segundo, eu não dei bolo nele. Terceiro, *não* tenho a menor intenção de falar com você sobre Erik, senhorita Boquete.

Ao invés de chiar e me esculachar como eu esperava, Aphrodite riu: – Tá. Que seja. E não critique uma coisa que você nunca experimentou, senhorita Certinha.

– Tá, eca – eu disse. – Mudando de assunto. Eu tive uma ideia de como lidar com a questão de Stevie Rae. Acho que você não devia se esconder. Então me mostre como chegar à casa dos seus pais. Eu deixo você lá e vou pegar Stevie Rae.

– Quer que eu vá embora antes de você voltar com ela?

Eu já havia pensado nisso. Era tentador, mas a verdade era que tudo indicava que Aphrodite e eu teríamos que trabalhar *juntas* para resolver o problema de Stevie Rae. Então, minha melhor amiga morta-viva ia ter que se acostumar com a presença de Aphrodite. Além disso, eu já estava tendo que me esconder demais. Simplesmente não dava para ficar escondendo alguém da menina que eu estava escondendo de todo mundo. Se é que isso faz algum sentido.

– Não. Stevie Rae vai ter que aprender a lidar com você – dei uma olhada para Aphrodite ao parar no sinal de trânsito e acrescentei animadamente: – Ou talvez ela nos faça um favor e a devore.

– É tão legal essa sua capacidade de sempre ver o lado mais positivo das coisas – Aphrodite disse com sarcasmo. – Bem, vire aqui. Depois, quando chegar a Peoria, pegue a esquerda e desça alguns quarteirões até ver uma grande placa apontando a saída para Philbrook.

Fiz o que ela disse. Nós não ficávamos de conversinha fiada, mas o clima entre nós não era estranho nem desconfortável. Era estranho ver como era fácil estar perto de Aphrodite agora. Tipo, não que ela tivesse deixado de ser uma megera, mas eu estava meio que gostando dela. Ou talvez fosse apenas mais um sinal de que eu precisava pensar seriamente em fazer terapia. Fiquei então pensando se algum outro adorável antidepressivo funcionava em novatos.

Ao ver o sinal para Philbrook, virei à esquerda e Aphrodite disse: – Bem, estamos quase chegando. É a quinta casa à direita. Não pegue a primeira entrada para a garagem, pegue a segunda. Esta vai para a parte de trás da casa, onde fica a garagem com apartamento.

Nós chegamos e tudo que consegui fazer foi balançar a cabeça: – É *aí* que você mora?

– Morava – ela disse.

– É uma mansão, caramba! – e das boas. Parecia o tipo de lugar onde eu imaginava que os ricaços da Itália moravam.

– Era uma porra de uma prisão. Ainda é – eu ia dizer qualquer coisa semiprofunda sobre ela ser livre agora que fora Marcada e era uma menor de idade legalmente emancipada e que ela podia mandar seus pais pararem de encher o saco (tipo como eu fiz), mas seu próximo comentário espertinho me fez esquecer o que tinha de positivo a dizer. – E é muito irritante você ser tão purinha que não pode falar palavrão. Dizer "porra" não vai matá-la. Nem vai fazer você perder seu jeitinho virginal.

– Eu falo palavrão. Eu digo inferno e droga e até merda. Muito – e por que de repente senti necessidade de defender minha preferência por evitar palavrões?

– Não interessa – ela disse, sem disfarçar que estava rindo da minha cara.

– E não tem nada de errado em ser virgem. Antes isso do que ser uma biscate.

Aphrodite ainda estava rindo: – Você tem muito que aprender, Z. – ela apontou para uma construção que parecia uma versão em miniatura da mansão. – Dê a volta lá atrás. Tem uma entrada nos fundos do apartamento, de lá não dará para ver seu carro da estrada.

Estacionei totalmente atrás daquela garagem e saímos do meu Fusca. Aphrodite usou sua chave para destrancar a porta que dava para uma escadaria. Eu a segui até o apartamento.

– Nossa mãe, os empregados deviam viver muito bem nesta época – resmunguei, olhando ao redor para o assoalho de madeira escuro e brilhante, os móveis de couro e a cozinha reluzente. Não havia um monte de adereços cafonas poluindo a decoração, mas velas e alguns vasos que pareciam totalmente caros. Reparei que o quarto e o banheiro ficavam do outro lado do apartamento e deu para ver que havia uma cama com edredons e travesseiros macios. Pensei então que o banheiro devia ser melhor que o da suíte dos meus pais.

– Acha que vai dar certo? – Aphrodite perguntou.

Fui até uma das janelas: – Cortinas grossas; isto é ótimo.

– Persianas também. Veja, podemos fechá-las por aqui – Aphrodite demonstrou.

Eu fiz que sim com a cabeça olhando para a TV de tela plana.

– Cabo?

– Claro – ela disse. – Também tem um monte de DVDs por aí.

– Perfeito – eu disse, indo para a cozinha. – Vou deixar aqui todos os sacos de sangue, menos um. E vou pegar Stevie Rae.

– Certo. Vou ficar assistindo às reprises de *Real World* – Aphrodite disse.

– Ótimo – respondi. Mas, ao invés de ir embora, limpei a garganta desconfortavelmente.

Aphrodite tirou os olhos da TV em que estava mexendo e olhou para mim: – O que foi?

– Stevie Rae não tem mais a aparência e o jeito de antes.

– É mesmo? Se você não me dissesse eu jamais ia me tocar. Tipo, a maioria das pessoas que morrem e ressuscitam transformadas em monstros sugadores de sangue continua a se comportar de modo totalmente normal.

– Estou falando sério.

– Zoey, eu vi Stevie Rae e outras daquelas criaturas em minhas visões. Eles são podres. Ponto final, fim.

– Pessoalmente é pior.

– Não é surpresa nenhuma – ela disse.

– Não quero que você diga nada a Stevie Rae – eu disse.

– Você se refere a ela estar morta e tudo mais? Ou a ela ser podre?

– Nenhuma das duas coisas. Não quero que ela se assuste. Também não estou torcendo para que ela pule no seu pescoço e corte sua garganta. Tipo, acho que posso detê-la, mas não tenho cem por cento de certeza. Além de ser uma cena nojenta e difícil de explicar, seria uma pena este apartamento ficar todo manchado de sangue.

– Que amável da sua parte.

– Ei, Aphrodite, que tal tentar algo novo? Algo legal – eu disse.

– E se eu simplesmente não disser nada?

– Também daria certo – fui até a porta. – Vou tentar trazê-la logo.

– Ei – Aphrodite gritou. – Ela pode mesmo cortar minha garganta?

– Com certeza – eu disse, e fechei a porta.

12

Eu sabia que Stevie Rae havia chegado ao gazebo antes de mim. Não a vi, mas senti seu cheiro. Eca. Sério mesmo, eca. Eu torcia para que um banho e um pouco de xampu desse jeito naquele fedor, mas meio que duvidava. Afinal, ela estava, ora, morta.

– Stevie Rae, eu sei que você está aqui em alguma parte – chamei o mais baixinho que pude. Tá, *vamps* podem se mover em silêncio e criar uma espécie de bolha de invisibilidade ao redor. Novatos também sabem fazer isso. Só não fazem de modo tão completo. Sendo eu uma novata dotada de dons peculiares, eu podia andar por toda parte sem ser vista por ninguém que estivesse olhando pela janela às três da madrugada, como um segurança de museu. Portanto, eu estava bem confiante na minha capacidade de ficar invisível no semibreu encantado do museu, mas não fazia a menor ideia se podia usar este dom para encobrir Stevie Rae. Em outras palavras, eu precisava pegá-la e sair de lá. – Saia. Trouxe suas roupas, um pouco de sangue e o último CD do Kenny Chesney – o último item eu acrescentei para chantageá-la abertamente. Stevie Rae era ridiculamente apaixonada pelo Kenny Chesney. Não, eu também não entendo.

– O sangue! – sibilou uma voz que vinha do mato detrás do gazebo e seria como a de Stevie Rae se ela estivesse terrivelmente resfriada e completamente pirada.

Dei a volta pelo gazebo procurando por entre a vegetação espessa (apesar de bem aparada): – Stevie Rae?

Com os olhos resplandecendo em um horrível tom de vermelho enferrujado, ela saiu do mato aos tropeços e veio em minha direção: – Me dá o sangue!

Aimeudeus, ela parecia uma pessoa totalmente insana. Peguei minha bolsa às pressas, tirei o saco de sangue e lhe entreguei: – Peraí, eu tenho uma tesoura aqui, em algum lugar, e vou...

Stevie Rae rangeu os dentes de um jeito nojento demais e rasgou a ponta do saco com os dentes (ahn, com as presas, seria mais correto dizer), levantou o saco e bebeu o sangue de uma vez só. Depois de esvaziar o saco, jogou-o no chão. Ela arfava como se tivesse acabado de correr uma maratona quando finalmente levantou os olhos para olhar para mim.

– O negócio não é bonitinho não, tu num acha?

Sorri e fiz de tudo para ignorar o quanto na verdade eu estava horrorizada: – Bem, minha avó sempre diz que boa gramática e bons modos tornam tudo mais agradável, de modo que talvez você possa corrigir o "tu num acha" e tentar pedir "por favor" da próxima vez.

– Preciso de mais sangue.

– Trouxe mais quatro sacos. Estão na geladeira do lugar onde você vai ficar. Quer trocar de roupa aqui ou deixar para depois que tomar banho? É só descer aquela rua.

– Do que você está falando? Só me dê minhas roupas e o sangue.

O vermelho dos seus olhos não estava mais tão forte, mas mesmo assim ela continuava com cara de má e de maluca. Ela estava ainda mais magra e pálida do que na noite anterior. Respirei fundo: – Isso tem que acabar, Stevie Rae.

– *É assim* que as coisas são comigo agora. *Isso* não vai mudar. Eu *não* vou mudar – ela apontou para o traçado de lua crescente na própria testa. – Esta Marca nunca vai ser preenchida e eu estou morta para sempre.

Olhei para o traçado de sua lua crescente. Estava se apagando? Achei que estava bem mais claro, ou no mínimo menos definido, o que não podia ser bom. Isto me abalou – Você não está morta – foi tudo que consegui dizer.

– Eu me sinto morta.

– Tá, você bem que parece meio morta. Eu sei, pois também me sinto um lixo quando meu visual está uma merda. Talvez seja em parte por isso que você se sinta tão mal – peguei na sacola seu par de botas de caubói. – Olha só o que eu lhe trouxe.

– Sapato nenhum vai dar jeito no mundo – este era um assunto que Stevie Rae e as gêmeas já haviam discutido antes e deu para notar em sua voz um traço do antigo enfado.

– As gêmeas não diriam isso.

O tom familiar em sua voz voltou a ficar frio e inexpressivo: – O que as gêmeas diriam se me vissem agora?

Olhei nos olhos de Stevie Rae: – Elas diriam que você precisa tomar banho e rever sua postura, mas também ficariam inacreditavelmente felizes por você estar viva.

– Eu não estou viva. É isto que estou tentando fazer você entender.

– Stevie Rae, eu não vou entender isso, pois você está andando e falando. Eu não acho que você esteja morta coisa nenhuma. Acho que você está mudada. Não no sentido em que eu estou me Transformando, no sentido de se transformar em um vampiro adulto como os que conhecemos. Você fez um tipo diferente de Transformação, e eu acho que esta é mais difícil do que a que está acontecendo comigo. Por isso você está passando por todas essas coisas. Será que você poderia fazer o favor de me deixar tentar ajudá-la? Não pode ao menos tentar acreditar que no final vai dar tudo certo?

– Eu não sei como você pode ter tanta certeza disso – ela disse. A resposta que dei veio do fundo da minha alma, e eu logo soube que era isso mesmo que tinha de dizer: – Tenho certeza de que você vai ficar bem pois estou convicta de que Nyx ainda ama você e tem alguma razão para deixar isso acontecer.

A esperança que brilhou nos olhos vermelhos de Stevie Rae foi quase dolorosa de presenciar: – Você acha mesmo que Nyx não me abandonou?

– Nyx não a abandonou e eu não a abandonei – ignorei seu fedor e lhe dei um abraço forte, que ela não correspondeu, mas pelo menos não se afastou de mim nem me arrancou um pedaço do pescoço, de modo que achei que já foi um progresso. – Vamos. O lugar que arrumei para você ficar é logo ali, descendo a rua.

Comecei a andar, achando que ela ia me seguir, o que ela só fez depois de uma pequena hesitação. Demos a volta pelo museu e saímos na Rockford, rua que passa na frente. A Rua Vinte e Sete, onde fica a mansão de Aphrodite (bem, na verdade a mansão era dos seus pais malucos), termina bem na Rua Rockford. Sentindo-me dentro de um sonho, caminhei no meio da rua na escuridão, concentrando-me em envolver a ambas em silêncio e invisibilidade, com Stevie Rae vindo a poucos passos de mim. Estava escuro e fazia um silêncio sobrenatural. Levantei os olhos para os galhos toscos das árvores enormes e antigas que margeavam a rua. Eu poderia ter visto a lua quase cheia, mas as nuvens encobriam quase tudo, deixando apenas um brilho branco difuso onde devia haver lua. Havia esfriado, e fiquei feliz por meu metabolismo em Transformação me proteger do vento que açoitava. Pensei se Stevie Rae ia se incomodar com a mudança de clima, e estava quase lhe perguntando isso, mas ela falou antes.

– Neferet não vai gostar disso.

– Disso o quê?

– De eu estar com você e não com os outros – Stevie Rae parecia muito agitada e ficava beliscando a própria mão nervosamente.

– Relaxe, Neferet não vai saber que você está comigo, pelo menos não antes de você estar pronta para ela ficar sabendo – eu disse.

– Ela vai ficar sabendo assim que voltar e ver que eu não estou com os outros.

– Não, ela só vai saber que você sumiu. Qualquer coisa pode ter acontecido – então me ocorreu algo tão incrível que parei como se tivesse dado de cara em uma árvore. – Stevie Rae! Você não precisa ficar entre os vampiros adultos para ficar bem!

– Ahn?

– Isso prova que você se Transformou! Você não está tossindo nem morrendo.

– Zoey, já passei por isso.

– Não, não, não! Não foi isso que eu quis dizer – agarrei seu braço, ignorando o fato de ela o ter imediatamente puxado e se afastado de mim. – Você pode existir sem os *vamps*. Só outro vampiro adulto pode fazer isto. Então o que eu disse estava certo. Você se Transformou, só que é um tipo diferente de Transformação!

– E isso é bom?

– É! – eu não tinha tanta certeza quanto demonstrava, mas estava determinada a manter uma atitude positiva por Stevie Rae. Além do mais, ela não estava com uma cara muito boa. Tipo, estava ainda pior do que seu visual nojento de antes. – O que é que está pegando?

– Preciso de sangue! – ela esfregou a mão trêmula no rosto sujo. Aquele saquinho não basta. Você me impediu de me alimentar ontem, por isso estou sem me alimentar desde anteontem. E é... *ruim* quando não me alimento – ela empinou a cabeça de um jeito esquisito, como se estivesse ouvindo uma voz no vento. – Dá para ouvir o sangue sussurrando nas veias deles.

– Nas veias de quem? – fiquei tão intrigada quanto enojada.

Ela fez um gesto impetuoso, feroz e gracioso com o braço: – Os humanos dormindo ao nosso redor – sua voz se tornou um sussurro rouco. Havia algo em seu tom que me fez querer chegar perto dela de novo, apesar de seus olhos ganharem de novo aquele brilho escarlate e de ela feder tanto que eu estava quase vomitando. – Tem alguém acordado

– ela apontou para a enorme mansão à direita de onde havíamos parado. – É uma menina... uma adolescente... está sozinha no quarto...

A voz de Stevie Rae parecia uma cantilena sedutora: meu coração havia começado a bater forte contra o peito. – Como você sabe disso? – sussurrei.

Ela voltou seus olhos inflamados em minha direção: – Eu sei de muita coisa. Sei de sua sede de sangue. Dá para sentir o cheiro. Não existe razão para você deixar de satisfazer sua sede. Podemos invadir esta casa, entrar no quarto da garota e devorá-la juntas. Eu divido com você, Zoey.

Por um momento me perdi na obsessão que aqueceu os olhos de Stevie Rae e meu próprio desejo. Eu quase não havia ingerido sangue humano desde que Heath me dera mais um pouco um mês atrás. A memória daquela bebida deliciosa permanecia em meu corpo como um segredo irresistível. Totalmente mesmerizada, ouvi Stevie Rae me lançar uma teia de escuridão que me envolveu com suas profundezas pegajosas e belas.

– Eu posso lhe mostrar como entrar na casa. Consigo sentir os caminhos secretos. Você pode fazer a menina me convidar, eu só posso entrar na casa de uma pessoa se for convidada. Mas depois que eu entrar... – Stevie Rae riu.

Foi sua risada que me despertou. Stevie Rae tinha a risada mais gostosa do mundo. Era uma risada feliz, jovem e que mostrava um inocente amor pela vida. Mas agora o que saiu de sua boca foi um eco distorcido daquela alegria de antes.

– O apartamento fica a duas casas daqui. Tem sangue na geladeira – virei-me e comecei a descer a rua a passos rápidos.

– Não é sangue quente nem fresco – ela soou irritada, mas voltara a me seguir.

– É fresco o bastante, e tem micro-ondas. Você pode dar uma esquentada.

Ela não disse mais nada e chegamos à mansão em questão de minutos. Eu a levei até a garagem com apartamento, abri a porta externa e entrei. Eu havia subido metade da escadaria quando me dei conta de que Stevie Rae não estava atrás de mim. Desci correndo até a porta e a vi parada no escuro lá fora. A única coisa que dava para ver direito era o vermelho dos seus olhos.

– Você tem que me convidar – ela disse.

– Ah, desculpe – eu não havia registrado direito na mente o que ela me dissera e fiquei chocada com mais esta prova de como a alma de Stevie Rae mudara profundamente. – Ahn, entre – eu disse rapidamente.

Stevie Rae se deparou com uma barreira invisível ao tentar entrar. Ela soltou um uivo de dor que acabou se transformando em um grunhido. Seus olhos faiscaram para mim: – Acho que seu plano não vai dar certo. Eu não posso entrar aí.

– Pensei que você tivesse dito que bastava ser convidada.

– Por alguém que mora na casa. Você não mora aqui.

Acima de mim, a voz fria e educada de Aphrodite gritou (soando desconfortavelmente parecida com a da mãe): – Eu moro aqui. Entre.

Stevie Rae passou pela porta sem problemas. Subiu a escada e só se apercebeu da voz de Aphrodite quando estava quase lá. Notei que a expressão de seu rosto passou de vazia a furiosa, com olhos injetados.

– Você me trouxe à casa *dela*! – Stevie Rae falou comigo, mas olhando para Aphrodite.

– Sim, e a razão é fácil de explicar – pensei em agarrá-la se resolvesse escapulir, mas me lembrei da força bizarra que ela havia adquirido, então comecei a me concentrar, imaginando se minha afinidade com o vento poderia ser usada para fazer uma brisa bater a porta antes que ela pudesse escapar.

– E como você pode explicar? Você sabe que eu odeio Aphrodite – então ela olhou para mim. – Eu morro e ela vira sua amiga?

Abri minha boca para garantir a Stevie Rae que Aphrodite e eu não havíamos exatamente virado melhores amigas quando a voz esnobe de Aphrodite me interrompeu:

– Se liga. Zoey e eu *não* somos amigas. Seu grupinho de *nerds* continua intacto. A única razão pela qual me envolvi nisto é porque Nyx tem um senso de humor totalmente bizarro. Então entre logo ou vá para o inferno. Tô nem aí... – Sua voz foi sumindo à medida que ela voltava para dentro do apartamento.

– Você confia em mim? – perguntei a Stevie Rae.

Ela olhou para mim pelo que pareceu uma eternidade antes de responder: – Confio.

– Então entre – continuei a subir as escadas com Stevie Rae me seguindo, relutante.

Aphrodite estava deitada no sofá, fingindo assistir à *MTV*. Quando entramos no quarto, ela torceu o nariz e disse: – Que fedor nojento é este? Parece algo morto e... – ao procurar com os olhos de onde vinha o cheiro, chegou a Stevie Rae. Arregalou os olhos. – Deixa para lá – ela apontou para os fundos do apartamento. – O banheiro fica ali.

Passei minha bolsa para Stevie Rae: – Tome aqui. Depois que você sair, nós conversamos.

– Primeiro o sangue – Stevie Rae disse.

– Vá, depois eu lhe dou um saco.

Stevie Rae estava olhando feio para Aphrodite, que estava olhando para a tevê.

– Dois – ela praticamente sibilou.

– Ótimo. Eu trago dois.

Sem dizer mais nada, Stevie Rae saiu do quarto. Fiquei olhando enquanto ela seguiu pelo corredor com um andar selvagem.

– *Hello*! Tosca, horrorosa e um pavor só – Aphrodite sussurrou. – Tipo, não dava para ter me avisado?

– Eu tentei. Você achou que sabia de tudo. Está lembrada? – respondi com um sussurro. Então corri até a pequena cozinha e peguei os sacos de sangue. – Você também disse que seria boazinha.

Bati na porta do banheiro, que estava fechada. Stevie Rae não disse nada, então abri devagarzinho e dei uma espiada. Ela estava com a calça jeans, a camiseta e as botas nas mãos, simplesmente parada no meio daquele banheiro admirável, olhando para as roupas. Ela estava parcialmente de costas para mim, de modo que não pude ter certeza, mas achei que estivesse chorando.

– Eu trouxe o sangue – eu disse baixinho.

Stevie Rae se sacudiu, esfregou o rosto com a mão e jogou as roupas e as botas sobre a pia de mármore. Então estendeu a mão para pegar os sacos de sangue. Eu os entreguei, com a tesoura que peguei na cozinha.

– Precisa de ajuda para encontrar alguma coisa? – perguntei.

Stevie Rae fez que não com a cabeça. E, sem olhar para mim, disse: – Está esperando aí porque está curiosa para me ver pelada ou porque quer um pouquinho de sangue?

– Nem uma coisa nem outra – mantive a voz perfeitamente normal, recusando-me a ficar irritada, já que estava na cara que ela queria que eu mordesse a isca. – Vou esperar na sala. Pode jogar as roupas velhas no corredor que depois eu jogo fora para você – fechei a porta do banheiro com vontade.

Aphrodite estava balançando a cabeça em negativa para mim quando voltei: – Você acha que pode dar um jeito *naquilo*?

– Fala baixo! – sussurrei. Então sentei na outra ponta do sofá, soltando o corpo pesadamente. – E, não, eu não acho que posso dar um jeito nela. Acho que você e Nyx e eu podemos dar um jeito nela.

Aphrodite estremeceu: – Não sei o que é pior, o fedor ou o visual.

– Eu sei disso, e ela também.

– Só estou dizendo *eca*.

– Fale o que quiser, só não diga isso a Stevie Rae.

– Então, para seu governo, eu só quero dizer que essa garota não me inspira segurança – Aphrodite disse, levantando a mão como se estivesse fazendo um juramento. – Eu tenho duas palavras para ela: bomba-relógio. Acho que ela pode até esculachar com sua gangue de *nerds*.

– Eu realmente gostaria que você parasse de chamá-los desse jeito – eu disse. Deus, eu estava exausta.

– Vocês têm encontros de *nerds* nos fins de semana – ela disse.

– Ahn? – eu não fazia ideia do que ela estava falando.

– Há finais de semana nos quais a gangue toda se reúne para assistir a maratonas de *Guerra nas Estrelas e Senhor dos Anéis*, não é?

– É, e daí?

Aphrodite revirou os olhos melodramaticamente: – Você não entende como isso é coisa de *nerd*, o que confirma o que estou dizendo. Vocês são com certeza um bando de *nerds*.

Ouvi a porta do banheiro se abrir e fechar, de modo que nem me dei ao trabalho de dizer a Aphrodite que eu sabia, sim, exatamente como aqueles filmes eram coisa de *nerd*. Mas coisas de *nerd* também podiam ser legais, especialmente quando a gente fica bem largada com os amigos, comendo pipoca e falando que Anakin e Aragorn são gatos (eu também acho o Legolas meio gatinho, mas as gêmeas diziam que ele era meio *gay;* Damien naturalmente o adora. Peguei um saco de lixo debaixo da pia da cozinha e enfiei nele as roupas nojentas de Stevie Rae, fechei o saco com um nó, abri a porta do apartamento e o joguei debaixo da escada.

– Podre – Aphrodite disse.

Afundei-me no sofá, ignorei-a e fiquei olhando para a tela da tevê sem prestar a menor atenção.

– Não vamos falar sobre *isso?* – Aphrodite apontou com o queixo em direção ao banheiro.

– Stevie Rae é *ela,* não é *isso.*

– Ela fede como um animal.

– E não, não vamos falar sobre *ela* sem ela estar presente – eu disse com firmeza.

13

Recusando-me a fofocar com Aphrodite sobre Stevie Rae, voltei a olhar fixo para a tevê, mas depois de um tempinho não aguentei mais ficar sentada, então me levantei e fui de janela em janela fechando as persianas e as grossas cortinas. Isso foi rápido, então fui à cozinha e comecei a vasculhar os armários. Eu já havia reparado que na geladeira havia um pacote com seis águas Perrier, duas garrafas de vinho branco e algumas peças daquele queijo caro e importado que fede a chulé. Havia também uns pacotes de carne e peixe embalados em papel de açougue no *freezer*, além de cubos de gelo, e só. As prateleiras estavam cheias, mas era tudo comida de gente rica. Sabe, latas importadas de peixes com cabeça, ostras defumadas (eca), outras carnes estranhas e conservas, além de umas caixas compridas de um troço chamado biscoito de água. Não havia uma lata sequer de refrigerante.

– Vamos ter que ir ao supermercado – eu disse.

– Se conseguir fazer com que a Fedorenta fique no quarto, basta entrar na conta *on-line* dos meus pais na Petty's Foods. Clique no que quiser. Eles mandam entregar e cobram dos meus pais.

– Eles não vão se aborrecer ao ver a conta?

– Eles não vão nem reparar – ela disse. – O banco desconta no débito automático. Não é nada demais.

– Jura? – fiquei impressionada ao saber que havia gente que vivia assim. – Vocês são *ricos*.

Aphrodite deu de ombros: – Pois é. Que seja.

Stevie Rae limpou a garganta e Aphrodite e eu demos um pulo. Ao vê-la, senti um aperto no coração. Seus cabelos louros e curtos estavam molhados, emoldurando-lhe o rosto com cachos familiares. Seus olhos ainda estavam vermelhos e seu rosto estava pálido e abatido, mas limpo. Suas roupas estavam bem largas, mas ela voltara a se parecer com a Stevie Rae de antes.

– Oi – eu disse baixinho. – Sente-se melhor?

Ela pareceu desconfortável, mas fez que sim.

– Seu cheiro está melhor – Aphrodite disse.

Olhei feio para ela.

– O que é? Foi uma gentileza.

Suspirei e olhei para ela como quem diz *você não está ajudando.*

– Tá, que tal conversarmos sobre armar um plano? – eu disse, com a intenção de fazer uma pergunta retórica, mas Aphrodite falou logo em seguida.

– Qual é exatamente o objetivo do plano? Tipo, eu sei que Stevie Rae tem, ahn, problemas peculiares, mas estou sem saber direito o que você acha que pode fazer quanto a eles. Ela está morta. Ou morta-viva – ela deu uma olhada para Stevie Rae. – Tá, não estou querendo esculachar, não mesmo, mas...

– Não é esculacho. É a verdade – Stevie Rae a interrompeu. – Mas não finja que se importa com meus sentimentos agora, ao contrário de antes de eu morrer.

– Estava tentando ser gentil – Aphrodite a repreendeu, soando o oposto de gentil.

– Esforce-se mais – eu disse. – Sente-se, Stevie Rae – ela se sentou na cadeira estofada de couro ao lado do sofá. Não dei bola para minha dor de cabeça e me sentei no sofá: – Tá bom, o que eu sei é o seguinte – fui enumerando com os dedos: – primeiro, Stevie Rae não precisa mais viver entre os vampiros adultos, o que significa que ela completou a Transformação – Aphrodite começou a abrir a boca para falar, mas eu me adiantei. – Segundo, ela tem que beber mais sangue do que os vampiros adultos – olhei de Stevie Rae para Aphrodite. – Alguma de vocês duas sabe se os vampiros adultos ficam doidos caso não bebam sangue regularmente?

– Em Sociologia Vampírica Adiantada aprendemos que os adultos precisam beber sangue regularmente para se manterem saudáveis. Mental e fisicamente – Aphrodite deu de ombros. – Neferet leciona essa matéria e nunca disse nada sobre os *vamps* ficarem doidos caso não bebam sangue. Mas isso deve ser uma das coisas que eles só nos dizem depois que completamos a Transformação.

– Eu só fiquei sabendo depois que morri – Stevie Rae disse.

– Pode ser sangue de algum mamífero ou tem que ser sangue humano?

– Humano.

Eu havia perguntado a Stevie Rae, mas ela e Aphrodite responderam ao mesmo tempo.

– Tá, bem... além de ter que beber sangue e *não* ter que ficar em meio aos vampiros adultos, Stevie Rae não pode entrar na casa de ninguém sem ser convidada.

– Por alguém que more nela – Stevie Rae acrescentou. – Mas isso não é nada demais.

– Como assim? – perguntei.

Stevie Rac voltou seu olhar vermelho para mim: – Eu posso fazer os humanos fazerem coisas que não querem.

Tive de me esforçar para não tremer toda.

– Não é novidade – Aphrodite disse. – Um monte de vampiros adultos têm personalidades tão fortes que podem ser bastante persuasivos com os humanos. Esta é uma das razões pelas quais eles morrem de medo de nós. Você já devia saber disso, Zoey.

– Ahn?

Aphrodite levantou uma sobrancelha: – Você Carimbou seu namorado humano. Como foi difícil para você persuadi-lo a deixar você dar uma chupadinha... – ela fez uma pausa, sorrindo maliciosamente – do sangue dele, quero dizer.

Ignorei o baixo nível dela: – Tá, Stevie Rae também tem isso em comum com os *vamps* Transformados. Mas *vamps* não têm de ser convidados para entrar em uma casa, têm?

– Nunca ouvi falar de nada assim – Aphrodite disse.

– Isso é porque eu não tenho alma – Stevie Rae falou com uma voz totalmente desprovida de emoção.

– Você tem alma, sim – eu disse automaticamente.

– Engano seu. Eu morri e Neferet deu um jeito de trazer meu corpo de volta, mas ela não recuperou minha condição humana. Minha alma está morta mesmo assim.

Eu sequer conseguia aguentar pensar que o que estava dizendo fosse possível e abri a boca para argumentar com ela, mas Aphrodite foi mais rápida.

– Faz sentido. Por isso você não pode entrar na casa de uma pessoa viva sem ser convidada. Também deve ser por isso que o sol lhe queima a pele. Sem alma não se aguenta a luz.

– Como sabia disso? – Stevie Rae perguntou.

– Tenho o dom da visão, esqueceu?

– Mas Nyx a abandonou e tirou seu dom – Stevie Rae disse com crueldade.

– Isso é o que Neferet quer que as pessoas pensem, pois Aphrodite teve visões sobre ela; e sobre você – fiz questão de dizer. – Mas Nyx não a abandonou mais do que a tenha abandonado.

– Então por que você está ajudando Zoey? – Stevie Rae questionou Aphrodite. – E não me venha com papo furado sobre o senso de humor de Nyx. Qual é a verdadeira razão?

Aphrodite olhou com desprezo: – Por que estou ajudando é problema meu, droga.

Stevie Rae ficou de pé e atravessou o quarto tão rápido que seus movimentos foram como um grande borrão. Antes que eu pudesse piscar, ela já estava com as mãos na garganta de Aphrodite e com o rosto bem perto do dela: – Erro seu. É problema meu também, porque estou aqui. Lembra-se que você me convidou para entrar?

– Stevie Rae, solte-a – mantive a voz calma, mas meu coração estava loucamente disparado. Stevie Rae pareceu e soou perigosa e bastante enlouquecida.

– Eu nunca gostei dela, Zoey. Você sabe disso. Eu lhe disse um zilhão de vezes que ela não prestava e que você devia ficar longe dela. Não sei por que não deveria morder o pescoço dessa maldita.

Eu estava começando a ficar preocupada com a maneira que os olhos de Aphrodite estavam se esbugalhando e como seu rosto estava ficando vermelho. Ela tentou resistir a Stevie Rae, mas era como uma criancinha querendo se soltar dos braços de um adulto grande e maldoso. *Ajude-me a fazer Stevie Rae entender.* Emiti uma prece silenciosa à Deusa e comecei a me concentrar para evocar o poder dos elementos. Então as palavras me vieram à mente em sussurros e eu as repeti logo.

– Você não deveria morder o pescoço dela porque você não é um monstro.

Stevie Rae não soltou Aphrodite, mas virou a cabeça para olhar para mim: – Como sabe disso?

Não hesitei: – Porque eu acredito em nossa Deusa, e porque acredito na parte de você que continua sendo minha melhor amiga.

Stevie Rae soltou Aphrodite, que começou a tossir e a esfregar o pescoço.

– Peça desculpas – eu disse a Stevie Rae. Seus olhos vermelhos me perfuraram, mas empinei o queixo e olhei direto para ela: – Peça desculpas a Aphrodite – repeti.

– Mas eu *não* me arrependo – Stevie Rae disse enquanto voltava (em velocidade normal) para a cadeira.

– Nyx deu a Aphrodite a afinidade com a terra – eu disse abruptamente. Stevie Rae encolheu o corpo de repente como se eu tivesse lhe dado um tapa. – Por isso, se você atacá-la, estará na verdade atacando Nyx.

– Nyx está deixando que ela tome meu lugar!

– Não. Nyx está deixando que ela a ajude. Não posso resolver isso sozinha, Stevie Rae. Não posso contar a nenhum de nossos amigos, porque se eu fizer isso será mera questão de tempo até Neferet saber de tudo que eles saberiam e, apesar de eu não ter muita certeza, acredito piamente que Neferet é do mal. De modo que somos basicamente nós contra a poderosa Grande Sacerdotisa. Aphrodite é a única novata além de mim cujos pensamentos Neferet não pode ler. Nós precisamos da ajuda dela.

Stevie Rae fuzilou com os olhos Aphrodite, que ainda estava esfregando o pescoço e chiando: – Eu ainda quero saber por que ela resolveu nos ajudar. Ela nunca gostou de nenhum de nós. Ela é uma mentirosa aproveitadora, uma cachorra das grandes.

– Expiação – Aphrodite conseguiu dizer, ainda sem fôlego.

– O quê? – Stevie Rae perguntou.

Aphrodite olhou para ela com raiva. Sua voz estava áspera, mas ela estava sem dúvida retomando o fôlego e passara do medo à profunda irritação: – Qual é o problema? Esta palavra é grande demais para você? E-X-P-I-A-Ç-Ã-O – ela soletrou. – Quer dizer que eu tenho que compensar os erros que cometi. Um monte de erros, na verdade. De modo que tenho que fazer o que não fiz antes. Ou seja, seguir a vontade de Nyx – ela fez uma pausa e limpou a garganta, fazendo uma careta de dor. – Não, eu também não gosto nada disso. E, a propósito, você continua fedendo e suas roupas caipiras de merda são ridículas.

– Aphrodite respondeu ao que você perguntou – eu disse a Stevie Rae. – Podia ter sido mais gentil, mas você acabou de quase matá-la sufocada. Agora peça desculpas a ela – olhei com firmeza para Stevie era, enquanto silenciosamente invocava a energia do espírito. Vi que Stevie Rae se encolheu e finalmente olhou para o outro lado.

– Desculpe – ela murmurou.

– Não ouvi – Aphrodite disse.

– E eu não vou aguentar vocês duas agindo como se fossem duas bebezonas! – rebati. – Stevie Rae, peça desculpas a ela como uma pessoa normal, e não como uma pirralha mimada.

– Desculpe – Stevie Rae disse, olhando de cara fechada para Aphrodite.

– Ok, vejam bem – eu disse. – Nós precisamos estabelecer uma trégua entre nós três. Não posso ficar com medo de virar as costas e vocês duas se matarem.

– Ela não tem como me matar – Stevie Rae disse, retorcendo o lábio de modo bem pouco atraente.

– Por que você já está morta ou por que eu não quero chegar perto demais do seu fedor para chutar esse seu rabo ossudo? – Aphrodite perguntou com uma voz enjoativamente doce.

– É exatamente disso que estou falando! – gritei. – Parem com isso! Se não conseguirmos nos dar bem, como diabos vocês acham que vamos poder dar um jeito de enfrentar Neferet e consertar o que aconteceu com Stevie Rae?

– Temos que enfrentar Neferet? – Aphrodite perguntou.

– Por que a enfrentaríamos? – Stevie Rae perguntou.

– Porque ela é do mal, porra! – berrei.

– Você disse porra – Stevie Rae falou.

– É, e não caiu nenhum raio na sua cabeça, nem você se derreteu nem porra nenhuma do tipo – Aphrodite disse alegremente.

– Não parece certo ouvir isso de você, Z. – Stevie Rae disse.

Não tive como deixar de sorrir para Stevie Rae. Ela de repente se pareceu tanto com a Stevie Rae de antes que senti uma enorme esperança. Ela ainda estava lá. Eu só tinha que dar um jeito de colocá-la em contato com...

– É isso aí! – eu disse, cheia de entusiasmo.

– É isso aí o quê? Você ficar falando palavrão? Não é a sua cara, Z. – Stevie Rae disse.

– Acho que você tem razão ao dizer que está sem alma, Stevie Rae. Ou ao menos sem parte dela.

– Do jeito que você está falando, parece que isso é bom, e eu não estou entendendo nada – Aphrodite disse.

– Odeio ter de concordar com ela, mas por que seria bom eu não ter alma? – Stevie Rae perguntou.

– Porque *é assim* que vamos dar um jeito em você! – elas ficaram me olhando sem entender nada, boiando geral. Revirei os olhos – Tudo que precisamos fazer é descobrir como trazer sua alma de volta para dentro de você, inteirinha, e pronto. Você talvez não volte a ser exatamente como era antes. Está na cara que você completou uma Transformação que não é exatamente normal.

– Está na cara – Aphrodite resmungou.

– Mas, com a alma curada, você volta a ser humana; volta a ser você mesma. E isto é o que realmente importa. Tudo mais – fiz um gesto abstrato olhando para ela –, sabe, seus olhos esquisitos e todo esse negócio de ficar maluca se não beber sangue, tudo mais pode ser resolvido se você voltar mesmo a ser *você*.

– Está se referindo àquela baboseira de "o-interior-é-mais-importante-que-o-exterior"? – Aphrodite perguntou.

– Estou, e você está me tirando do sério com sua postura negativa, Aphrodite – eu disse.

– Acho que precisa haver algum pessimista no seu grupo – ela disse, meio que fazendo beicinho.

– Você não faz parte do grupo dela – Stevie Rae disse.

– Agora você também não faz mais, Fedorenta – Aphrodite devolveu.

– Bruxa do inferno! Nunca mais...

– *Chega!* – gritei, esticando os braços em direção a elas enquanto me concentrava no fato de que ambas precisavam levar umas boas palmadas. O vento me obedeceu e ambas foram jogadas em seus assentos por uma ventania concentrada que surgiu ao redor delas. – Tá bom, agora pare – eu disse rapidamente. O vento morreu instantaneamente. – Ahn, desculpe. Perdi a paciência.

Aphrodite imediatamente começou a passar os dedos pelos cabelos completamente desgrenhados, e resmungou: – Eu acho que você está perturbada.

Tenho para mim que ela devia estar certa, mas não quis dizer nada. Dei uma olhada no relógio e fiquei chocada ao ver que já eram sete horas. Não era de admirar que eu estivesse exausta: – Olhem aqui, vocês duas. Estamos todas cansadas. Vamos dormir um pouco e nos encontrarmos aqui depois do Ritual da Lua Cheia. Vou pesquisar mais um pouco e ver se descubro alguma coisa sobre almas perdidas ou partidas e como consertá-las – agora pelo menos eu tinha um foco, não ia ficar perdida para lá e para cá na biblioteca como das outras vezes. Bem, isso quando eu não estava pegando Loren. Ah, inferno. Eu me esquecera dele.

– Para mim o plano é este. Estou pronta para sair daqui – Aphrodite se levantou. – Meus pais vão ficar fora por três semanas, não precisa se preocupar que eles voltem para casa. Tem os jardineiros que vêm duas vezes por semana, mas durante o dia... ah, sim, você entra em combustão se sair durante o dia, por isso não será problema se eles a virem. Quando meus pais não estão, a faxineira costuma vir uma vez por semana para deixar tudo perfeito, mas só vem aqui no apartamento da garagem quando minha avó vem nos visitar, por isso também não vai haver problema nenhum com ela.

– Uau, ela é rica mesmo – Stevie Rae me disse.

– É o que parece – eu respondi.

– Tem tevê a cabo? – Stevie Rae perguntou a Aphrodite.

– É claro – ela respondeu.

– Legal – Stevie Rae falou, parecendo mais feliz do que nunca desde que morrera.

– Tá bom, então vamos cair fora – eu disse, acompanhando Aphrodite até a porta. – Ah, Stevie Rae, eu trouxe um celular descartável para você. Está na minha bolsa. Se você precisar de qualquer coisa, ligue para o meu celular. Vou me lembrar de ficar sempre com ele por perto e ligado – fiz uma pausa, sentindo-me estranhamente insegura por deixá-la.

– Vá. A gente se vê depois – Stevie Rae disse. – Não precisa se preocupar comigo. Já estou morta. O que mais pode dar errado?

– Ela tem razão – Aphrodite disse.

– Tá, tá bem. Até mais – me despedi. Eu não queria dizer também que ela tinha razão. Isso parecia ficar chamando problemas. Tipo, ela era morta-viva, e isso era bem sinistro. Mas havia outras coisas que também poderiam dar errado. Só de pensar senti um arrepio na espinha, que lamentavelmente ignorei e fiquei divagando sobre meu futuro. Que pena que eu não tivesse nenhuma ideia do horror no qual estava cometendo a estupidez de me meter.

14

– Deixe-me perto do alçapão do muro. Ainda não acho que seja uma boa ideia as pessoas acharem que a gente anda saindo juntas – Aphrodite disse.

Virei na Rua Peoria e voltei para a escola: – Fico surpresa de você se ligar tanto no que as pessoas vão pensar.

– Não ligo. Não quero é que Neferet descubra. Se ela pensar que nós duas somos amigas, ou mesmo que não somos inimigas, vai perceber que estamos conspirando contra ela.

– E isso seria *bem* ruim – completei por ela.

– Com certeza – ela confirmou.

– Mas ela vai nos ver juntas de vez em quando porque você vai evocar a terra em meus círculos.

Aphrodite me olhou com perplexidade: – Não vou, não.

– Claro que vai.

– *Não vou, não.*

– Aphrodite, Nyx lhe concedeu afinidade com a terra. Você faz parte do círculo. A não ser que queira ignorar o chamado de Nyx – não acrescentei as palavras "outra vez", pois elas pareciam flutuar no ar entre nós duas.

– Eu já disse que ia fazer a vontade de Nyx – ela respondeu, trincando os dentes.

– O que significa que você vai participar do Ritual da Lua Cheia hoje à noite – lembrei-lhe.

– Isso vai ser um pouquinho difícil, já que não sou mais membro das Filhas das Trevas.

Droga. Eu havia me esquecido disso.

– Bem, então você vai ter que voltar para as Filhas das Trevas – ela ia começar a dizer alguma coisa. Levantei a voz e falei mais alto que ela: – O que significa que você vai ter de respeitar as novas regras.

– Deprimente – ela murmurou.

– Você está com aquela atitude outra vez – alertei-a. – Então, vai jurar?

Percebi que ela estava mordendo o lábio. Aguardei sem dizer nada e continuei dirigindo. Isso era algo que Aphrodite teria de decidir sozinha. Ela disse que queria compensar as besteiras que fizera e atender à vontade da Deusa. Mas querer e fazer de verdade são coisas totalmente distintas. Aphrodite fora egoísta e maldosa por um tempo bem longo. Às vezes, percebia nela uma fagulha de mudança, mas em geral quem eu via era a garota que as gêmeas chamavam de bruxa do inferno.

– É, fazer o que, né?

– Como é?

– Eu disse sim. Vou aceitar suas regras deprimentes.

– Aphrodite, você não pode jurar cumprir as regras dizendo que elas são deprimentes.

– Não tem regra nenhuma que me impeça de jurar cumprir regras que acho deprimentes. Só tenho que dizer que serei autêntica para o ar, fiel para o fogo, sábia para a água, receptiva para a terra e sincera para o espírito. Portanto, estou sendo autêntica e dizendo que acho suas novas regras deprimentes.

– Se é isso que você pensa, então por que as memorizou?

– Conheça vosso inimigo – ela citou.

– Mas quem disse isso, afinal?

Ela deu de ombros: – Alguém dos velhos tempos. Pelo "vosso" você vê como é antigo.

Achei que ela estava muito cheia de titica na cabeça, mas não quis dizer nada (especialmente porque iria me zoar por dizer "titica" ao invés daquela palavra que começa com "m").

– Bem, você fica aqui – estacionei ao lado da estrada. Felizmente, as nuvens que surgiram de madrugada haviam se multiplicado e a manhã estava escura e sombria. Tudo que Aphrodite precisava fazer era atravessar o pequeno gramado entre a estrada e o muro que cercava a escola, passar pelo alçapão e seguir um pedacinho pela calçada e já estava no dormitório. Como diriam as gêmeas, moleza. Olhei para o céu, pensando se devia pedir ao vento para soprar mais nuvens e deixar o céu mais escuro, mas olhar rapidamente para a cara aborrecida de Aphrodite me fez decidir que ela podia, sim, lidar com a luz do sol.

– Então você vai estar no ritual desta noite, certo? – perguntei, pensando por que ela estava demorando tanto para sair do meu carro.

– Sim, estarei lá.

Ela pareceu distraída. Sei lá. Aquela garota era bem esquisita às vezes.

– Tá, até mais tarde – eu disse.

– Até mais – ela resmungou, abrindo a porta e (finalmente) saindo do carro. Mas, antes de fechar a porta, ela se abaixou e disse: – Estou sentindo algo estranho. Você não está sentindo também?

Pensei um pouco: – Sei lá. Estou me sentindo meio agitada e estressada, mas isso pode ser porque minha melhor amiga está morta. Quer dizer, morta-viva – então a olhei mais de perto. – Está prestes a ter uma visão?

– Não sei. Eu nunca sei quando está chegando uma visão. Mas às vezes tenho sensações sem ter visões completas.

Ela estava realmente pálida e até um pouquinho suada (o que, para Aphrodite, era totalmente fora do normal).

– Talvez seja melhor você entrar de novo no carro. Não deve mesmo ter ninguém acordado que possa nos ver chegar juntas – Aphrodite era um "pé no saco", mas eu sabia que ela ficava prostrada quando tinha suas visões e eu realmente não gostava nada da ideia de ficar presa do lado de fora à luz do dia com ela tendo uma de suas visões.

Ela se sacudiu, parecendo um gato saindo da chuva: – Estou bem. Provavelmente estou só imaginando coisas. Até mais tarde.

Fiquei olhando enquanto ela foi caminhando rápido pelo grosso muro de tijolos e pedras que cercava o terreno da escola. O muro era margeado por carvalhos enormes e antigos que projetavam sombras que, subitamente, ganharam um aspecto mais sinistro que o normal. Nossa mãe, quem estava imaginando coisas agora? Eu estava começando a passar a primeira marcha quando ouvi o grito de Aphrodite.

Às vezes não penso. Meu corpo passa a comandar e simplesmente entro em ação. Esta foi uma dessas vezes. Saí do carro e corri em direção a Aphrodite antes mesmo de pensar. Quando cheguei perto dela, percebi duas coisas de uma só vez. A primeira foi um perfume gostoso, um tanto familiar, apesar de desconhecido. Fosse lá o que fosse, o cheiro tomou conta daquela área como uma névoa deliciosa e eu automaticamente inalei fundo. A segunda coisa que vi foi Aphrodite se agachando para vomitar e chorar ao mesmo tempo, o que não foi muito agradável de assistir. Eu estava ocupada demais olhando para ela e tentando decifrar o que estava acontecendo, além de distraída demais pelo cheiro maravilhoso para reparar *naquilo*. Ao menos de início.

– Zoey! – Aphrodite soluçou, ainda com ânsia de vômito. – Traga alguém! Rápido!

– O que foi... é uma visão? O que houve? – agarrei seus ombros e tentei segurá-la, enquanto ela continuava a vomitar feito louca.

– Não! Atrás de mim! Contra o muro... – ela disse, tentando vomitar, mas sem ter mais nada para pôr para fora. – É pavoroso demais.

Eu não quis olhar, mas levantei os olhos automaticamente em direção ao muro sombrio da escola.

Foi a coisa mais horrível que eu já tinha visto. Primeiro minha mente sequer registrou o que era. Depois pensei que pudesse ter sido algum sistema instantâneo de defesa. Infelizmente, essa teoria não durou muito tempo. Pisquei os olhos e olhei para o trecho escuro. Havia algo pegajoso, molhado e...

E então entendi o que era aquele cheiro doce e sedutor. Tive que me controlar para não cair de joelhos e começar a vomitar feito louca ao lado de Aphrodite. Senti cheiro de sangue. Não de sangue humano comum, que também já era bastante delicioso. O cheiro que eu estava sentindo era do sangue de um vampiro formado.

O corpo dela estava grotescamente pregado a uma grosseira cruz de madeira encostada ao muro. Ela não tivera apenas os pulsos e tornozelos pregados. Também haviam lhe enfiado uma estaca de madeira no coração. Havia um pedaço de papel pendurado pela grotesca estaca. Vi que havia algo escrito, mas meus olhos não focalizaram o bastante para ler as palavras.

Também lhe cortaram a cabeça. A cabeça da professora Nolan. Eu sabia que era ela porque haviam enfiado sua cabeça em uma estaca de madeira ao lado do corpo. Seus cabelos longos e escuros esvoaçavam com a brisa suave, parecendo obscenamente graciosos. Sua boca estava aberta, fazendo uma careta terrível, mas seus olhos estavam fechados.

Agarrei o braço de Aphrodite e a fiz se levantar: – Vamos! Temos que chamar alguém para ajudar.

Apoiando-nos uma na outra, caminhamos aos tropeços até o carro. Nem sei como consegui dar a partida no Fusca e sair do meio-fio.

– Eu... eu... eu acho que vou vomitar outra vez – Aphrodite estava rangendo tanto os dentes que mal conseguia falar.

– Não vai, não – nem acreditei na calma de minha voz. – Respire. Concentre-se. Extraia força da terra – percebi que estava automaticamente fazendo o que lhe dizia para fazer, só que no meu caso eu estava extraindo força dos cinco elementos. – Você está bem – eu lhe disse enquanto canalizava energia do vento, do fogo, da água, da terra e do espírito para controlar a histeria e o choque aos quais eu queria ceder. – Nós estamos bem.

– Nós estamos bem... nós estamos bem... – Aphrodite ficou repetindo.

Ela estava tremendo tanto que peguei o casaco com capuz que deixara no banco de trás: – Enrole-se nisto aqui. Estamos quase lá.

– Mas não tem ninguém! A quem vamos contar o que vimos?

– Tem alguém, sim – minha mente dava voltas. – Lenobia nunca se afasta de seus cavalos por tempo demais. Ela deve estar aqui – e então me agarrei a uma sedutora esperança. – E eu vi Loren Blake ontem. Ele vai saber o que fazer.

– Tá... tá... – Aphrodite murmurou.

– Me escute, Aphrodite – eu disse com severidade. Ela virou seus olhos arregalados e chocados para mim. – Vão querer saber por que você e eu estávamos juntas, e especialmente por que eu a estava deixando lá para voltar sozinha.

– O que vamos dizer?

– Eu não estava com você e não a estava deixando lá. Eu fui visitar minha avó. Você estava... – fiz uma pausa, tentando forçar minha mente embotada a pensar. – Você estava em casa. Eu a vi caminhando de volta para a escola e lhe dei carona. Quando nós passamos pelo muro senti que havia algo errado e paramos para ver o que era. Foi assim que encontramos a professora.

– Tá. Tá. Posso dizer isso.

– Vai se lembrar?

Ela deu um suspiro profundo e estremecido: – Vou me lembrar.

Nem me dei ao trabalho de estacionar em um local normal. Parei o carro ruidosamente e o mais perto possível da parte do edifício principal em que os professores residentes moravam. Esperei apenas o suficiente para Aphrodite me alcançar e juntas fomos pela calçada em direção às portas de madeira da construção que parecia um castelo. Agradeci em silêncio à minha Deusa pela política da escola de não usar trancas. Abri a porta e entrei pouco antes de Aphrodite.

E dei de cara com Neferet.

– Neferet! Você precisa vir! Por favor! É horrível! – solucei e me joguei em seus braços. Não resisti. Em minha mente estava claro que ela fizera coisas horríveis, mas, até um mês atrás, Neferet fora como uma mãe para mim. Não, na verdade, ela se tornara *a* mãe que eu tanto quisera ter, e em meu pânico senti uma incrível onda de alívio tomar conta do meu corpo.

– Zoey? Aphrodite?

Aphrodite desmoronou contra a parede ao nosso lado e a ouvi soluçar descompassadamente. Então percebi que eu havia começado a tremer tanto que, se não fosse pelos braços fortes de Neferet, não teria me aguentado em pé. A Grande Sacerdotisa me segurou gentilmente, mas me afastou de si com firmeza para olhar em meu rosto: – Fale comigo, Zoey. O que aconteceu?

Minha tremedeira ficou mais intensa. Baixei a cabeça e rangi os dentes, tentando reencontrar meu eixo e extraindo força dos elementos para conseguir falar.

– Eu ouvi algo e... – reconheci a voz clara e forte de Lenobia, nossa professora de equitação, se aproximando cada vez mais a passos firmes.

– Pelo amor da Deusa! – pelo canto da minha vista já turva vi que ela correu para segurar Aphrodite, que estava se desmilinguindo toda. – Neferet? O que houve?

Levantei a cabeça ao ouvir a voz familiar e me deparei com Loren, todo descabelado – pelo jeito estava dormindo –, descendo o vão da escada que dava para seu apartamento enquanto vestia um suéter velho da Morada da Noite. Olhei para ele e reuni forças para falar.

– A professora Nolan – eu disse e, apesar de minha voz soar clara e forte, ao mesmo tempo sentia como se meu corpo fosse se quebrar em pedacinhos. – Ela está no alçapão do muro leste. Alguém a matou.

15

Depois disso, foi tudo muito rápido, mas a mim pareceu que estava acontecendo com alguém que temporariamente passara a residir em meu corpo. Neferet imediatamente assumiu o controle da situação. Ela parou para pensar e, entre mim e Aphrodite, decidiu (infelizmente) que eu era a única ainda em condições de retornar com eles ao local onde estava o corpo. Ela mandou chamar Dragon Lankford, que veio armado. Ouvi Neferet perguntar a Dragon quais guerreiros já haviam voltado da folga de inverno. No que pareceram segundos depois da pergunta, apareceram dois vampiros altos e musculosos. Eu os reconheci vagamente. Sempre havia uma grande variedade de vampiros adultos entrando e saindo da escola. Logo aprendi que a sociedade dos vampiros é extremamente matriarcal, o que apenas significa que as mulheres dirigem as coisas. Mas isso não quer dizer que os *vamps* do sexo masculino não sejam respeitados. Eles são, sim. Simplesmente, seus dons são em geral mais voltados para o plano físico, enquanto as mulheres são mais dotadas de intelecto e intuição. A questão principal é que os vampiros homens são estupendos combatentes e protetores. Estes dois, mais Dragon e Loren, me fizeram sentir um zilhão de vezes mais protegida.

O que não significa que eu estivesse entusiasmada em conduzi-los até o corpo da professora Nolan. Entramos na caminhonete da escola e refizemos a trilha que eu havia tomado para chegar à escola. Com a mão trêmula, apontei para o local onde havia estacionado antes. Dragon parou o carro.

– Eu estava passando e foi aqui que Aphrodite disse que sentiu algo estranho – dei início à nossa Grande Mentira. – Daqui não conseguíamos ver muita coisa – meus olhos se voltaram logo para a área escura perto do alçapão no muro. – Eu também senti algo esquisito e então decidimos ver o que era – soltei um suspiro trêmulo. – Acho que pensei que fosse algum dos alunos tentando voltar para o dormitório sem ser percebido e sem conseguir achar o alçapão – engoli em seco, tentando umedecer a garganta. – Quando chegamos perto do muro, deu para perceber que havia algo ali. Algo de terrível. E... e eu senti cheiro de sangue. Quando vimos o que era... que era a professora Nolan... fomos procurá-la imediatamente.

– Você pode voltar lá ou prefere ficar e esperar por nós? – Neferet falou com gentileza e compreensão, e eu desejei com todas as forças que ela ainda estivesse do lado do bem.

– Não quero ficar sozinha – eu disse.

– Então você vem comigo – ela disse. – Os guerreiros vão nos proteger. Você não tem mais nada a temer agora, Zoey.

Fiz que sim com a cabeça e saí da caminhonete. Os dois guerreiros, Dragon e Loren, me ladearam e a Neferet. Depois de cruzar uma parte do terreno coberta de capim no que pareceram apenas dois segundos, chegamos perto do cheiro e da área de visão do corpo crucificado. Senti meus joelhos fraquejarem ao assimilar com meus sentidos já em estado de choque o puro horror do que fizeram com ela.

– Ah, pela graça da Deusa! – Neferet disse, arfando. Ela avançou lentamente até chegar à cabeça horrivelmente enfiada na estaca. Fiquei olhando enquanto ela ajeitou de leve os cabelos da professora Nolan e pousou a mão na testa da morta. – Fique em paz, minha amiga. Repouse nos verdes prados de nossa Deusa. É lá que um dia nos encontraremos outra vez.

Quando senti os joelhos me faltando, uma mão forte me segurou firme pelo braço.

– Você está bem. Você vai superar isto.

Olhei para Loren e tive de piscar os olhos com força para me concentrar nele. Ele continuou me segurando, mas tirou do bolso um daqueles lenços antiquados de linho. Foi quando percebi que estava chorando.

– Loren, leve Zoey de volta ao dormitório. Não há mais nada que ela possa fazer aqui. Assim que estivermos protegidos como deve ser, vou ligar para a polícia dos humanos – Neferet disse, e virou seu olhar incisivo para Dragon. – Traga os outros guerreiros para cá agora – Dragon abriu seu telefone celular e começou a fazer ligações. Então Neferet se voltou para mim: – Sei que você viu algo terrível, mas estou orgulhosa por ter sido forte para encarar a situação.

Eu não consegui falar, de modo que apenas assenti.

– Vamos levá-la para casa, Zoey – Loren murmurou.

Quando Loren me ajudou a entrar no veículo novamente, uma chuva fina começou a cair ao redor de todos nós. Olhei para trás e vi que a chuva lavava o sangue do corpo da professora Nolan como se a própria Deusa estivesse chorando pela perda.

Durante todo o caminho de volta para a escola Loren ficou conversando comigo. Não me lembro direito do que ele estava dizendo. Só sei que ele me falou que tudo ia dar certo com aquela voz linda e profunda que tinha. Senti aquela voz me envolvendo e tentando me aquecer. Ele estacionou e me levou para a escola, sempre segurando meu braço com firmeza. Quando pegou a direção da sala de jantar ao invés do dormitório, olhei para ele com olhos questionadores.

– Você precisa beber e comer algo. Depois, precisa dormir. Faço questão que você primeiro se alimente, depois descanse – ele fez uma pausa e deu um sorriso triste. – Apesar de você parecer prestes a cair dura.

– Na verdade, não estou com fome – eu disse.

– Eu sei, mas você vai se sentir melhor depois de comer – ele desceu a mão do meu braço para tocar minha mão. – Deixe-me preparar algo para você comer, Zoey.

Deixei que ele me levasse até a cozinha. Sua mão era quente e firme, e senti que ela começara a dissolver o torpor gelado que havia se alojado em mim.

– Você sabe cozinhar? – perguntei, agarrando-me a qualquer assunto que não tivesse nada a ver com morte ou horror.

– Sim, mas não cozinho bem – ele sorriu, parecendo um menininho lindo.

– Isso não soa nada promissor – eu disse. Senti meu rosto sorrir, mas foi um sorriso tenso e desajeitado, como se por um breve momento, não me lembrasse como fazê-lo.

– Não se preocupe, serei bonzinho para você – ele pegou um banco no canto da sala e pôs ao lado da enorme bancada de açougueiro que ficava no meio da gigantesca cozinha.

– Sente-se – ele ordenou.

E eu obedeci, aliviada por não ter mais que ficar em pé. Ele se voltou para os armários e começou a tirar coisas deles e de uma das câmaras frigoríficas (mas não daquela onde guardavam o sangue).

– Tome, beba isto. Devagar.

Fiquei surpresa ao ver a enorme taça de vinho tinto: – Eu na verdade não gosto de...

– Deste vinho você vai gostar – ele me encarou com seus olhos escuros. – Confie em mim e beba.

Obedeci. O gosto explodiu em minha língua, emitindo centelhas de calor por todo o meu corpo: – Tem sangue! – exclamei.

– Tem – ele estava fazendo um sanduíche e nem olhou para mim. – É assim que os vampiros bebem vinho: misturado com sangue – ele então me olhou rapidamente nos olhos. – Se você não gosta, posso lhe arrumar outra coisa para beber.

– Não, tudo bem. Vou beber assim mesmo – dei mais um gole, esforçando-me para não virar tudo de um gole só.

– Senti que você não teria problema com isso.

Virei os olhos para ele: – Por que diz isso? – senti minha força e meu espírito retornando a mim depois que aquele sangue maravilhoso se assentou em meu corpo.

Ele continuou fazendo o sanduíche e deu de ombros: – Você Carimbou aquele garoto humano, não foi? Foi assim que você conseguiu achá-lo e salvá-lo do assassino em série.

– Foi.

Ao ver que eu não ia dizer mais nada, ele olhou para mim e sorriu: – Foi o que pensei. Acontece. Às vezes, Carimbamos sem querer.

– Não os novatos. Nós não devemos nem beber sangue humano – eu disse.

Loren deu um sorriso quente e repleto de compreensão: – Você não é uma novata normal, de modo que as regras normais não se aplicam a você – ele me olhou nos olhos, parecendo que estava se referindo a coisas que iam muito além de beber um pouquinho de sangue humano sem querer.

Ele me fez sentir calor e frio... senti medo, mas ao mesmo tempo me senti totalmente adulta e *sexy*.

Fiquei de boca calada e voltei a beber o vinho ensanguentado. (Sei que parece muito nojento, mas era uma delícia.)

– Tome, coma isto – ele me passou um prato com o sanduíche de queijo e presunto que preparara. – Espere, você também precisa disto – ele procurou no armário até que soltou um pequeno "ahá", pegou um saco enorme de Doritos sabor queijo e virou uma farta porção no meu prato.

Sorri. Desta vez, minha boca ficou mais à vontade. – Doritos! Perfeito – dei uma boa mordida e me dei conta de que estava mesmo morrendo de fome. – Sabe, eles não gostam que os novatos comam este tipo de *junk food*.

– Como eu disse – Loren deu aquele seu sorriso preguiçoso e sensual outra vez –, você não é como os demais novatos. E tenho para mim que algumas regras foram feitas para serem quebradas – ele desviou o olhar dos meus olhos e passou para os brincos de diamante aninhados em minhas orelhas.

Senti meu rosto esquentar e voltei a me concentrar na comida, olhando apenas de vez em quando para ele. Loren não havia feito sanduíche nenhum para si mesmo, mas se serviu de uma taça de vinho, e bebeu lentamente enquanto me olhava comer. Estava a ponto de dizer que estava me deixando nervosa quando ele finalmente disse alguma coisa.

– Desde quando você e Aphrodite são amigas?

– Não somos – eu disse entre uma mordida e outra no sanduíche (que na verdade estava muito bom – ou seja, o cara era podre de lindo, gostoso, inteligente *e* se saía bem na cozinha!). – Eu estava voltando para a escola e a vi caminhando – levantei um ombro como quem não estava nem aí para ela. – Acho que faz parte da minha função de líder das Filhas das Trevas ser gentil com todos, até com ela. Por isso ofereci carona.

– Fico um pouco surpreso por ela aceitar uma carona sua. Vocês não são inimigas mortais?

– Sei lá! Inimigas mortais? Eu não dou muita moral para ela – bem que eu queria poder contar a Loren a verdade sobre Aphrodite. A verdade é que odiei mentir (e realmente não era muito boa nisso, apesar de aparentemente estar melhorando com a prática). Mas só de pensar em desabafar com Loren me veio algo por dentro dizendo enfaticamente *você não pode contar nada a ele, de jeito nenhum.* Então sorri e continuei a comer o sanduíche, tentando me concentrar no fato de estar me sentindo menos no clima de *Noite dos Mortos-Vivos.* E assim me lembrei da professora Nolan. Pus o sanduíche pela metade no prato e tomei outro gole de vinho.

– Loren, quem será que fez uma coisa daquelas com a professora Nolan?

Seu lindo rosto ganhou uma expressão pesada: – Acho que a citação no bilhete é bem óbvia.

– Citação?

– Você não viu o que estava escrito no papel que pregaram nela?

Eu fiz que não, voltando a me sentir meio enjoada outra vez: – Sei que havia algo escrito no papel, mas não olhei direito para ver o que era.

– Dizia "Não deixarás viver a feiticeira. *Exodus 22:18*". E a palavra "arrependei-vos" sublinhada várias vezes.

Algo me veio à memória e senti uma queimação dentro de mim que não tinha nada a ver com o sangue no meu vinho: – O Povo de Fé.

– É o que parece – Loren balançou a cabeça. – Eu bem que fiquei imaginando o que a sacerdotisa tinha em mente quando resolveu comprar este lugar e estabelecer aqui a Morada da Noite. Achei que era pedir para arrumar encrenca. Há partes deste país que são habitadas por gente de mente muito estreita, pessoas bastante fanáticas em termos de credos *religiosos* – ele balançou a cabeça, parecendo estar com muita raiva. – Apesar de eu não entender o culto a um Deus que deprecia as mulheres e cujos "verdadeiros devotos" se acham no direito de desprezar qualquer um que não pense exatamente como eles.

– Nem todo mundo de Oklahoma é assim – eu disse com toda firmeza. – Também existe um forte sistema de crenças baseado nos índios americanos, além de muita gente comum que simplesmente não cai no papo preconceituoso do Povo de Fé.

– Seja como for, é o Povo de Fé que fala mais alto.

– Eles não estão certos só porque são mais bocudos.

Ele riu e relaxou a expressão do rosto: – Você está se sentindo melhor.

– É, acho que estou – bocejei.

– Melhor, mas exausta, posso apostar – ele disse. – Hora de ir para a cama. Você precisa descansar e refazer suas forças para o que virá pela frente.

Senti uma ponta de medo no estômago e me arrependi de comer tantos Doritos: – O que vai acontecer?

– Faz décadas que os humanos não atacam os vampiros abertamente. As coisas vão mudar.

O medo gelado se expandiu para minhas vísceras: – Mudar as coisas? Como assim?

Loren me encarou: – Não vamos aceitar ser atacados sem revidar – uma expressão dura se fez em seu rosto e, de repente, ele pareceu mais guerreiro que poeta, mais vampiro que humano. Pareceu poderoso, perigoso e exótico, e também bastante assustador. Tudo bem que ele era, honestamente, a coisa mais gostosa que eu já tinha visto na vida.

Então, parecendo se dar conta de ter falado demais, ele sorriu e deu a volta na bancada para ficar perto de mim: – Mas você não precisa se preocupar com nada disso. Dentro de vinte e quatro horas, a escola estará cheia de nossos vampiros guerreiros de elite, os Filhos de Erebus. Nenhum fanático humano conseguirá tocar em nenhum de nós.

Franzi a testa, preocupada com as ramificações do aumento da segurança. Como diabos eu sairia escondida com sacos de sangue para Stevie Rae com aqueles guerreiros transbordando testosterona batendo nos peitos e agindo de modo superprotetor?

– Ei, você vai ficar em segurança. Juro – Loren segurou meu queixo e levantou meu rosto.

A ansiedade acelerou minha respiração, e senti meu estômago palpitar. Tentei tirá-lo da cabeça, tentei não pensar em seus beijos e no jeito que ele me esquentava o sangue ao me olhar, mas a verdade era que, mesmo sabendo como Erik ficaria magoado por eu estar com Loren e apesar de todo o *stress* de Stevie Rae e Aphrodite e do horror do que acontecera com a professora Nolan, eu sentia os lábios dele nos meus. Eu queria que ele me beijasse outra vez e de novo e mais uma vez.

– Eu acredito em você – sussurrei. Naquele momento eu jurava que podia acreditar em qualquer coisa que ele me dissesse.

– Fico feliz de vê-la usando os brincos que eu lhe dei – antes que eu pudesse dizer qualquer coisa, ele se abaixou e me beijou, profunda e demoradamente. Sua língua encontrou a minha e eu senti o gosto de vinho e o sedutor toque de sangue em sua boca. Depois do que pareceu um longo tempo, ele tirou os lábios dos meus. Seus olhos estavam sombrios e ele respirava fundo.

– Preciso que você volte para seu dormitório antes que eu sinta a tentação de ficar ao seu lado para sempre – ele disse.

Usei o máximo de minha sagacidade e consegui dizer um arfante "tá".

Ele pegou meu braço outra vez, do mesmo modo com que havia me ajudado a entrar na cozinha. Mas, desta vez, foi um toque quente e íntimo. Nossos corpos roçaram um no outro enquanto caminhamos à luz soturna da manhã até o dormitório das meninas. Ele subiu comigo os degraus da entrada e abriu a porta. O salão estava deserto. Dei uma olhada no relógio e mal pude acreditar que já passava um pouquinho das nove da manhã.

Loren levou minha mão rapidamente à sua boca, beijando-a calorosamente antes de soltá-la: – Boa noite, mil vezes. Não, má noite, sem tua luz gentil. O amor procura o amor como o estudante que para a escola corre: num instante. Mas, ao se afastar dele, o amor parece que se transforma em colegial refece.

Reconheci vagamente o texto de *Romeu e Julieta*. Será que ele estava dizendo que me amava? Meu rosto corou de nervoso e excitação.

– Tchau – eu disse baixinho. – Obrigada por cuidar de mim.

– O prazer foi meu, minha dama – ele disse. – *Adieu* – ele se curvou para mim, fechando o pulso sobre o coração, fazendo a respeitosa saudação vampírica de um guerreiro para sua Grande Sacerdotisa, e então se foi.

Ainda sob o efeito do choque e me sentindo leve pelos beijos de Loren, praticamente tropecei pelos degraus até chegar ao meu quarto. Pensei em ir falar com Aphrodite, mas estava no limite da exaustão e só tinha energia para fazer uma coisa antes de desmaiar na cama. Então, vasculhei meu cesto de papéis e encontrei as duas metades do cartão horroroso de *natalversário* que minha mãe e o padrastotário haviam me mandado.

Senti um enjoo no estômago ao juntar as pontas e ver que minha lembrança estava correta. Era uma cruz com um bilhete cravado no meio. Sim. Realmente havia uma semelhança sinistra com o que haviam feito com a professora Nolan.

Antes que pudesse mudar de ideia, peguei meu telefone celular, respirei fundo e disquei o número. Minha mãe respondeu após o terceiro toque.

– Alô! Abençoada é a manhã! – ela disse, espevitada. Estava na cara que não havia conferido o número que estava discando.

– Mãe, sou eu.

Como eu já esperava, seu tom mudou instantaneamente: – Zoey? O que foi agora?

Eu estava cansada demais para ficar com aqueles joguinhos de mãe e filha.

– Onde John estava ontem de madrugada?

– O que está querendo dizer, Zoey?

– Mãe, eu não tenho tempo para essas palhaçadas. Diga logo. Depois que vocês saíram de Utica Square, o que fizeram?

– Não estou gostando do seu tom, mocinha.

Segurei a vontade de gritar de frustração: – Mãe, isto é importante. Muito importante. Caso de vida ou morte.

– Você é sempre tão dramática – ela disse. Então soltou uma risadinha nervosa e falsa. – Seu pai veio para casa comigo, é claro. Assistimos a um jogo de futebol na tevê e fomos dormir.

– A que horas ele saiu para trabalhar hoje de manhã?

– Que pergunta boba! Ele saiu mais ou menos uma hora e meia atrás, como sempre. Zoey, por que tudo isso?

Hesitei. Será que eu podia contar para ela? O que Neferet disse sobre chamar a polícia? Com certeza o que acontecera com a professora

Nolan estaria em todos os noticiários do dia. Mas ainda não. Agora, não. E eu sabia muito bem que minha mãe não era confiável para guardar segredo.

– Zoey? Você não vai me responder?

– Assista ao noticiário. Você vai ver do que se trata – eu disse.

– O que você fez? – dei-me conta de que ela não soou preocupada nem aborrecida, apenas resignada.

– Nada. Não fui eu. É melhor ficar de olho no seu próprio lar para descobrir quem fez o quê. E não se esqueça, eu não moro mais na sua casa.

Sua voz ganhou um tom áspero: – Isso mesmo. Com certeza não mora mais. Nem sei por que você está ligando para cá. Você e sua detestável avó não disseram que não iam mais falar comigo?

– A sua *mãe* não é detestável – eu defendi automaticamente.

– Eu acho que é! – minha mãe rebateu.

– Esquece. Você tem razão. Eu não devia ter ligado. Seja feliz, mãe – disse e desliguei na cara dela.

Quanto a uma coisa minha mãe estava certa. Eu não devia ter ligado. Aquele cartão devia ser só coincidência mesmo. Tipo, tem um zilhão de lojas de religiosos em Tulsa e Broken Arrow. Todos vendem essas porcarias de cartões. E todos parecem iguais – ou são desenhos de pombas e ondas lambendo pegadas na areia, ou então cruzes e sangue e espinhos. Não significava nada específico. Significava?

Senti minha cabeça tão oscilante quanto meu estômago. Eu precisava pensar, mas não podia pensar cansada daquele jeito. Primeiro eu dormiria e depois tentaria resolver o que fazer. Ao invés de jogar o cartão fora, guardei as duas metades na gaveta superior da escrivaninha. Então tirei a roupa e vesti meu suéter mais confortável. Nala já estava roncando em meu travesseiro. Aninhei-me junto a ela, fechei os olhos, forcei minha mente a apagar aquelas imagens terríveis e aquelas perguntas indizíveis, e finalmente me concentrei no ronronar de minha gatinha para finalmente apagar de exaustão.

16

No instante em que Heath voltou à cidade fiquei sabendo, pois ele entrou no meu sonho. Eu estava tomando sol (só em sonho mesmo) em uma enorme boia em formato de coração no meio de um lago feito de Sprite (vai saber?), quando de repente tudo desapareceu e a voz de Heath, tão familiar, me adentrou o crânio.

– Zo!

Meus olhos se abriram, trêmulos. Nala estava olhando para mim com seus olhos de gata, verdes e irritados.

– Nala? Você ouviu alguma coisa?

A gata soltou um *miauff*, espirrou e levantou-se apenas o suficiente para dar uns passos em círculo, dando várias voltas, até soltar o corpo pesadamente e voltar a dormir.

– Você não está ajudando em nada – eu disse.

Ela me ignorou.

Olhei para o relógio e soltei um gemido. Eram sete da noite. Nossa mãe, eu havia dormido mais de oito horas, mas minhas pálpebras pareciam lixas. Eca. O que eu tinha para fazer hoje? Então me lembrei da professora Nolan e da conversa com minha mãe e senti um aperto no estômago.

Será que devia falar com alguém sobre minhas suspeitas? Como Loren havia dito, o Povo de Fé já fora implicado no assassinato por causa do bilhete medonho que haviam deixado. Então será que eu realmente precisava dizer alguma coisa sobre o fato de não ser surpresa para mim caso o padrastotário tivesse alguma coisa a ver com aquilo? Minha mãe deixou claro que ele passou a noite toda em casa e também estava lá de manhã. Ao menos era o que ela estava dizendo.

Será que ela estava mentindo?

Senti um calafrio. Claro que podia estar mentindo. Ela faria qualquer coisa por aquele homem repulsivo. Já havia provado isso ao me dar as costas. Mas, se estivesse mentindo e eu a delatasse, eu seria responsável pelo que viesse a lhe acontecer. Eu odiava John Heffer, mas será que o odiava a ponto de fazer minha mãe afundar com ele?

Senti vontade de vomitar.

– Se o padrastotário estiver envolvido com o assassinato, a polícia vai descobrir. Se isso acontecer, nenhuma consequência será culpa minha – falei em voz alta, permitindo que minha voz me acalmasse. – Vou esperar e ver o que acontece – eu não seria capaz de fazer isso. Simplesmente não conseguiria. Ela era péssima, mas era minha mãe, e eu ainda me lembrava de quando ela me amava.

Ou seja, não ia fazer nada, a não ser tentar tirar minha mãe e o padrastotário da minha mente. Ponto final. Falando sério.

Enquanto continuava tentando me convencer de que tinha tomado a decisão certa, lembrei-me do que mais tinha para fazer hoje. O Ritual da Lua Cheia das Filhas das Trevas. Meu coração afundou e foi parar no meu estômago já apertado. Normalmente eu estaria animada e um pouco nervosa. Mas hoje estava apenas estressada. Para completar, aceitar Aphrodite em nosso círculo não seria uma medida das mais populares. Que se dane. Meus amigos iam ter que aceitar. Suspirei. Minha vida estava uma droga das grandes. Além disso, eu provavelmente estava deprimida. Gente deprimida não dormia tipo o tempo todo? Fechei meus olhos irritados, aceitando meu autodiagnóstico, e estava quase pegando no sono quando o grito "Zoey, *baby!*" me invadiu a mente ao mesmo tempo em que meu despertador começou a berrar. Despertador? Era fim de semana. Eu não havia programado o despertador.

Vinha do meu telefone celular o barulhinho que anunciava a chegada de uma mensagem de texto. Sentindo-me totalmente grogue, abri o aparelho. Não encontrei só uma mensagem de texto, mas quatro.

Zo! Voltei!
Zoey, preciso te ver
Ainda te amo, Zo
Zo, me liga.

– Heath – suspirei e me sentei na cama. – Titica. Esse negócio está cada vez pior – que diabo eu ia fazer com ele?

Eu o Carimbara mais de um mês atrás. Ele também fora raptado pela gangue de mortos-vivos nojentos de Stevie Rae e quase morrera. Fiz o papel de cavalaria (ou no mínimo a Tempestade de *X-Men*) e o salvei, mas Neferet aparecera e apagara nossas memórias. Mas consegui resgatar minhas memórias através dos dons que Nyx me deu. Eu nem sabia se Heath se lembrava de alguma coisa.

Tá certo que ele sem dúvida se lembrava de ter sido Carimbado. E que ainda estávamos ficando. Apesar de na verdade não estarmos. Suspirei outra vez. O que eu sentia por Heath? Ele era meu namorado de idas e vindas desde que eu estava na terceira série e ele na quarta. Na verdade, nós éramos mais ou menos fixos até ele resolver começar um relacionamento profundo e relevante com a cerveja Budweiser. Estou fora de namorar um bêbado, então terminei tudo com ele, apesar de pelo jeito ele não ter entendido que havia levado um fora. Nem mesmo depois que fui Marcada e vim para a Morada da Noite ele entendeu que não havia mais nada entre nós.

Também acho que sugar seu sangue e ficar de pegação com ele provavelmente não o ajudou muito a entender que supostamente estávamos separados.

Nossa mãe, eu estava virando uma cachorra.

Lamentei pela zilionésima vez não poder conversar com ninguém sobre os garotos em minha vida. Na verdade, contando Loren, seriam o homem e os garotos da minha vida. Esfreguei a testa e tentei ajeitar meu cabelo.

Tá certo, eu realmente precisava me decidir e tomar um rumo.

1. Eu gostava de Heath. Na verdade acho até que era amor. E a sede de sangue por ele era das mais quentes, apesar de que eu não devia beber seu sangue. E eu queria terminar tudo com ele? Não. Mas eu devia terminar tudo com ele? Com certeza.

2. Eu gostava de Erik. Eu gostava muito dele. Ele é esperto, engraçado e um cara realmente legal. O fato de ele ser o novato mais lindo e popular da escola também não era nada mau. E, como ele me deixou claro mais de uma vez, tínhamos muitas coisas em comum. E eu queria terminar tudo com ele? Não. Mas eu devia terminar tudo com ele? Bem, só se eu fosse continuar traindo-o com o número um e com o número três.

3. Eu gostava de Loren. Ele fazia parte de um universo totalmente diferente do de Erik e de Heath. Ele era um homem. Um vampiro adulto, com todo o poder, dinheiro e posição que faziam parte de ser homem. Ele sabia de coisas que eu estava apenas começando a imaginar. Ele me fazia sentir como ninguém fizera antes; ele fazia com que me sentisse mulher de verdade. E eu queria terminar tudo com ele? Não. Mas eu devia terminar tudo com ele. Não só devia, mas devia *pra caramba*.

Então o que eu devia fazer era óbvio. Eu precisava terminar com Heath (desta vez para valer), continuar com Erik e (se eu tivesse algum juízo) nunca, jamais ficar sozinha com Loren Blake de novo.

Além do mais, com toda a titica que estava acontecendo em minha vida – tipo minha melhor amiga virar morta-viva, tentar lidar com Aphrodite, que é detestada por *todos* os meus amigos, e a coisa horrorosa que havia acontecido com a professora Nolan –, eu realmente não tinha tempo nem energia para dramas sentimentais.

Sem contar que eu realmente não estava acostumada a me sentir cachorra. Não era uma sensação das mais agradáveis para mim. (Apesar de este estilo de vida combinar com boas joias.)

Então decidi, e desta vez resolvi agir de imediato. Ação imediata. Abri meu celular e passei uma mensagem de texto para Heath.

Precisamos conversar

Ele respondeu quase instantaneamente. Quase deu para ver seu lindo sorriso.

Sim! Hoje?

Mordi o lábio ao pensar. Antes de resolver, puxei a grossa cortina e dei uma olhada pela janela. O dia continuava frio e nublado. Ótimo. Assim eram menores as chances de haver gente do lado de fora, principalmente porque já estava escuro. Eu estava tentando pensar em onde encontrá-lo quando o aviso de uma nova mensagem tocou outra vez.

Posso ir aí

NÃO

Respondi logo. A última coisa de que eu precisava agora era que Heath aparecesse na Morada da Noite, todo lindo, sem noção e Carimbado. Mas onde iria encontrá-lo? Provavelmente não seria fácil sair, ainda mais depois do assassinato de um de nossos professores. Outro sinal sonoro chegou. Suspirei.

Onde?

Titica. Onde? Então me veio o local perfeito. Sorri e respondi a mensagem de texto.

Starbucks em 1 h

OK!

Agora eu tinha que pensar em como *realmente* terminar tudo com Heath. Ou ao menos dar um jeito de mantê-lo longe até que passasse o efeito da Carimbagem. Se é que passava. Com certeza, tinha que passar.

Caminhei até o banheiro sentindo tudo embaçado e lavei o rosto com água fria, tentando despertar. Como não estava a fim de responder a um monte de perguntas sobre para onde estava indo, joguei na bolsa o frasco de creme para disfarçar as tatuagens que os novatos tinham de usar sempre que saíam da escola para se misturar com o povo local (o que nos fazia parecer um pouco com aqueles cientistas que se misturavam com uma população exótica para fazer trabalho de campo). Acho que eu nem precisava olhar pela janela para ver como estava o tempo. Meus cabelos longos e negros estavam mais doidos que nunca, e só podia ser por causa da chuva e da umidade. Tentei escolher umas roupas nada sensuais de propósito e resolvi usar uma camiseta preta, meu casaco cafona de capuz da série *Borg Invasion 4D* e minha calça jeans mais confortável. Mantendo em mente que eu precisava desviar pela cozinha e pegar uma lata de refrigerante de cola – bem cheio de açúcar e cafeína. Abri a porta e me deparei com Aphrodite pronta para bater na porta.

– Oi – eu disse.

– Oi – ela olhou furtivamente de cima a baixo do corredor vazio.

– Entre – dei um passo para o lado e fechei a porta depois que ela entrou. – Mas não posso demorar. Tenho um encontro fora do campus.

– Em parte é por isso que estou aqui. Eles não estão deixando ninguém sair do campus.

– Eles?

– Os *vamps* e seus guerreiros.

– Os guerreiros já estão aqui?

Aphrodite fez que sim: – Um monte de Filhos de Erebus. Eles são um colírio para os olhos. Tipo, sério mesmo, são muito gostosos. Mas com certeza vão nos barrar.

Foi quando entendi o que ela estava dizendo: – Ah, droga. Stevie Rae.

– Amanhã ela vai ficar sem sangue. Quer dizer, se é que já não está. Ela estava virando aqueles sacos de sangue feito uma porca – Aphrodite disse, retorcendo o lábio ligeiramente.

– Vou ligar para ela e dizer para fazer os sacos durarem, mas vamos ter de arrumar mais. Logo. Droga! – eu disse outra vez. – Eu não posso mesmo deixar de ir a esse, ahn, encontro.

– Quer dizer que Heath está de volta?

Fechei a cara: – Talvez.

– Ah, por favor. Está totalmente na cara – então ela levantou uma de suas sobrancelhas louras perfeitamente delineadas. – Aposto que Erik não sabe desse *encontro*.

Mantendo em mente que Aphrodite era ex-namorada de Erik e, por mais que estivéssemos nos tratando de modo aparentemente amigável, eu sabia que ela não perderia uma chance de tentar agarrar Erik de volta, dei de ombros, fazendo-me de desentendida: – Erik vai saber assim que eu voltar. Na verdade, vou terminar tudo com Heath. O que não é da sua conta.

– Ouvi falar que é quase impossível desfazer uma Carimbagem – ela disse.

– Isso é quando a Carimbagem é feita por um *vamp* adulto. É diferente com novatos – ao menos eu esperava que fosse. – Além do mais, continua não sendo da sua conta.

– Tá. Sem problema. Se o fato de você precisar sair do campus não é da minha conta, então não preciso lhe dizer como escapar daqui.

– Aphrodite. Não tenho tempo para joguinhos.

– Ótimo – ela me deu as costas para ir embora e eu entrei na frente dela.

– Você está bancando a cachorra. De novo – eu disse.

– E você está quase falando palavrão. De novo – ela disse.

Cruzei os braços e bati pé.

Aphrodite revirou os olhos: – Tá, que seja. Você pode escapar pela parte do muro da escola que fica perto dos estábulos; perto da extremidade do pequeno pasto. Tem um bosque no fim e uma árvore que foi rachada por um raio uns dois anos atrás. Ela está inclinada contra o muro. Depois que rachou, ficou fácil escalar essa árvore. Pular do alto do muro não é realmente um grande problema.

– E como você volta para o campus? Tem alguma árvore do outro lado também?

Ela deu um sorriso maldito: – Não, mas *alguém* por *acaso* deixou uma corda amarrada no galho. Não é difícil escalar o muro na volta, mas acaba com suas unhas.

– Tá. Tô ligada. Agora só preciso ver como vou pegar mais sangue na cozinha – estava falando mais comigo mesma do que com Aphrodite. – O tempo vai dar certinho para encontrar Heath, correr para ver Stevie Rae e voltar para o ritual.

– Você tem menos tempo do que isso. Neferet vai fazer um Ritual da Lua Cheia e quer que todo mundo esteja presente – Aphrodite disse.

– Caraca! Pensei que Neferet não ia fazer um ritual para a escola toda neste mês por causa das férias de inverno.

– As férias de inverno já foram oficialmente dadas por encerradas. Todos os *vamps* e novatos receberam ordens de retornar ao campus imediatamente. E *caraca*? Que palavra é essa?

Ignorei seu comentário sobre meu não-xingamento.

– Encerraram as férias de inverno por causa do que aconteceu com a professora Nolan?

Aphrodite fez que sim: – Foi horrível mesmo, não foi?

– Foi.

– Por que você não vomitou?

Eu dei de ombros, desconfortável: – Acho que fiquei bolada demais para vomitar.

– Antes eu tivesse ficado bolada também – Aphrodite disse.

Dei uma olhada no meu relógio. Eram quase oito horas. Eu tinha de cair fora e voltar a tempo: – Tenho que ir – já estava ficando enjoada só de pensar em ter que dar um jeito de pegar sangue escondido na cozinha, que já devia estar cheia.

– Tome – Aphrodite me deu a bolsa de lona que estava levando no ombro. – Leve isto para Stevie Rae.

A bolsa estava cheia de sacos de sangue. Fiquei surpresa.

– Como você conseguiu isto?

– Fiquei sem sono e pensei que os *vamps* iam chamar muitos outros para ajudar depois do que aconteceu com a professora Nolan, o que significava que a cozinha ia ficar cheia de novo. Então achei melhor correr e fazer a limpa no estoque de sangue enquanto era tempo. Guardei na minigeladeira em meu quarto.

– Você tem uma minigeladeira – caramba, bem que eu queria ter uma minigeladeira.

Aphrodite me deu aquele seu olharzinho de desprezo tão típico, fazendo-se de superior: – Este é um dos privilégios de ser da classe alta.

– Bem, obrigada. Foi muita gentileza sua pegar isto para Stevie Rae.

O olhar de desprezo dela se intensificou: – Olha, não estou sendo legal. Apenas não quero que Stevie Rae fique morta de fome e acabe comendo os empregados dos meus pais. Como diz minha mãe, é muito difícil encontrar funcionários ilegais dignos de confiança.

– Você é um amor, Aphrodite.

– Que nada – ela passou por mim, abriu a porta e deu uma olhada no corredor para ter certeza de que não tinha mais ninguém por lá. Então olhou para mim novamente: – E estou falando sério, não comente com ninguém.

– Vejo você no ritual das Filhas das Trevas. Não se esqueça.

– Lamentavelmente, não me esqueci. E o mais triste é que estarei lá – então saiu correndo do meu quarto e desapareceu corredor abaixo.

– Problemas – murmurei enquanto saía do meu quarto e seguia pelo lado oposto do corredor. – Essa garota tem problemas.

17

Erik ia ficar muito “p” da vida comigo. As gêmeas já estavam em suas poltronas favoritas assistindo a um DVD do *Homem-Aranha 3* quando saí correndo da cozinha com minha garrafa de refrigerante de cola e a sacola de lona cheia de sacos de sangue.

– Puta merda, Z., você está bem? – Shaunee perguntou, parecendo meio alterada com aqueles olhos arregalados.

– Ficamos sabendo que você e a bruxa... – Erin fez uma pausa e então se corrigiu, relutante – quero dizer, você e *Aphrodite* encontraram a professora Nolan. Deve ter sido um horror.

– É, foi pavoroso – forcei-me a sorrir para elas e não agir como se estivesse louca para sair correndo de lá.

– Nem acredito que isso aconteceu de verdade – Erin disse.

– Eu também. Simplesmente não parece real – Shaunee concordou.

– É real. Ela está morta – eu afirmei solenemente.

– Tem certeza de que você está legal? – Shaunee perguntou.

– Ficamos mortas de preocupação com você – Erin acrescentou.

– Estou legal. Juro – meu estômago se revirou. Shaunee, Erin, Damien e Erik eram meus melhores amigos e eu odiava mentir para eles, apesar de essas mentiras serem, na maioria das vezes, omissão. Desde minha chegada à Morada da Noite, dois meses atrás, nós nos tornamos uma família, de modo que eles não estavam fingindo. Estavam realmente preocupados comigo. E, enquanto eu tentava disfarçar o máximo que podia, senti uma horrível premonição que me deixou toda arrepiada. E se eles descobrissem tudo que eu estava escondendo deles e se voltassem contra mim? E se deixassem de ser minha família? Só de pensar naquela terrível possibilidade, senti um misto de pânico e tremedeira por dentro. Antes que amarelasse e confessasse tudo e me jogasse aos pés delas implorando que me entendessem e não ficassem bravas comigo, eu disse: – Tenho que encontrar Heath.

– Heath? – Shaunee fez uma cara de quem não estava entendendo nada.

– O ex-namorado humano dela, gêmea. Esqueceu? – Erin disse.

– Ah é, o lourinho gostoso que quase foi devorado pelos *vamps* fantasmas dois meses atrás e depois quase foi morto no mês passado por aquele morador de rua esquisito que virou *serial killer* – Shaunee disse.

– Sabe, Z., você pega pesado demais com seus ex-namorados – Erin disse.

– É, eu não queria estar na pele dele – respondi, andando em direção à porta como quem não quer nada – Tenho que ir, pessoal.

– Eles não estão deixando ninguém sair do campus – Erin falou.

– Eu sei, mas eu, hum, bem... – hesitei, e então me senti ridícula por hesitar. Não podia contar às gêmeas sobre Stevie Rae nem sobre Loren, mas claro que podia contar de algo tão tipicamente adolescente quanto sair escondido da escola. – Eu conheço uma saída secreta do campus.

– Muito bem, Z.! – Shaunee disse, toda alegre. – Pode ter certeza de que a gente vai usar seus talentos superiores para cair fora da escola durante as finais do campeonato de primavera, quando deveríamos estar estudando.

– Por favor – Erin revirou os olhos. – Até parece que *nós* temos que estudar. Principalmente enquanto rola uma liquidação de sapatos para a gente atacar – então ela levantou as louríssimas sobrancelhas e acrescentou: – Ahn, Z. O que vamos dizer ao namorado?

– Namorado?

– O *seu* namorado, Erik Gato Night – Erin me olhou com uma cara de quem estava me achando totalmente maluca.

– Alô! Terra chamando Zoey. Tem certeza de que você está legal? – Shaunee perguntou.

– Tô, tô. Tô legal. Desculpe. Por que vocês têm de dizer alguma coisa ao Erik?

– Porque ele nos pediu para lhe pedir para ligar para ele assim que você acordasse, droga. Ele está bolado de tanta preocupação com você – Shaunee disse.

– Pode ter certeza de que, se ele não tiver logo notícias suas, vai acampar aqui fora – Erin falou. – Aaah, gêmea! – ela arregalou os olhos e seus lábios se encurvaram em um sorriso *sexy*. – Você acha que o namorado vem com os dois gostosinhos?

Shaunee jogou para trás os cabelos negros e compridos: – Com certeza é uma possibilidade, gêmea. T. J. e Cole *são* amigos dele, e o momento é *bem* estressante.

– Tem razão, gêmea. E todo mundo sabe que nos momentos estressantes os *amigos* devem ficar juntos.

As gêmeas se viraram para mim em perfeita concordância: – Vá e faça sei-lá-o-que com seu ex-namorado – Erin disse.

– É, nós seguramos as pontas aqui. Vamos esperar Erik aparecer e dizer que estamos mortinhas de medo de ficar sozinhas – Shaunee falou.

– Precisamos mesmo de proteção – Erin concordou. – O que significa que ele terá de chamar seus amigos e vamos todos ficar bem juntinhos, esperando você voltar do seu *compromisso*.

– Ótimo plano. Ah, mas não digam a ele que saí do campus. Ele pode ficar bolado. Sejam vagas, digam que eu devo estar falando com Neferet ou sei-lá-o-quê.

– Tudo bem. Nós seguramos a onda para você. Mas, falando em sair do campus, tem certeza de que é seguro? – Shaunee perguntou. – Não podemos simplesmente esquecer que o negócio está sinistro por aqui no momento. Você não pode terminar com seu namorado humano depois, tipo *depois* que pegarem o maluco que decapitou e crucificou a professora Nolan? – Erin perguntou.

– Eu tenho que resolver isso agora. Sabe, terminar com um Carimbado não é a mesma coisa que terminar um namoro normal.

– Drama – Erin disse.

– Drama pesado – Shaunee concordou solenemente com um movimento de cabeça.

– É, e quanto mais eu adiar, pior será. Tipo, Heath acabou de voltar à cidade e já está me mandando mensagens de texto que nem doido – as gêmeas me olharam com compreensão. – Bem, então até mais. Estarei de volta a tempo para o ritual de Neferet – fui saindo rápido enquanto as gêmeas gritavam "até mais" para mim.

Fui logo em direção à porta e dei de cara com o que pareceu uma enorme montanha em forma de homem. Mãos inacreditavelmente fortes me detiveram antes que eu caísse da escada. Levantei os olhos (alto, bem alto) e vi um rosto lindo e duro como pedra. E pisquei os olhos, surpresa. Ele era, sem dúvida, um vampiro bem adulto (com direito a uma tatuagem da hora), apesar de não parecer muito mais velho que eu. Mas, caceta, como ele era grande!

– Cuidado, novata – a montanha vestida de preto disse. Então sua expressão vazia mudou. – Você é Zoey Redbird.

– É, sou a Zoey.

Ele me soltou, deu um passo para trás e fez uma rápida saudação apertando o punho contra o coração: – *Merry met*. É um prazer conhecer a novata a quem Nyx concedeu tantos dons.

Sentindo-me estranha e boba, correspondi ao cumprimento: – Prazer em conhecê-lo também. E você, quem é?

– Darius, dos Filhos de Erebus – ele disse, fazendo uma mesura que deu peso de título à resposta.

– Você é um dos caras que foram chamados por causa do que aconteceu com a professora Nolan? – minha voz falhou ligeiramente, o que ele sem dúvida percebeu.

– Ei – ele disse, parecendo ainda mais jovem, apesar de incrivelmente poderoso. – Você não precisa se preocupar, Zoey. Nós, os Filhos de Erebus, vamos proteger a escola de Nyx até o último suspiro.

Seu jeito de falar me deixou arrepiada. Ele era grande, musculoso e muito, muito sério. Eu jamais podia imaginar que algo ou alguém pudesse passar por ele, que dirá fazê-lo dar seu último suspiro.

– O-obrigada – gaguejei.

– Meus irmãos guerreiros estão a postos por todo o terreno da escola. Pode ficar sossegada, pequena sacerdotisa – ele sorriu para mim. Pequena Sacerdotisa? Por favor. Aquele garoto só podia ter passado pela Transformação recentemente.

– Ah, que bom. Pode deixar – comecei a descer os degraus. – Só estou indo ao, ahn, estábulo para visitar minha égua, Persephone. Prazer em conhecê-lo. Que bom que vocês estão aqui – acrescentei, dando um aceno ridículo e então saindo correndo pela calçada em direção aos estábulos. Senti seus olhos me seguindo. Droga. Isso não era bom. Pensei que diabos ia fazer. Como ia conseguir sair com guerreiros que mais pareciam montanhas (por mais lindos e jovens que fossem) espalhados por toda parte? Não que fizesse diferença ele ser jovem e lindo. Até parece que eu tinha tempo para arrumar outro namorado. Nem pensar. Para não dizer que sua gostosura não o tornava menos gigantesco. Nossa mãe, eu estava encrencada e com uma dor de cabeça do cacete.

Então ouvi a voz suave em minha cabeça me dizendo para *pensar... ter calma...*

Aquelas palavras ficaram girando hipnoticamente em minha frenética cabeça. Automaticamente comecei a diminuir o passo. Respirei fundo, procurando relaxar e pensar. Eu precisava ficar calma... pensar direito... pensar e...

E foi assim que me veio. Eu sabia o que fazer. Nas sombras entre os dois postes de luz a gás, desci discretamente da calçada como quem resolve dar um passeio entre os enormes e antigos carvalhos, mas, ao chegar à sombra da primeira árvore, dei uma parada, fechei os olhos e me concentrei. Depois, como já fizera antes, fiz uma invocação para ser envolta em silêncio e invisibilidade, cobrindo-me com a calmaria de um túmulo (e esperei que aquela metáfora fosse apenas imaginação demais de minha parte e não algum tipo de presságio sinistro).

Estou em perfeito silêncio... ninguém me enxerga... ninguém me ouve... sou como a névoa... os sonhos... o espírito...

Senti a presença dos Filhos de Erebus, mas não olhei ao redor. Não permiti que nada atrapalhasse minha concentração. Pelo contrário, mantive minha prece interna que virou feitiço que virou magia. Meus movimentos eram como um fio de pensamento ou um segredo, indetectável e escondido debaixo de camadas de névoa e silêncio, de bruma e magia. Meu corpo estremeceu. Na verdade, parecia que eu estava flutuando e, quando dei uma olhada para baixo para me ver, tudo que vi foi uma sombra dentro de uma névoa que estava dentro de uma sombra. *Deve ter sido isso que Bram Stoker descreveu em Drácula.* Ao invés de me assustar, aquilo reforçou minha concentração e senti que estava ficando ainda mais incorpórea. Movendo-me como em sonho e parecendo não pesar nada, encontrei a árvore partida por um raio, subi pelo tronco rachado e cheguei ao galho grosso que ficava apoiado ao muro.

Como Aphrodite havia dito, havia uma corda bem amarrada a uma forquilha no galho, aninhada como se fosse uma cobra prestes a dar o bote. Ainda seguindo com movimentos silenciosos, como em sonho, fui para cima do muro. Depois, seguindo um instinto que me atravessou o corpo vindo do fundo da minha alma, levantei os braços e sussurrei: – Ar e espírito, venham para mim. Como a névoa da meia-noite, carreguem-me para a terra.

Nem tive tempo de pular do muro. O vento me envolveu em uma carícia aérea, levantando meu corpo, que ficara tão imaterial quanto o espírito, e me fazendo flutuar a seis metros da grama até o outro lado do muro. Por um momento fiquei tão deslumbrada que me esqueci do assassinato da professora, de problemas com namorados e do *stress* de minha vida como um todo. Ainda com os braços para cima, dei uma volta, adorando sentir o vento e o poder em minha pele orvalhada e transparente. Era como se tivesse me tornado parte da noite. Mal tocando o solo, passei por um caminho coberto de capim até chegar à calçada que terminava na Rua Utica, onda havia um atalho para Utica Square. Eu estava achando tudo tão incrível que quase me esqueci de parar e passar o creme para esconder as tatuagens do rosto. Parei, relutante, para pegar o creme e o espelho na bolsa de lona. Senti um nó na garganta ao ver meu reflexo no espelho. Eu estava iridescente. Minha pele brilhava em cores peroladas, parecendo uma miragem. Meus cabelos pretos flutuavam levemente ao meu redor, soprados por uma brisa que era só para mim. Eu não parecia humana nem vampira, mas outro tipo de criatura, gerada pela noite e abençoada pelos elementos.

O que Loren havia dito sobre mim na biblioteca? Algo sobre eu ser uma Deusa em meio a semideuses. Minha aparência naquele momento me fez pensar que ele sabia de alguma coisa. Senti um calafrio de poder e meu cabelo se levantou do meu ombro. Juro que eu podia sentir as tatuagens ardendo deliciosamente no meu pescoço e nas minhas costas. Talvez Loren tivesse razão sobre um monte de coisas – como sobre nós dois sermos um casal fadado a dar errado. Talvez eu devesse me afastar de Erik também depois de terminar com Heath. Só de pensar em deixar Erik, ficava meio sem ar, isso era de se esperar. Eu tinha sentimentos e realmente gostava dele. Mas a morte da professora Nolan não provara que nunca se sabe o que vai acontecer? Que a vida, mesmo para os vampiros, podia ser bem curta? Talvez eu devesse ficar com Loren – talvez *esta* fosse a decisão certa. Continuei olhando para meu reflexo mágico.

Afinal, eu realmente não era como os demais novatos. Eu devia parar de lutar contra isso, parar de surtar por causa disso.

E, se eu não era como os demais novatos, nada mais lógico que eu precisasse ficar com alguém especial – alguém com quem os demais novatos não poderiam ficar...

Mas Erik gosta de mim, e eu também gosto dele. Não estou sendo justa com Erik... nem com Heath... Loren é homem feito... ele devia agir como professor... talvez não fosse certo ficarmos nos encontrando escondidos...

Ignorei os sentimentos de culpa sussurrados por minha consciência. E silenciosamente ordenei ao vento, à névoa e ao breu que a tudo encobriam que cessassem, para que eu pudesse me materializar por completo para cobrir minhas intrincadas tatuagens. Então, levantando o queixo e empinando os ombros, segui pela calçada em direção ao Starbucks de Utica Square para encontrar Heath, ainda sem estar cem por cento certa do que diabos ia fazer.

Fui caminhando devagar pelo lado escuro da rua, onde havia poucos postes de iluminação, tentando arrumar algo para dizer a Heath para fazê-lo entender que não podíamos mais continuar nos vendo. Quando já havia passado da metade do caminho para a praça, avistei-o vindo em minha direção. Na verdade, primeiro senti sua aproximação. Como se fosse uma coceira debaixo da pele que não conseguia localizar para coçar. Ou como uma compulsão abstrata de chegar mais perto, de procurar por algo que eu sabia que queria, mas não sabia como descobrir. E então a compulsão passou de abstração para algo bem definido; deixou de ser uma insistência subconsciente e se transformou em uma exigência. *Então eu o vi.* Heath. Ele estava vindo me encontrar. Nós nos vimos no mesmo instante. Ele estava caminhando para o outro lado da rua, bem debaixo do poste de luz. Vi seus olhos brilharem e seu sorriso se acender. Instantaneamente, ele deu uma corridinha e atravessou a rua (reparei que ele não olhou para os lados e dei graças pelo mau tempo, que diminuía drasticamente o trânsito, pois o garoto podia ter sido atropelado).

Ele me abraçou e seu hálito me fez cócega na orelha: – Zoey! Ah, gata, que saudade de você!

Odiei a reação imediata do meu corpo ao dele. Ele tinha cheiro de lar – uma versão *sexy* e gostosa de lar, mas um lar mesmo assim. Afastei-me dele antes que acabasse me derretendo em seus braços, subitamente ciente de como aquele pedaço sombrio da calçada era escuro, isolado, íntimo até.

– Heath, você devia estar me esperando no Starbucks – é, naquela parte na calçada, onde haveria um monte de cafeinômanos e o clima não seria *nada* íntimo.

Ele deu de ombros e sorriu: – Eu estava, mas senti você chegando e não aguentei ficar sentado esperando – seus olhos castanhos cintilaram adoravelmente e ele me acariciou o rosto, acrescentando: – Somos Carimbados, esqueceu? Estamos juntos, gata.

Forcei-me a dar um passinho para trás para ele não continuar adentrando meu espaço pessoal: – É sobre isso que vim conversar com você. Vamos voltar ao Starbucks, pegar algo para beber e conversar – em público. Onde eu não fosse ficar tão tentada a puxá-lo para uma viela e a cravar meus dentes naquele doce pescocinho e...

– Não posso – ele disse, sorrindo outra vez.

– Não pode? – balancei a cabeça, tentando me livrar daqueles pensamentos semisacanas (tá, nem tão *semi* assim) que começaram a povoar minha (cachorríssima) imaginação.

– Não posso porque Kayla e a gangue das cachorras resolveram ir para o Starbucks nesta noite.

– Gangue das cachorras?

– É assim que Josh, Travis e eu chamamos Kayla, Whitney, Lindsey, Chelsea e Paige.

– Ah, eca. Desde quando Kayla começou a andar com esse bando de piranhas detestáveis?

– Desde que você foi Marcada.

Então o encarei com desconfiança: – E por que Kayla e suas novas amigas foram escolher logo esta noite para ir ao Starbucks? E por que *este* Starbucks ao invés daquele em Broken Arrow, que fica bem mais perto de onde elas moram?

Heath levantou as mãos como quem se rende: – Não fiz de propósito!

– Não fez *o quê,* Heath? – nossa mãe, de vez em quando aquele garoto era muito retardado.

– Eu não sabia que elas estavam saindo da Gap bem quando estacionei em frente ao Starbucks. Elas me viram primeiro. Aí já era tarde demais.

– Bem, isso explica o súbito desejo delas por cafeína. Fico surpresa por não o terem seguido pela calçada – tá, tudo bem. Eu não havia esquecido que estava lá para terminar com ele, mas mesmo assim me irritou demais pensar que Kayla estava atrás dele.

– Quer dizer que você não quer vê-las, quer?

– Não, não, de jeito nenhum – respondi.

– Foi o que pensei. Bem, que tal eu caminhar com você até a sua escola? – ele se aproximou de mim. – Eu me lembro daquela vez em que *conversamos* em cima do muro dois meses atrás. Aquilo foi ótimo.

Eu também me lembrava. Principalmente por ter sido a primeira vez que provei do sangue dele. Estremeci. Mas logo caí na real. Eu precisava mesmo controlar esta minha sede de sangue: – Heath – eu disse com firmeza. – Você não pode me acompanhar até a minha escola. Você não viu o noticiário? Algum humano idiota matou uma vampira. Agora o lugar está parecendo um acampamento do exército. Tive que sair escondida para encontrar você, e não posso demorar.

– Ah, é, fiquei sabendo – ele segurou minha mão. – Você está bem? Você conhecia a vampira que foi assassinada?

– Conhecia, sim. Ela era minha professora de teatro. E não, não estou bem. Por isso precisava conversar com você – eu havia me decidido. – Vamos descer por esta rua para ir para o Woodward Park. Podemos conversar lá – além do mais, lá era um parque público bem no centro de Tulsa, não podia ser em nenhum lugar isolado demais. Ao menos eu esperava que não fosse.

– Por mim, tudo bem – Heath disse alegremente.

Ele se recusou a soltar minha mão, e assim começamos a descer a rua lateral como nos tempos de escola. Depois de poucos passos, ouvi a voz dele me invadindo a mente enquanto eu tentava não pensar na sensação de seu pulso junto ao meu, com nossas pulsações sincronizadas.

– Zo, o que aconteceu nos túneis?

Olhei de canto de olho para ele: – Do que você se lembra?

– Basicamente, da escuridão e de você.

– Como assim?

– Não me lembro de como cheguei lá, mas me lembro de dentes e de olhos vermelhos faiscando – ele apertou minha mão. – E eu não estou falando dos seus dentes, Zo. Além disso, seus olhos não faíscam. Eles brilham.

– É mesmo?

– É sim. Principalmente quando você está bebendo meu sangue – ele diminuiu o passo e estávamos quase parados quando ele levou minha mão aos lábios e a beijou. – Você sabe que é bom demais quando bebe meu sangue, não sabe?

A voz de Heath foi ficando mais grave e provocante, e seus lábios quase queimaram minha pele. Tive vontade de me debruçar sobre ele e me perder nele e afundar meus dentes nele e...

18

– Heath, concentre-se – canalizei o calor que me invadiu o corpo, transformando-o em irritação. – Os túneis. Você ia me dizer do que se lembra.

– Ah, é – ele deu aquele sorriso lindo de *bad boy*. – Na verdade, não me lembro muito bem, por isso perguntei. Só me lembro de dentes, garras, olhos e coisas assim, além de você. É meio como se fosse um pesadelo. Bem, a não ser pela parte relacionada a você. Essa parte é legal. Ei, Z., você me salvou? – revirei os olhos para ele e comecei a caminhar outra vez, puxando-o comigo.

– Sim, eu salvei você, pateta.

– Do quê?

– Nossa mãe, você não lê jornal? Estava na página dois – um texto adorável, mas ficcional, no qual falavam do detetive Marx e reproduziam sua breve e totalmente mentirosa declaração.

– É, mas ele não disse muita coisa. O que realmente aconteceu?

Mordi o lábio enquanto minha mente disparava. Ele não se lembrava de nada relacionado a Stevie Rae e seu bando de mortos-vivos. Neferet havia conseguido mesmo bloquear sua memória. E, pelo que percebi de repente, precisava ficar assim. Quanto menos Heath soubesse sobre o que acontecera, menor a chance de Neferet voltar a pensar nele e resolver lançar o terceiro ataque mental, o que não seria nada bom para ele. Além do mais, o garoto precisava tocar a vida.

Sua vida de *humano*. E parar com a obsessão por mim e por coisas de vampiro.

– O que sei é mais ou menos o que estava nos jornais. Sei lá quem era o cara, só sei que era algum mendigo maluco. O mesmo cara que matou Chris e Brad. Encontrei você e usei meu poder sobre os elementos para salvá-lo dele, mas você estava bem ferrado. Ele havia, ahn, te cortado e tal. Deve ser por isso que você tem memórias tão esquisitas, já que não se lembra de nada – foi minha vez de dar de ombros. – Eu não me preocuparia com isso, nem pensaria muito no assunto se fosse você. Realmente não é nada demais – ele começou a dizer algo mais, mas chegamos perto da entrada dos fundos do parque e apontei para um banco debaixo dos galhos de uma árvore das grandes: – Que tal sentarmos ali?

– Como quiser Zo. – Ele colocou o braço nos meus ombros e caminhamos até o banco.

Quando nos sentamos, dei um jeito de sair de baixo do braço dele e virar o corpo de modo que meus joelhos formassem uma espécie de barreira para ele manter distância. Respirei fundo e me forcei a olhar nos olhos de Heath. Eu vou conseguir. *Eu vou conseguir.*

– Heath, você e eu não podemos mais nos ver.

Ele franziu a testa. Parecia que estava tentando entender um complexo problema de matemática: – Por que você está dizendo uma coisa dessas, Zo? É claro que podemos nos ver.

– Não. Não é bom para você. Isto que existe entre nós tem de acabar – quando ele começou a responder, eu cortei. – Eu sei que parece terrível a ideia de não me ver mais, mas isso é porque fomos Carimbados, Heath. Sério. Já li sobre isso. Se nós pararmos de nos encontrar, a Carimbagem desaparece – o que não era exatamente verdade. O texto dizia que *às vezes* uma Carimbagem se desfazia através do afastamento. Bem, eu estava contando que desta vez funcionasse. – Vai dar certo. Você vai me esquecer e tudo vai voltar ao normal.

À medida que fui falando, Heath foi ficando mais sério e seu corpo ficando mais duro. Eu sei, pois estava sentindo as batidas do seu coração, e senti até que começou a bater mais devagar. Quando ele falou, soou velho. Velho mesmo. Parecia que já tinha vivido mil anos e sabia de coisas que eu nem desconfiava.

– Não vou me esquecer de você. Nem depois de morto. E isso *é* normal para mim. Amar você é o meu normal.

– Você não me ama. Você só foi Carimbado por mim – eu disse.

– Baboseira! – ele gritou. – Não diga que não amo você. Eu amo você desde os nove anos de idade. Esse negócio de Carimbagem é apenas outra parte do que acontece entre nós desde que éramos crianças.

– Esta Carimbagem tem que acabar – eu disse calmamente, olhando em seus olhos.

– Por quê? Já disse que você é boa para mim. E você sabe que nascemos um para o outro, Zo. Você tem que acreditar em nós – ele me suplicou com os olhos, e eu senti um nó no estômago. Ele tinha razão em muito do que estava dizendo. Estávamos juntos fazia tanto tempo; e, se eu não tivesse sido Marcada, provavelmente iríamos fazer faculdade juntos e depois nos casar. Teríamos filhos, viveríamos no subúrbio e teríamos um cachorro. De vez em quando, teríamos nossas brigas, em geral por causa da obsessão dele por esportes, e depois ele me daria flores e ursinhos de pelúcia para fazer as pazes, como fazia desde que éramos adolescentes.

Mas eu fora Marcada e minha antiga vida morrera no dia em que a nova Zoey nasceu. Quanto mais pensava nisso, mais sabia que terminar tudo com Heath era a decisão certa. Comigo, ele jamais passaria de um Renfield,[1] e o doce Heath, meu amor de infância, merecia coisa melhor. Entendi o que tinha de fazer e como tinha de fazê-lo.

– Heath, a verdade é que não é tão bom para mim quanto é para você – falei com voz fria e sem emoção. – Agora não somos mais você

1 Personagem do livro *Drácula*, de Bram Stoker. (N. T.)

e eu. Eu tenho namorado. Namorado *de verdade*. Ele é como eu. Ele não é humano. É ele quem eu quero agora – não tinha certeza se estava falando de Erik ou de Loren, mas não tive dúvidas da dor que cobriu os olhos de Heath.

– Se eu tiver que dividir você com ele, tudo bem – sua voz virou quase um sussurro, e ele desviou o olhar como se estivesse constrangido demais para me olhar nos olhos. – Faço qualquer coisa para não perder você.

Algo se quebrou dentro de mim, mas ri de Heath: – Escute só o que você está dizendo! Você soa patético. Você sabe como são os vampiros homens?

– Não – sua voz ganhou força e ele voltou a me olhar nos olhos. – Não, eu não sei como eles são. Tenho certeza de que eles sabem fazer muitas coisas legais. Devem ser grandes e maus e tudo mais. Mas sei de uma coisa que eles *não* sabem fazer. Eles não sabem fazer isto.

Ele foi tão rápido que só entendi o que ia fazer quando já era tarde demais. Heath tirou uma lâmina de barbear do bolso da calça jeans e fez um corte longo e profundo na lateral do pescoço. Eu soube de imediato que não havia atingido nenhuma artéria nem nada assim. O corte não o mataria, mas estava saindo sangue – uma trilha fresca, quente e doce de sangue escorrendo pelo seu pescoço e ombro. E era o sangue de Heath! Um cheiro com o qual eu havia sido Carimbada para desejar acima de qualquer outro. A doçura do aroma me envolveu, provocando minha pele com uma insistência quente.

Não consegui me segurar. Eu me aproximei. Heath jogou a cabeça para o lado, esticando o pescoço para expor aquele corte cintilante e lindo.

– Faça a dor passar, Zoey, por nós dois. Beba do meu sangue e pare com esta queimação antes que eu não aguente mais.

A dor dele. Eu estava fazendo Heath sofrer. Eu já lera sobre isso no livro de Sociologia Vampírica Avançada. O livro avisava sobre o perigo da Carimbagem e explicava como o laço de sangue ficava tão forte que não beber do sangue humano na verdade lhe causava dor.

Então bebi dele... só mais esta vez... só para cessar sua dor...

Debrucei-me sobre ele e pus minha mão em seu ombro. Quando minha língua alcançou a linha vermelha que escorria do seu pescoço, meu corpo estava tremendo.

– Ah, Zoey, sim! – Heath gemeu. – Está passando. Sim, chegue mais perto, gata. Beba mais.

Ele mergulhou as mãos em meus cabelos e apertou minha boca contra seu pescoço, e eu bebi dele. Seu sangue foi uma explosão. Não só na minha boca, mas por todo o meu corpo. Eu já tinha lido todos os comos e porquês sobre a reação psicológica que ocorre entre um humano e um vampiro quando a sede de sangue os consome. Era simples. Algo que Nyx nos concedera para que ambos sentíssemos prazer em um ato que poderia ser brutal e mortal. Mas palavras em uma página de um livro escolar sem um pingo de emoção não chegavam nem perto de descrever o que estava acontecendo dentro de nossos corpos enquanto eu bebia do sangue no pescoço de Heath. Sentei-me de pernas abertas sobre ele, pressionando minha parte mais íntima contra a dureza dele. Ele tirou as mãos do meu cabelo para segurar minha cintura e me embalar junto a ele ritmicamente, enquanto gemia, arfava e sussurrava, dizendo para eu não parar. E eu não queria parar. Não queria parar nunca. Meu corpo ardia, como o dele estava ardendo. Só que minha dor era doce, quente, deliciosa. Eu sabia que Heath tinha razão. Erik era como eu, e eu gostava dele. Loren era um homem de verdade, poderoso e incrivelmente misterioso. Mas nenhum deles era capaz de me fazer isto. Nenhum deles me fazia sentir isto... desejar assim... desejo de pegar assim...

– Isso, cachorra! Cavalga! Machuca *gostoooooso!*

– Esse branquelo não é nada para você. Vou fazer você sentir algo de verdade!

Heath segurou meus quadris de um jeito diferente e estava afastando meu corpo das vozes que ouvimos para me proteger, mas a raiva que me veio foi cegante. Minha fúria foi impossível de ignorar e minha resposta foi imediata. Levantei o rosto do pescoço dele. Dois caras negros estavam a poucos passos de nós, chegando mais perto. Estavam usando aquelas típicas e ridículas calças largas e moles e aqueles casacos patéticos e grandes demais, e quando mostrei os dentes e chiei, a expressão deles passou de desprezo a estupor.

– Caiam fora senão eu mato vocês – rangi os dentes de um jeito tão poderoso que nem me reconheci.

– Essa cachorra é uma chupadora de sangue! – disse o mais baixo deles.

O outro bufou: – Que nada, a cachorra não tem tatuagem. Mas, se ela gosta de chupar, tenho um negócio para ela.

– Isso, primeiro você e depois eu. Seu namoradinho punk pode assistir e ver como é que se faz – ele deu uma risada maldosa e começaram a se aproximar de nós outra vez.

Ainda montada em Heath, levantei um braço sobre a cabeça. Com a outra mão esfreguei a testa e o rosto para tirar o creme que escondia minha identidade. Isto os fez parar de repente. Então levantei ambos os braços. Foi muito fácil me concentrar. Alimentada com o sangue fresco de Heath, senti-me forte, poderosa e muito, muito furiosa.

– Vento, venha a mim – ordenei. A brisa que se agitou ao meu redor soprou meus cabelos. – Sopre esses dois para o raio que os parta! – fiz um movimento com as mãos em direção aos dois, deixando minha raiva explodir em minhas palavras. O vento obedeceu imediatamente, caindo sobre eles com tanta força que foram derrubados, gritando e xingando, e varridos para longe de mim. Fiquei olhando com uma espécie de fascínio distanciado enquanto o vento levou os dois para o meio da Rua Vinte e Um.

Nem pisquei quando o caminhão os atropelou.

– Zoey, o que você fez?

Olhei para Heath. Seu pescoço ainda estava sangrando e ele estava pálido, chocado e de olhos arregalados.

– Eles iam machucá-lo – agora que a raiva havia passado, eu estava me sentindo esquisita, meio anestesiada e confusa.

– Você os matou? – ele perguntou com uma voz confusa, transmitindo medo e acusação.

Olhei feio para ele: – Não. Eu só os afastei de nós. O caminhão fez o resto. E eles nem devem ter morrido – virei-me para ver a estrada. O caminhão parou depois de derrapar e fazer os pneus cantarem. Outros carros pararam também e ouvi as pessoas gritando. – Além disso, o Hospital Saint John fica a menos de um quilômetro daqui – sirenes começaram a soar não muito longe. – Veja, a ambulância já está chegando. Eles devem estar bem.

Heath me tirou de seu colo e se afastou de mim, apertando a manga do suéter contra o corte em seu pescoço: – Você tem que ir embora. Os tiras vão chegar logo. Não podem encontrar você aqui.

– Heath? – levantei a mão em direção a ele, mas soltei ao ver que ele se encolheu. O torpor estava passando e eu comecei a tremer. Meu Deus, o que eu havia acabado de fazer? – Você está com medo de mim?

Ele se aproximou devagarzinho, pegando minha mão e me puxando para si para que pudesse me envolver com o braço: – Não estou com medo de você. Estou com medo *por você*. Se as pessoas descobrirem que você pode fazer isso tudo, sei... sei lá o que pode acontecer – ele se recostou um pouquinho, sem tirar o braço de mim, mas me olhando nos olhos. – Você está mudando, Zoey. E estou sem saber direito no que você se transformou.

Meus olhos se encheram de lágrimas: – Estou me tornando uma vampira, Heath. É nisto que estou me Transformando.

Ele tocou meu rosto e usou o polegar para tirar o resto do creme, deixando minha Marca completamente visível. Heath se abaixou para beijar a lua crescente no meio da minha testa: – Por mim tudo bem você virar vampira, Zo. Mas quero que você não se esqueça de que, além de vampira, você é a Zoey. A minha Zoey. E a minha Zoey não é má.

– Eu não podia deixá-los machucar você – sussurrei, tremendo para valer ao me dar conta de como tinha sido fria e horrorosa. Eu *podia ter acabado de matar aqueles dois.*

– Ei, olhe para mim, Zo – Heath segurou meu queixo e me forçou a olhar nos olhos dele. – Sou um cara grande. Sou um zagueiro dos bons do time da escola. Estão me oferecendo bolsa com patrocínio para jogar. Você pode, por favor, não se esquecer de que sei me defender? – ele soltou meu queixo e tocou meu rosto outra vez. Ele estava falando com uma voz tão séria e adulta que de repente me fez lembrar o pai dele, o que foi bizarro. – Quando viajei com meus pais, andei lendo sobre sua Deusa vampira, Nyx. Zo, tem muita coisa para ler sobre vampiros, mas nada do que li diz que sua Deusa é má. Acho que você não deve se esquecer disso. Nyx lhe deu poderes, mas acho que ela não vai gostar se você os usar do modo errado – ele olhou para a estrada ao longe, onde uma cena feia se desenrolava. – Não seja má, Zo. Nunca.

– Quando você amadureceu tanto?

Ele sorriu: – Dois meses atrás – Heath beijou meus lábios suavemente e se levantou, puxando-me para ficar de pé também. – Você tem que ir embora daqui. Vou voltar pelo caminho por onde viemos. Você devia pegar o atalho pelos jardins de rosas e voltar para a escola. Se aqueles caras não tiverem morrido, vão falar, e isso não vai ser nada bom para a Morada da Noite.

Fiz que sim com a cabeça: – É, tá certo. Vou voltar para a escola – então dei um suspiro. – Eu vim aqui para terminar o namoro com você.

Ele deu um sorriso ainda mais largo: – Isso não vai acontecer, Zo. Estamos juntos, gata! – ele me deu um beijo bom e quente, e então me deu um empurrãozinho na direção do Jardim de Rosas de Tulsa, que cercava o Woodward Park. – Liga semana que vem para a gente se ver, tá?

– Tá – eu murmurei.

Ele começou a se afastar para me ver indo embora. Dei meia-volta e comecei a caminhar em direção ao jardim. Automaticamente, como se já viesse fazendo isso há décadas, invoquei a névoa e a noite, e a magia e as trevas para me cobrirem.

– Uau! Da hora, Zo! – eu o ouvi gritar atrás de mim. – Eu te amo, gata!

– Eu também te amo, Heath – não me virei, mas sussurrei ao vento e o mandei levar minha voz até ele.

19

É, eu estava muito ferrada. Não só não havia terminado com Heath, como provavelmente tornara a Carimbagem ainda mais forte. Além disso, podia ter causado a morte de dois homens. Estremeci, sentindo-me bastante enjoada. Que diabo acontecera comigo? Eu estava bebendo do sangue de Heath e cheia de tesão (Deus do céu, eu estava virando uma vadia das grandes), e aqueles homens começaram a mexer com a gente e foi como se algo dentro de mim se descontrolasse e eu me transformasse de Zoey Normal em Zoey Vampira Matadora Surtada. Será que foi isso que aconteceu? Será que os *vamps* surtavam quando os humanos Carimbados por eles eram ameaçados?

Lembrei-me de quando estávamos nos túneis e de como eu fiquei furiosa quando os "amigos" de Stevie Rae (não que ela fosse amiga de verdade daqueles garotos mortos-vivos nojentos) atacaram Heath. Tá, eu até fiquei violenta, mas não sentira aquela vontade imperativa de varrê-los da face da Terra! Só me lembrar da raiva que senti quando aqueles dois sujeitos começaram a se aproximar de nós (de Heath) para nos perturbar (a Heath) foi o suficiente para fazer minhas mãos tremerem de novo.

Sem dúvida, eu tinha muito que aprender sobre ser vampira. Inferno, cheguei a fazer anotações e memorizar alguns dos capítulos sobre Carimbagem e sede de sangue, mas estava começando a ver que muitas coisas ficaram de fora dos livros *tão* educativos da escola. O que eu precisava era de um *vamp* adulto. Felizmente, conhecia alguém que eu tinha certeza teria prazer em ser meu professor.

Tenho certeza de que havia muitas coisas que ele teria o maior prazer em me ensinar.

Pensei nessas *coisas*, o que não era difícil de fazer estando cheia do delicioso e sensual sangue de Heath. Meu corpo ainda formigava de calor, poder e sensações que eu sabia não chegava nem perto de conhecer, mas ansiava por mais. Muito mais.

Não havia como negar que havia algo forte entre Loren e eu. Era diferente do que havia entre Heath e eu; era diferente até do que havia entre Erik e eu. Merda. Tinha coisas demais acontecendo na minha vida.

Basicamente, flutuei até o apartamento da garagem dos pais de Aphrodite em uma espécie de torpor confuso, misturado a tensão e poder, e estava tão distraída pelo, bem, pelo sexo, que não pensei no fato de eu não estar aparecendo como nada além de névoa e escuridão até chegar à sala do apartamento, onde vi que Stevie Rae estava assistindo à televisão com olhos vidrados, úmidos e vermelhos, e fungando. Ao olhar para a tevê, percebi que ela estava assistindo ao filme da semana no *Lifetime*. Parecia que era aquele filme no qual uma mãe que sabia que estava morrendo de alguma doença horrorosa tinha que lutar contra o tempo (e contra os intervalos comerciais) para conseguir arrumar uma nova família para seus zilhões de filhos atrevidos.

– Depressão é isso aí – eu disse. Stevie Rae virou a cabeça e pulou para trás do sofá, assumindo uma posição selvagem de defesa e rosnando para mim.

– Ah, droga! – instantaneamente espantei a escuridão que me envolvia para me tornar visível outra vez. – Desculpe, Stevie Rae. Esqueci de que estava dando uma de Bram Stoker.

Ela me olhou por cima do sofá com olhos inflamados e presas à mostra, mas parou de chiar.

– Ahn, relaxa. Sou só eu – levantei a bolsa de lona e sacudi, e o sangue fez um barulho desagradável. – Sua comida chegou.

Ela se levantou e apertou os olhos: – Você não devia fazer isso.

Levantei as sobrancelhas: – Fazer o quê? Trazer sangue para você ou me disfarçar de névoa e escuridão?

Stevie Rae pegou a bolsa de lona que eu estava sacudindo: – Vir de fininho. Posso ser perigosa.

Suspirei e me sentei no sofá, tentando ignorar o fato de ela já estar engolindo a primeira bolsa de sangue: – Do jeito que anda minha vida no momento, se você me devorar estará me fazendo um favor.

– É, aposto que sim. Eu me lembro de como era difícil estar viva. Tudo era drama romântico e dúvidas, tipo que roupa vestir para ir à escola. Ruim demais, ao contrário do estresse de morrer e renascer para se sentir mais morta do que nunca – Stevie Rae falou com aquela voz fria e sarcástica que era totalmente diferente de seu jeito normal, e isso de repente me tirou do sério. Quer dizer que eu não me estressava na minha vida só porque não estava morta? Ou morta-viva? Ou sei lá o quê?

– A professora Nolan foi assassinada ontem à noite. Parece que foi alguém do Povo de Fé que a crucificou, a decapitou e deixou seu corpo perto do alçapão do muro leste com um lindo bilhete dizendo para não deixar viverem as bruxas. Acho que meu padrastotário deve ter alguma coisa a ver com isso, mas não posso dizer nada, pois minha mãe deve estar acobertando e, se eu denunciá-lo, ela pode acabar na cadeia para sempre. Acabei de sugar sangue de Heath e fui interrompida por uma gangue de metidos a valentões que acho que matei por acidente, e Loren Blake e eu temos ficado. E então, como foi o seu dia?

A Stevie Rae de antigamente se manifestou no fundo daqueles olhos vermelhos: – *Aimeudeus* – ela disse.

– É.

– Você está ficando com Loren Blake? – como sempre, Stevie Rae percebeu que era fofoca das boas. – E que tal?

Suspirei enquanto ela começou a virar a segunda bolsa de sangue: – Foi demais. Eu sei que vai parecer totalmente ridículo, mas acho que está rolando algo sério entre nós.

– Que nem Romeu e Julieta – ela disse entre um gole e outro.

– Ahn, Stevie Rae, vamos usar uma analogia diferente, tá? R.&J. não terminaram muito bem.

– Aposto que ele é gostoso – ela disse.

– Ahn?

– Estou falando do sangue dele.

– Eu não sei.

– Ainda – ela disse, e pegou outro saco de sangue.

– Por falar nisso. É melhor você pegar mais leve, beber menos sangue. Neferet chamou os guerreiros *vamps* Filhos de Erebus para ficar de guarda na escola, e por isso está bem difícil sair escondido. Não sei quando vou poder voltar aqui para trazer mais guloseimas de sangue.

Stevie Rae sentiu um calafrio. Ela estava parecendo quase normal, mas, ao ouvir minhas palavras, seu rosto ficou sem expressão e seus olhos ficaram mais vermelhos.

– Eu não vou aguentar muito tempo.

Ela falou com uma voz tão baixa e tensa que quase nem ouvi.

– O negócio é tão sério assim, Stevie Rae? Tipo, você não pode racionar ou coisa assim?

– Não é assim que funciona! Eu sinto que ela está se afastando... mais e mais a cada dia... a cada hora.

– O que está se afastando?

– Minha humanidade! – ela estava quase chorando.

– Mas, minha querida – eu me aproximei e a tomei nos braços, ignorando seu cheiro esquisito e o fato de seu corpo estar duro feito pedra. – Você está melhor. Agora estou aqui com você. Vamos dar um jeito.

Stevie Rae me olhou nos olhos: – Agora mesmo estou sentindo seu pulso. Eu sei cada vez que seu coração bate. Tem algo dentro de mim gritando para rasgar sua garganta e beber seu sangue. E está ficando cada vez mais forte – ela saiu dos meus braços e foi para o canto oposto do sofá. – Posso ter a cara da Stevie Rae de antigamente, mas ela é só uma parte do monstro que eu sou. Eu só faço isso para poder caçá-la.

Respirei fundo e me recusei a desviar o olhar dela: – Tá, eu sei que parte disso é verdade. Mas não acredito em tudo que você disse, e também não quero que você acredite. Sua humanidade ainda está aí, dentro de você. Pode estar sendo enterrada, mas ainda está aí. E isso significa que ainda somos melhores amigas. Além do mais, pense bem. Você não precisa me caçar. *Hello*! Eu estou bem aqui. Não dá para dizer que eu esteja me escondendo.

– Eu acho que você corre perigo perto de mim – ela sussurrou.

Sorri: – Sou mais dura na queda do que você pensa, Stevie Rae – com movimentos lentos para não assustá-la, levei minha mão à dela. – Puxe o poder da terra. Acho que você é diferente do resto dos... Ahn... – fiz uma pausa, tentando achar o melhor termo.

– Mortos-vivos nojentos? – Stevie Rae sugeriu.

– É. Mas você é diferente do resto dos mortos-vivos nojentos por causa de sua afinidade com a terra. Se você se apoiar nisso, vai conseguir resistir a essa coisa dentro de você.

– Escuridão... dentro de mim só tem escuridão – ela disse.

– Não é *só* escuridão. A terra também está aí dentro.

– Tá... tá... – ela arfou. – A terra. Vou me lembrar. Vou tentar, sim.

– Você pode superar, Stevie Rae. *Nós* podemos superar.

– Me ajuda – ela disse, de repente, apertando tanto minha mão que quase gritei. – Por favor, Zoey, me ajuda.

– Vou ajudar. Juro.

– Logo. Prometa que não vai demorar.

– Vou ajudar. Juro – repeti, mas sem fazer a mínima ideia de como faria isso.

– O que você vai fazer? – Stevie Rae perguntou, cravando os olhos desesperados em mim.

Disse a primeira coisa que me veio à cabeça: – Vou traçar um círculo e pedir ajuda a Nyx.

Stevie Rae piscou os olhos, confusa: – Só isso?

– Bem, nosso círculo é poderoso e Nyx é uma Deusa. Do que mais precisamos? – soei bem mais segura do que me sentia.

– Você quer que eu represente a terra outra vez? – sua voz vacilou.

– Não. Sim – parei um instante, sentindo-me culpada e imaginando o que deveria fazer com Aphrodite. Quando ela manifestou a terra, ficou claro que o certo era ela fazer parte de nosso círculo. Mas será que Stevie Rae ia surtar ao ver seu lugar ocupado por alguém que ela considerava uma inimiga? Além disso, ninguém a não ser Aphrodite sabia sobre Stevie Rae, e era assim que eu tinha de manter as coisas até estar pronta para Neferet saber que eu sabia sobre ela. Problemas. Eu com certeza estava cheia de problemas.

– Ahn, não sei. Deixe-me pensar no assunto, tá?

A expressão de Stevie Rae mudou outra vez. Agora ela parecia quebrada, totalmente derrotada: – Você não quer mais que eu faça parte do seu círculo.

– Não é isso! É que você precisa ser curada, então vai ser melhor você ficar no meio do círculo comigo ao invés de ficar no seu lugar – suspirei e balancei a cabeça. – Eu preciso pesquisar mais.

– Seja rápida, tá?

– Serei. E você tem que me prometer que vai pegar leve no sangue e ficar aqui se concentrando em sua conexão com a terra – eu disse.

– Tá. Vou tentar.

Apertei sua mão e tirei a minha: – Desculpe, mas tenho que ir. Neferet vai fazer um ritual especial para a professora Nolan e depois tenho de fazer o Ritual da Lua Cheia – e tinha de voltar à biblioteca e descobrir algum tipo de ritual para ajudar Stevie Rae. E eu não sabia o que fazer em relação a Loren. E Erik devia estar furioso comigo por eu acordar e sair correndo. *E eu* não tinha terminado o namoro com Heath. Nossa mãe, minha cabeça estava doendo. De novo.

– Faz um mês.

– Ahn? – eu estava me levantando, com os pensamentos já totalmente voltados para as coisas que eu tinha para resolver.

– Eu morri na última lua cheia, faz um mês.

Aquilo absorveu toda a minha atenção: – É mesmo. Faz um mês. Fico pensando...

– Se isso pode ter algum significado? Se esta noite pode ser o momento ideal de dar um jeito no que aconteceu comigo?

Quase me encolhi ao som daquela voz carregada de esperança: – Não sei. Talvez.

– Será que eu devia tentar entrar no campus esta noite?

– Não! O campus está cheio de guerreiros. Eles agarrariam na certa.

– Talvez fosse bom – ela disse lentamente. – Talvez fosse melhor todo mundo ficar sabendo de mim.

Esfreguei a cabeça, tentando entender o que meus instintos estavam me dizendo. E eles vinham dizendo há tanto tempo que eu devia manter Stevie Rae em segredo que já não sabia se devia continuar fazendo isso ou se o que eu estava sentindo eram apenas ecos confusos (possivelmente misturados a desespero e depressão).

– Não sei. Eu... Eu preciso de mais um tempinho, tá?

Stevie Rae encolheu os ombros: – Tá. Mas acho que meu eu verdadeiro não aguenta mais de um mês.

– Eu sei. Vou me apressar – eu disse, soando vazia. Abaixei-me e abracei-a rapidamente: – Tchau. Não se preocupe. Volto logo. Prometo.

– Se você descobrir um jeito, mande-me uma mensagem e eu vou. Tá?

– Tá – fui em direção à porta. – Eu amo você, Stevie Rae. Não se esqueça disso. Ainda somos melhores amigas.

Ela não disse nada, mas balançou a cabeça com uma cara triste. Invoquei a magia para me cobrir de noite e névoa e saí correndo rumo à escuridão.

20

Naturalmente, me pegaram entrando no campus. Eu já havia voltado flutuando por sobre o muro. (Sim, eu literalmente flutuei, o que foi tão legal que nem dá para expressar com palavras.) Estava voltando para o dormitório em uma velocidade que considerei excelente e bastante discreta quando praticamente dei de cara com eles – um grupo de *vamps* e alunos veteranos protegidos por uma dúzia de guerreiros parrudos (vi as gêmeas e Damien no grupo, portanto Aphrodite estava certa, Neferet estava mesmo incluindo meu Conselho Sênior). Congelei, voltei para debaixo da sombra de um grande carvalho e segurei o fôlego, torcendo para que meu recém-descoberto dom da invisibilidade (ou talvez névoa-habilidade fosse uma forma mais adequada de descrever esse dom) me mantivesse invisível. Para minha infelicidade, Neferet parou, e todo o resto do grupo parou também. Ela inclinou a cabeça, e sou capaz de jurar que farejou a brisa como se fosse um cão de caça. Então voltou os olhos para minha árvore – meu esconderijo – e pareceu olhar para mim. E assim perdi minha concentração. Minha pele estremeceu e eu soube que estava completamente visível outra vez.

– Ah, Zoey! Aí está você. Eu estava perguntando aos seus amigos – ela fez uma pausa para dar um de seus longos e luminosos sorrisos para as gêmeas, Damien e (aai!) Erik – aonde você tinha ido – ela desfez o sorriso, trocando-o pelo mais perfeito olhar de mãe preocupada. – Agora não é o momento de você ficar vagando sozinha por aí.

– Desculpe. Eu, ahn, precisava... – fui perdendo a voz ao sentir todos os olhos voltados para mim.

– Ela precisava ficar sozinha antes dos rituais – Shaunee disse, aproximando-se para me dar o braço.

– É, ela sempre precisa ficar sozinha antes dos rituais. Coisas de Zoey – Erin confirmou, indo para meu outro lado e pegando meu outro braço.

– É, nós chamamos isso de M.S.Z., Momento Solitário de Zoey – Damien completou, juntando-se a nós três.

– É meio irritante, mas o que a gente pode fazer? – Erik disse, indo para trás de mim para colocar as mãos nos meus ombros. – Esta é a nossa Z.

Tive que me controlar para não cair em lágrimas. Meus amigos eram o máximo. É claro que Neferet devia saber que estavam mentindo, mas eles fizeram isso de uma maneira que fez parecer mesmo alguma bobagenzinha de adolescente (sair escondido para romper com o namorado) ao invés de algo *bem* mais sério (tipo esconder minha melhor amiga morta-viva).

– Bem, daqui para a frente quero que você limite seu tempo *sozinha* – Neferet me disse em um tom de bronca carinhosa.

– Pode deixar. Desculpe – murmurei.

– E agora, ao ritual – Neferet se afastou do grupo com passos majestosos, fazendo os guerreiros se mobilizarem para acompanhá-la e me deixando ao meu grupinho de amigos figurativamente comendo poeira.

Claro que também fomos atrás. Que mais poderíamos fazer?

– Quer dizer que você fez o serviço sujo? – Shaunee sussurrou.

– Ahn? – fiquei chocada. Como ela sabia que fiquei de pegação com Heath? Será que dava para perceber? Deus, eu ia morrer se estivesse dando na cara!

Erin revirou os olhos: – Heath. Terminar. Você com ele – ela sussurrou.

– Ah, tá. Bem, eu, ahn...

– Fiquei preocupado com você hoje – Erik se aproximou e delicadamente tirou Shaunee do meu lado. Achei que as gêmeas fossem chiar, mas só levantaram as sobrancelhas e voltaram a caminhar com Damien. Ouvi Shaunee murmurar: – Tão *liiiiindo* – nossa mãe, elas eram capazes de encarar Neferet, mas a gostosura de Erik as amansava totalmente.

– Desculpe – eu disse afobadamente, me sentindo culpada por gostar tanto quando ele segurou minha mão. – Não tive intenção de fazer você se preocupar. É só que eu tinha... bem... *coisas* a resolver.

Erik sorriu e entrelaçou os seus dedos aos meus: – Espero que desta vez você tenha se livrado dele... Quer dizer, desta *coisa* específica.

Fuzilei as gêmeas com os olhos, enquanto elas faziam cara de inocentes: – Traidoras! – murmurei.

– Não fique brava com elas. Trapaceei para driblá-las, usei seu ponto fraco.

– Sapatos?

– Algo de que elas gostam mais, ao menos no momento. T. J. e Cole.

– Muita malandragem sua – eu disse.

– E nada difícil de conseguir. T. J. e Cole acham as gêmeas *muito* gostosas – Erik disse, usando seu excelente sotaque escocês e provando, mais uma vez, que ele era um cinéfilo nerd (*Hello! – Austin Powers*).

– T. J. e Cole chamaram as gêmeas de gostosas com esse sotaque esquisito?

Ele apertou minha mão jocosamente: – Meu sotaque não é esquisito.

– Tem razão. Não é, não – sorri, olhando para seus olhos azul-claros e pensando em como fui acabar traindo este cara duplamente.

– E como você está hoje, Zoey?

Como estávamos de mãos dadas, sei que Erik sentiu o choque que me assaltou o corpo ao ouvir o som da voz de Loren.

– Estou bem. Obrigada – eu disse.

– Dormiu bem ontem à noite? Fiquei pensando se você chegou bem depois que a deixei no dormitório – Loren olhou para Erik e deu um sorriso arrogante, tipo "sou mais velho que você", e explicou: – Zoey passou por um choque e tanto ontem.

– É, eu sei – Erik mordeu as palavras, contrariado. Senti a tensão entre eles e fiquei bolada, pensando se alguém teria reparado. Quando ouvi Shaunee sussurrar *"Droga, garota!"* e Erin dizer *"Uh-hum!"*, tive que me controlar para não gemer. Estava na cara que todo mundo (tradução: as gêmeas) havia reparado.

Quando alcançamos o grupo dos adultos, me dei conta de que eles haviam parado em frente ao alçapão no muro leste. Ignorando a situação potencialmente explosiva na qual eu havia me metido, eu disse: – Ei! Por que paramos aqui?

– Neferet vai oferecer preces ao espírito da professora Nolan, além de lançar uma magia de proteção em todo o terreno da escola – Loren respondeu. Sua voz soou simpática demais, e seu olhar, caloroso demais quando nossos olhares se encontraram e se engancharam. Deus, ele era lindo demais. Lembrei-me da sensação dos seus lábios nos meus e...

E foi quando percebi o que ele havia acabado de dizer.

– Mas o sangue e tudo mais não estão... – não completei a pergunta, apenas fiz um gesto vago em direção à área do outro lado do muro, aquele gramado horrível que ontem mesmo estava ensopado com o sangue da professora Nolan.

– Não, não se preocupe. Neferet mandou limpar – Loren respondeu gentilmente.

Por um segundo achei que ele fosse me tocar ali, na frente de todo mundo. Até senti Erik ficando tenso, como se também estivesse esperando por isso, mas então a voz solene e poderosa de Neferet interrompeu nosso pequeno drama ao pedir a atenção de todos.

– Vamos seguir pelo alçapão até o local da atrocidade. Faremos uma lua crescente ao redor da estátua de nossa amada Deusa, que coloquei no ponto exato onde foi descoberto o corpo destruído da professora Nolan. Peço que vocês concentrem seus corações e mentes em mandar energia positiva para nossa falecida irmã, para que seu espírito voe livre para o fantástico reino de Nyx. Novatos – ela voltou seus olhos para nós –, quero que vocês peguem as velas que representam seus respectivos elementos – os olhos de Neferet eram gentis, sua voz era gentil. – Eu sei que não é comum usar novatos em um ritual adulto, mas a Morada da Noite nunca teve tantos jovens extraordinários ao mesmo tempo, e hoje penso que nada mais justo do que usar suas afinidades para aumentar o poder de nossa prece a Nyx – quase senti Damien e as gêmeas vibrando de excitação. – Podem fazer isso para mim, para nós, novatos?

Damien e as gêmeas balançaram a cabeça, como bonecas *bobble head*. Os olhos verdes de Neferet se voltaram para mim. Balancei a cabeça uma vez. A Grande Sacerdotisa sorriu e me perguntei se ninguém mais enxergava a pessoa fria e calculista que havia por baixo daquele exterior lindo.

Parecendo satisfeita, Neferet virou-se e baixou a cabeça para passar pelo alçapão, e logo em seguida cada um de nós foi fazendo o mesmo. Eu havia me preparado para algo terrível, ou no mínimo para algo sanguinolento, mas Loren estava certo. A área que ontem mesmo era puro pavor havia sido completamente limpa, e me perguntei vagamente como os tiras de Tulsa teriam recolhido provas, e então senti um arrepio. Claro que Neferet esperou que eles fizessem seu trabalho antes de limpar tudo. Não é?

No lugar onde o corpo da professora Nolan estivera, agora havia uma linda estátua de Nyx que parecia feita de ônix. Ela levantou as mãos e segurou a grossa vela verde que simbolizava a terra. Sem falar nada, os *vamps* formaram um semicírculo ao redor da estátua. Damien e as gêmeas ficaram em frente às velas enormes que representavam seus respectivos elementos. Eu não queria, mas assumi meu lugar junto à vela púrpura que simbolizava o espírito. Percebi que os guerreiros haviam se espalhado e estavam nos cercando. De costas para o nosso grupo, eles encararam a noite, adentrando-a em estado de alerta.

Sem o teatro de sempre (que sempre era legal de ver), Neferet foi até Damien, que estava segurando nervosamente a vela amarela do vento, e levantou o acendedor cerimonial.

– Ele nos preenche e nos sopra a vida. Eu invoco o vento ao nosso círculo – a voz de Neferet estava forte e clara, obviamente aumentada pelo poder da Grande Sacerdotisa. Ela tocou o pavio da vela com o acendedor, e o vento imediatamente a envolveu e a Damien. Neferet estava de costas para mim e por isso não vi seu rosto, mas Damien deu um sorriso amplo e alegre. Tentei não fazer cara feia. O círculo sagrado não era o lugar para me aborrecer, mas não dava para não ficar irritada. Por que eu era a única que via a falsidade de Neferet?

Ela foi até Shaunee: – Ele nos aquece e socorre. Eu invoco o fogo ao nosso círculo – como já tinha visto várias vezes antes, a vela vermelha de Shaunee entrou em combustão antes mesmo de ser tocada pelo acendedor. O sorriso de Shaunee estava quase tão luminoso quanto seu elemento.

Neferet seguiu o círculo ao redor de Erin: – Ela nos acalma e nos lava. Eu invoco a água ao nosso círculo – quando a vela se acendeu, ouvi ondas batendo em uma praia distante e senti cheiro de sal e de mar na brisa noturna.

Observei cautelosamente enquanto Neferet parou em frente à estátua de Nyx e a vela verde. A Grande Sacerdotisa baixou a cabeça.

– A novata que personificava este elemento faleceu, portanto o correto é que a posição da terra fique vazia nesta noite e que ela esteja localizada no ponto onde até recentemente estava o corpo da nossa querida Patricia Nolan. A terra nos sustenta. Dela nascemos, e a ela retornaremos. Eu invoco a terra ao nosso círculo – Neferet acendeu a vela verde e, apesar de ela queimar vivamente, não senti o cheiro de verdes prados nem de flores do campo.

Então Neferet parou na minha frente. Eu não sei que tipo de expressão ela mostrou para Damien e para as gêmeas, mas para mim seu rosto pareceu forte e severo, e de uma beleza estonteante. Ela me lembrou uma daquelas vampiras guerreiras amazonas de antigamente, e quase me esqueci de que na verdade ela era perigosa.

– O espírito é a nossa essência. Eu invoco o espírito ao nosso círculo – Neferet acendeu minha vela púrpura e senti minha alma se elevar com aquele frio na barriga como em uma montanha russa. A Grande Sacerdotisa não parou para trocar nenhum olhar especial comigo. Ao invés disso, voltou-se para os demais. Ela deu a volta no interior do círculo, fazendo contato visual com os vampiros que nos cercavam, e foi direto ao ponto: – Faz mais de cem anos que isso não acontece, ao menos não de modo tão aberto nem tão brutal. Um de nós foi assassinado por humanos. Neste caso, eles acordaram não um gigante adormecido, mas provocaram um leopardo que pensavam ter sido domado – Neferet levantou a voz, poderosa em sua raiva. – Ele não foi domado! – os pelinhos do meu braço se arrepiaram. Neferet era impressionante. Como alguém tão abençoada por Nyx podia se tornar do mal como eu sabia que ela se tornara?

– Eles acham que nossas presas foram limadas e nossas garras, arrancadas como as de um gatinho de estimação gordo e malhado. Estão errados mais uma vez – ela levantou os braços acima da cabeça. – A partir deste círculo sagrado traçado no local de um assassinato, nós invocamos nossa Deusa, Nyx, a bela Personificação da Noite. Estamos pedindo que ela acolha Patricia Nolan em seu seio, apesar de ela ter partido décadas antes do normal. Também estamos pedindo a Nyx que desperte sua ira santa e, com a doçura de sua fúria divina, nos dê a graça deste encanto de proteção para que os humanos não nos aprisionem em sua teia mortal – enquanto dizia o encanto, Neferet voltou-se novamente para a estátua de Nyx.

"Proteja-nos com a noite;
acima de tudo a escuridão é nosso deleite."

Quando ela se voltou para encarar o grupo, percebi que agora estava segurando um pequeno punhal com cabo de marfim e uma lâmina curva bastante amedrontadora.

"Pedimos a Nyx que envolva
este coven[1] *com uma cortina."*

Com uma das mãos, Neferet levantou o punhal. Com a outra, desenhou intrincadas figuras no ar ao seu redor, que se transformaram em formas brilhantes e quase materializadas enquanto ela continuava lançando o encantamento.

"A todos que entrarem e saírem detectarei,
vampiro, novato, humano, todos serão revistados.
Se houver má intenção,
à minha vontade ela se curvará."

Então, em um gesto rápido e feroz, Neferet cortou o pulso tão profundamente que seu sangue instantaneamente começou a jorrar, vermelho e rico, quente e delicioso. O aroma me envolveu, e fiquei automaticamente com água na boca. Tomada por macabra determinação, a Grande Sacerdotisa deu a volta pelo círculo para que seu sangue caísse ao redor de nós em um arco vermelho, regando a grama que há tão pouco tempo estava encharcada com o sangue da professora Nolan. Finalmente, ela chegou novamente à estátua de Nyx, levantou o rosto para o céu noturno e completou o encantamento.

"Meu sangue vos ata,
e que assim seja."

---

1 Reunião de bruxas

Sou capaz de jurar que o ar noturno ondulou ao nosso redor e, por um momento, pude ver algo realmente se instalar nos muros da escola na forma de uma cortina negra e transparente. *Ela lançou um encantamento para que fique sabendo não só se o perigo adentrar a escola, mas também quando alguém entra ou sai dela.*

Tive que morder a bochecha por dentro para não grunhir de ódio. Não havia a menor chance de enganar a cortina de uma Deusa com meu disfarce de névoa e noite. Que inferno, como levaria sangue escondido para Stevie Rae?

Completamente voltada para meu próprio drama, nem reparei quando Neferet fechou o círculo. Com o corpo todo duro, deixei a maré de gente me levar de volta pelo alçapão. Só despertei ao ouvir a voz profunda de Loren surpreendentemente perto do meu ouvido.

– Te encontro no centro de recreações daqui a pouco – olhei para ele. Meu rosto devia estar parecendo um ponto de interrogação, pois ele acrescentou: – Seu Ritual da Lua Cheia. Sou seu bardo nesta noite para a abertura do círculo, esqueceu? – antes que eu pudesse dizer alguma coisa, Shaunee ronronou: – Nós sempre estamos ansiosas para ouvi-lo recitar poesia, professor Blake.

– É, não vamos perder. Nem por uma liquidação de sapatos na Saks – Erin acrescentou, os olhos brilhando.

– Então as vejo por lá – Loren disse, sem tirar os olhos do meu rosto. Ele sorriu, me fez uma pequena mesura e saiu apressadamente.

– *De-li-ci-o-so* – Erin falou.

– Digo o mesmo, gêmea – Shaunee concordou.

– Acho esse cara nojento.

Todos olhamos para Erik, que estava fuzilando Loren pelas costas com o olhar.

– Ah, essa não! – Shaunee disse.

– O gostosão do Loren Blake está apenas sendo simpático – Erin falou, revirando os olhos para Erik como se ele fosse louco.

– *Hello*! Não vai dar uma de namorado ciumento maluco com Z. – Shaunee afirmou.

– Ahn, eu tenho que me trocar – eu disse afobadamente, pois não queria sequer comentar o ciúme evidente de Erik. – Vocês podem ir ao centro de recreações para ver se está tudo pronto? Vou dar um pulo no dormitório e volto logo.

– Tudo bem – as gêmeas concordaram juntas.

– Vamos cuidar dos últimos detalhes – Damien acrescentou.

Erik não disse nada. Dei um sorriso rápido e, espero, sem culpa, e peguei a calçada em direção ao dormitório. Senti seus olhos sobre mim, e uma terrível sensação de naufrágio me fez ver que eu tinha de fazer alguma coisa em relação a Erik e Loren (e Heath). Mas que diabo ia fazer?

Eu era louca por Heath. E por seu sangue.

Erik era um sujeito maravilhoso de quem eu gostava muito mesmo.

Loren era totalmente delicioso.

Nossa mãe, eu era o fim da picada.

21

Eu estava tentando me convencer que esse ritual ia ser rápido. Ia só traçar um círculo, oferecer preces à professora Nolan, anunciar que Aphrodite estava voltando a fazer parte das Filhas das Trevas (o que seria óbvio depois de ela demonstrar sua afinidade com a terra) e depois dizer que, devido ao estresse generalizado na escola, eu havia resolvido não eleger nenhum membro para o Conselho Sênior até o fim do ano letivo. *Tem que ser um ritual bem fácil,* fiquei repetindo mentalmente, tentando desfazer o nó em meu estômago. *Nada pode ser como a noite em que Stevie Rae morreu. Nada tão ruim assim pode acontecer nesta noite.* Vestida e pronta para encarar a situação, abri a porta e me deparei com Aphrodite.

– Relaxa, tá? – ela disse, saindo da minha frente. – *Hello*! Eles têm que esperar por você.

– Aphrodite, ninguém nunca lhe disse que é falta de educação deixar as pessoas esperando? – eu falei, enquanto disparava pelo corredor e descia a escada pulando os degraus para sair do dormitório com Aphrodite logo atrás, toda atrapalhada. Acenei com a cabeça para Darius, que estava de guarda do lado de fora e me acenou de volta.

– Sabe, esses *vamps* guerreiros são *muito* gostosos – Aphrodite disse, virando o pescoço para dar mais uma olhadinha em Darius. Então ela olhou para mim fazendo beicinho e disse com aquela vozinha metida de garota mimada: – E não, ninguém nunca me disse que é falta de educação deixar as pessoas esperando. Eu fui criada para deixar as pessoas esperando. Minha mãe acha que o sol espera por ela para nascer e para se pôr.

Revirei os olhos.

– E como foi o ritual de Neferet?

– Fabuloso. Ela colocou uma cortina de proteção ao redor da escola. Ninguém entra nem sai sem ela saber. Não podia ser melhor. Tudo bem, ahn, menos para nós, é claro.

Apesar de não haver ninguém por perto, Aphrodite baixou a voz: – Ela ainda está virando uma bolsa de sangue depois da outra?

– Ela mal está se aguentando. Precisamos fazer algo logo.

– E que diabo você acha que *nós* vamos fazer? – Aphrodite perguntou. – *Você* é quem tem megapoderes. Eu estou só de carona – ela fez uma pausa e baixou a voz ainda mais. – Além do mais, não sei o que você pensa que vai fazer. Ela é *nojenta* e bastante assustadora.

– Ela é minha melhor amiga – sussurrei incisivamente.

– Não. Ela era sua melhor amiga. Agora ela é uma pavorosa morta-viva que bebe sangue como se fosse refrigerante.

– Ela ainda é minha melhor amiga – repeti com teimosia.

– Ótimo. Que seja. Então cure-a.

– Tá, só que não é tão simples.

– Como você sabe? Já tentou?

Fiquei sem ação: – O que foi que você disse?

Aphrodite levantou uma sobrancelha e deu de ombros, parecendo totalmente entediada: – Você já tentou algo do tipo?

– Caraca! Pode ser fácil, não? Tipo, faz tanto tempo que estou procurando um feitiço ou ritual ou um... uma... *alguma coisa e*specífica, maravilhosa e totalmente mágica, mas talvez tudo que eu precise seja pedir a Nyx que a cure – e enquanto eu ficava lá, em meu momento "*aimeudeus*", ouvi a voz de Nyx ecoando em minha mente, repetindo o que a Deusa me dissera no mês passado, logo antes de usar meus poderes dos elementos para romper o bloqueio que Neferet pusera em minha memória: "*Quero que você se lembre de que os elementos podem consertar tanto quanto destruir*".

– Caraca? Você disse caraca? Sabe, é quase um palavrão. Estou começando a ficar preocupada com essa sua boca suja.

De repente, senti-me tão plenamente feliz e cheia de esperança que nem Aphrodite seria capaz de me tirar do sério, e então sorri: – Qual é? Deixe para se preocupar com minha boca suja outra hora – parti às pressas outra vez, quase correndo pela calçada.

Outro guerreiro estava parado em frente ao centro de recreações, um enorme *vamp* negro que parecia ter sido um lutador profissional. Aphrodite ronronou de leve para ele, que lhe devolveu um sorriso *sexy*, mas ainda assim mantendo a pose de guerreiro.

Ela parou para ficar dando mole para o guerreiro.

– Não demore! – chiei com ela.

– Calminha aí. Estarei chegando dentro de um segundo – ela fez um gesto, me enxotando com a mão e me olhando de um jeito que parecia querer me lembrar que era melhor não sermos vistas juntas. Fiz que sim com a cabeça discretamente e segui em frente.

– Z.! Aí está você – Jack veio correndo atrás de mim, seguido de perto por Damien.

– Desculpe. Vim o mais rápido que pude – respondi.

Damien sorriu: – Não tem problema. Todos estão à sua espera – seu sorriso diminuiu um pouquinho. – Bem, menos Aphrodite. Ninguém a viu.

– Eu a vi. Ela está vindo. Vá ocupar seu lugar – pedi. Damien assentiu e voltou para o círculo, enquanto Jack foi cuidar da sonorização (o garoto é um gênio em se tratando de qualquer equipamento eletrônico).

– Quando estiver pronta, é só avisar – ele gritou de onde estava.

Sorri para ele e olhei novamente para o círculo. As gêmeas acenaram para mim de seus lugares ao sul e a oeste. Erik estava perto do lugar vazio em frente à vela da terra. Ele olhou nos meus olhos e piscou para mim. Sorri também, mas me perguntei por que ele estava tão perto de onde sabia que Aphrodite ficaria.

Falando nela... Irritada ao perceber que acabei esperando *por ela*, olhei para a porta a tempo de ver Aphrodite entrar no salão. Vi que ela hesitou, e tive a impressão de que ficou pálida ao olhar para o círculo de Filhas e Filhos das Trevas à espera. Então, ela levantou o queixo e jogou os longos cabelos para trás, e, ignorando todo mundo, caminhou pomposamente até a parte mais ao norte do círculo para ficar atrás da vela verde. Ao vê-la, o pessoal parou de conversinhas paralelas como se alguém tivesse apertado o botão *mudo*. Ninguém disse nada por alguns segundos, e então começaram os cochichos. Aphrodite ficou parada atrás da vela, toda calma, linda e muito antipática.

– Melhor começar logo com isso antes que você tenha que enfrentar uma rebelião – desta vez não pulei ao ouvir a voz *sexy* e profunda de Loren vindo por trás de mim. Mas virei-me, basicamente para que as pessoas (Erik) não vissem em meu rosto o sorriso que dei para ele, totalmente impróprio para exibição pública.

– Estou pronta, como sempre estarei – eu disse.

– E ela devia mesmo estar aqui? – Loren apontou para Aphrodite com o queixo.

– Lamentavelmente, sim – respondi.

– Que interessante.

– Esta sou eu e assim é minha vida: interessante. No sentido de bizarra e sinistra.

Loren riu.

– Comigo isso acontece o tempo todo – suspirei, recompus a expressão do rosto e me virei novamente para o círculo: – Estou pronta – anunciei.

– Vou soltar a música. Você vai dançando até o meio enquanto eu recito o poema – Loren disse.

Eu fiz que sim com a cabeça e me concentrei em respirar e me recompor. Quando a música começou, os sussurros cessaram completamente.

Todos os olhos se voltaram para mim. Não reconheci a canção, mas a batida era firme, rítmica, sonora, lembrava uma pulsação. Meu corpo automaticamente entrou no ritmo e comecei a me mover ao redor do círculo por fora. A voz de Loren complementava a música perfeitamente.

"Eu já conheci a noite.
Já caminhei sob chuva, e sob chuva voltei..."

As palavras do velho poema criaram a atmosfera certa, como que conjurando as imagens de outro mundo com as quais eu já estava começando a me acostumar durante meus passeios solitários fora do campus.

"Avistei os becos mais tristes da cidade.
Passei pelo guarda noturno em sua ronda
E baixei os olhos, sem querer explicar."

Quase senti a escuridão de ontem à noite se infiltrando em minha pele. E senti outra vez que pertencia mais a ela do que ao mundo humano que me cercava. À medida que adentrava o círculo, estremeci e ouvi Damien arfar baixinho de surpresa, e então soube que a névoa e a magia haviam tomado conta de meu corpo.

"E mais além, em alturas extraordinárias,
Um luminoso relógio no céu
Proclamou que o tempo não era errado nem certo.
Eu já conheci a noite."

A voz de Loren foi desaparecendo e eu dei uma última volta, afastando a sensação de névoa e magia, voltando a ficar visível. Ainda preenchida pelo encanto da noite, peguei o acendedor ritualístico da farta mesa no meio do círculo e me dei conta de ter me sentido, talvez pela primeira vez, uma verdadeira Grande Sacerdotisa de Nyx, banhada pela magia da Deusa e plena em seu poder.

Todo o estresse que eu estava passando foi embora em uma onda de felicidade. Caminhei com passos leves e parei em frente a Damien.

Ele sorriu e sussurrou: – Isso foi legal demais!

Sorri também e levantei o acendedor. As palavras que me ocorreram por instinto só podiam estar vindo de Nyx. Eu jamais seria tão poética: – Ventos suaves e sussurrantes que vêm de longe, recebam esta saudação. Em nome de Nyx, eu vos invoco em sopro claro, fresco e livre, que venham a mim! – toquei o pavio da vela amarela que Damien estava segurando com a chama e instantaneamente fomos cercados por um vento doce e afetuoso.

Então me apressei em direção a Shaunee e sua vela vermelha. Resolvi seguir com aquele senso especial de magia sacerdotal que me veio e comecei a invocação sem levantar o acendedor: – Cálido e veloz fogo longínquo, com o calor que traz vida e em nome de Nyx, a ti saúdo e invoco, venha a mim!

Dei um leve toque no pavio, que se inflamou lindamente. Shaunee e eu sorrimos uma para a outra, e então continuei avançando pelo círculo em direção a Erin.

– Águas geladas do lago e das torrentes que vêm do alto, eu vos saúdo. Fluam claras, puras e ágeis e aqui manifestem sua mágica presença em nome de Nyx, para que possamos vê-las. Venham a mim! – toquei a vela azul de Erin com o acendedor e adorei ver o pessoal que estava perto dela soltar exclamações de admiração e rir ao ver a água lamber os pés de Erin, mas sem tocar ninguém mais.

– Moleza – Erin sussurrou.

Sorri e segui no sentido horário, parando em frente a Aphrodite e sua vela verde. As risadas gentis e os sussurros alegres cessaram. O rosto de Aphrodite era uma máscara desprovida de emoção. Apenas nos seus olhos pude enxergar como estava nervosa e com medo, e por um instante me perguntei há quanto tempo ela vinha escondendo suas emoções. Ciente do pesadelo que eram seus pais, concluí que já fazia muito tempo.

– Vai dar tudo certo – sussurrei quase sem mexer os lábios.

– Acho que vou vomitar – ela murmurou.

– Nada! – eu sorri. E então levantei a voz e disse belas palavras que flutuavam em minha mente: – Terras distantes e lugares selvagens da terra, eu vos saúdo. Despertem de vosso sono coberto de musgo e nos tragam fartura, beleza e estabilidade. Em nome de Nyx, eu invoco a terra; venha a mim! – acendi a vela de Aphrodite e o cheiro fresco e exuberante de campo recém-arado tomou completamente o centro de recreações. Fomos cercados pelo som de pássaros trinando. Lilases adoçaram o ar de tal maneira que foi como se tivessem nos borrifado com o perfume mais suave e perfeito de todos os tempos. Deparei-me com os olhos acesos de Aphrodite e me virei para dar uma olhada no resto do círculo. Todos estavam olhando para Aphrodite, chocados e em absoluto silêncio.

– Sim – eu disse simplesmente, cortando logo todas as perguntas que sabia estavam brotando na cabeça de todo mundo e (tomara) colocando um ponto final em suas dúvidas. Eles podiam não gostar dela, podiam não confiar nela, mas tinham de aceitar o fato de Nyx tê-la abençoado. – Aphrodite foi abençoada com a afinidade com o elemento terra – então fui para o meio do círculo e peguei minha vela púrpura. – Espírito cheio de magia e noite, sussurro da alma da Deusa, amigo e estranho, mistério e conhecimento, em nome de Nyx, a ti invoco; venha a mim! – minha vela se acendeu e eu fiquei imóvel enquanto a familiar cacofonia dos cinco elementos juntos preencheu meu corpo e minha alma.

Foi tão impressionante que quase me esqueci de respirar.

Depois de me recompor, acendi o bastão trançado de eucalipto e sálvia e soprei, inalando profundamente as ervas e concentrando-me nas propriedades com as quais elas ganharam a estima do povo de minha avó: o eucalipto pela cura, proteção e purificação, e a sálvia por afastar energias, influências e espíritos negativos. Cercada pela fumaça aromática, olhei para a frente e comecei a falar, tão ciente quanto os demais olhos sobre mim do raio de luz prata brilhante que unia meu círculo. – *Merry meet*! – gritei, e o grupo respondeu dizendo: – *Merry meet*! – senti minha tensão começar a se esvair quando me dirigi a eles: – Agora todos vocês já estão sabendo que ontem a professora Nolan foi assassinada. Os rumores horríveis que vocês ouviram eram verdade. Gostaria de pedir a vocês que me acompanhem em uma prece a Nyx para lhe apaziguar o espírito e também nos consolar – fiz uma pausa e olhei para Erik. – Faz pouco tempo que estou aqui, mas sei que muitos de vocês eram bem próximos da professora Nolan – Erik tentou sorrir, mas sua evidente tristeza não permitiu que seus lábios se mexessem, e ele então piscou os olhos na tentativa de conter as lágrimas que estavam se formando em seus olhos azuis, mas elas começaram a escorrer por seu rosto. – Ela era uma boa professora, além de boa pessoa. Vamos sentir sua falta. Vamos mandar uma bênção final ao seu espírito – todos responderam imediatamente com um grito emocionado: – Abençoada seja!

Fiz uma pausa para que eles fizessem silêncio de novo e então continuei: – Eu sei que devia anunciar quem foi escolhido para o Conselho Sênior, mas devido a tudo que aconteceu de um mês para cá, resolvi esperar o fim deste ano letivo, e então o Conselho e eu vamos nos reunir e passar vários nomes para que vocês possam votar. Até então, decidi acrescentar automaticamente mais uma novata ao nosso Conselho – tomei o cuidado de usar o tom mais objetivo possível, como se não estivesse dizendo algo que todos iam considerar pura insanidade. – Como já viram, Aphrodite recebeu afinidade com a terra. Como Stevie Rae, isto lhe confere uma posição em nosso Conselho. Também como Stevie Rae, ela concordou em aceitar as novas regras que estabeleci para as Filhas das Trevas – virei-me para olhar nos olhos de Aphrodite e fiquei aliviada quando ela me deu um sorriso tenso e nervoso e balançou a cabeça, concordando. Então, sem dar tempo de começarem os sussurros, peguei a taça de vinho tinto doce da mesa de Nyx e comecei a invocação oficial da Prece da Lua Cheia.

– Neste mês, vemos novamente que com a lua cheia temos de encarar muitos recomeços. No mês passado, formamos uma nova ordem das Filhas e Filhos das Trevas. Neste mês, temos um novo membro do Conselho Sênior e a tristeza da morte de uma professora. Faz apenas um mês que me tornei sua líder, mas já sei que eu... – fiz uma pausa e me corrigi: – Quer dizer, que *nós* podemos confiar que Nyx nos ama e está conosco, mesmo quando coisas muito terríveis acontecem – levantei a taça e dei a volta pelo círculo, recitando o belo poema antigo que eu havia decorado no mês passado.

"Luz aérea da lua
Mistério da terra profunda
Poder da água fluente
Calor da chama ardente
Em nome de Nyx vos chamamos!"

Deixei cada um dos novatos provarem do vinho, balançando a cabeça enquanto eles sorriam para mim. Concentrei-me em demonstrar que eles podiam contar comigo, confiar em mim.

"Curar os males
Corrigir os erros
Limpar as impurezas
Desejar as verdades
Em nome de Nyx vos chamamos!"

Eu estava feliz por eles murmurarem "abençoada seja" após beberem, e por não parecerem tentados a se rebelar.

"Visão de gato
Audição de golfinho
Velocidade da serpente
Mistério da fênix
Em nome de Nyx vos chamamos
E pedimos que sejam conosco abençoados!"

Ofereci a Aphrodite o último gole antes de mim, e quase não ouvi quando ela sussurrou "Bom trabalho, Zoey", antes de beber da taça e me devolver, dizendo o "abençoada seja" alto o bastante para que todos ouvissem.

Sentindo-me aliviada e bastante orgulhosa de mim mesma, bebi o resto do vinho e pus a taça de volta na mesa. Agradeci a cada elemento na ordem inversa e os dispensei, enquanto Aphrodite, Erin, Shaunee e Damien sopravam suas velas.

Então finalizei o ritual dizendo: – Este Rito da Lua Cheia está encerrado. *Merry meet* e *merry part* e *merry meet* outra vez!

Os novatos repetiram: – *Merry meet* e *merry part* e *merry meet* outra vez!

Lembro-me de que estava sorrindo como uma retardada sem-noção quando Erik gritou de dor e caiu de joelhos.

22

Ao contrário de quando Stevie Rae estava morrendo, não tive um instante de torpor nem de hesitação.

– Não! – gritei, correndo até Erik e caindo de joelhos ao seu lado. Ele estava de quatro, urrando de dor, com a cabeça quase tocando o chão. Não vi seu rosto, mas vi que sua camisa estava ensopada de suor, ou talvez até de sangue, apesar de que eu não sentira cheiro de sangue ainda. Eu sabia o que vinha em seguida: o sangue ia jorrar de seus olhos, nariz e boca, e ele ia literalmente se afogar nos próprios fluidos. E a coisa seria tão horrível quanto estou dizendo. Nada seria capaz de interromper o processo. Tudo que eu podia fazer era ficar ao lado dele e torcer para que não fosse ficar como Stevie Rae e conseguisse preservar um pouco de sua humanidade.

Pus a mão no ombro dele, que tremia. O calor irradiava por sua camisa, como se seu corpo estivesse queimando de dentro para fora. Olhei para os lados freneticamente, procurando ajuda. Como sempre, Damien estava ao meu lado quando precisei dele: – Traga toalhas e chame Neferet – pedi. Damien saiu correndo com Jack logo atrás.

Voltei-me para Erik, mas antes que pudesse tomá-lo nos braços, a voz de Aphrodite soou mais alto que os gemidos dele somados ao burburinho dos garotos que assistiam, apavorados.

– Zoey, ele não está morrendo – levantei a cabeça para olhar para ela sem entender direito o que estava dizendo. Ela agarrou meu braço e me puxou, afastando-me de Erik. Comecei a resistir, mas parei ao ouvir o que ela disse em seguida: – Me escuta! Ele não está morrendo. Ele está se Transformando.

De repente Erik gritou e começou a se contorcer como se algo dentro de seu peito estivesse tentando abrir caminho com garras afiadas. Ele apertou o rosto com as mãos. Continuava tremendo violentamente. Sem dúvida, havia algo de grandioso acontecendo com ele, e, apesar de demonstrar que estava sentindo dor, não havia sangue nenhum.

Aphrodite tinha razão. Erik estava se Transformando em vampiro adulto.

Jack voltou correndo para me entregar um monte de toalhas. Ao olhar para ele, vi que estava quase se afogando nas próprias lágrimas. Levantei-me e o abracei.

– Ele não está morrendo. Está se Transformando – minha voz saiu esquisita, meio rouca e tensa, enquanto repetia as palavras de Aphrodite.

Então Neferet entrou no salão com Damien e acompanhada de perto por vários guerreiros. Ela correu até Erik. Olhei bem para seu rosto e quase fiquei tonta de alívio ao ver que sua expressão tensa e preocupada logo se transformou em alegria. Neferet abaixou-se graciosamente ao lado dele no chão. Murmurando algo tão baixinho que não consegui captar, ela tocou gentilmente seu ombro, e seu corpo tremeu violentamente uma vez, mas então começou a relaxar. A tremedeira medonha passou, e ele também parou de gemer daquele jeito pavoroso. Lentamente, o corpo de Erik foi saindo da posição quase fetal e ele ficou de quatro. Ainda estava com a cabeça virada para baixo, por isso não vi seu rosto.

Neferet sussurrou algo mais, e ele assentiu. Então ela se levantou e se voltou para nós. Estava com um sorriso impressionante no rosto, transbordando alegria, e linda de doer: – Alegrem-se, novatos! Erik Night acaba de completar a Transformação. Levante-se, Erik, e me acompanhe para o ritual de purificação e começo da nova vida!

Erik levantou seu corpo e a cabeça também. Eu, como todo o resto do pessoal, fiquei passada. Seu rosto estava luminoso. Parecia que alguém havia acendido alguma coisa dentro dele. Ele já era lindo antes, mas agora estava tudo mais intenso. Seus olhos estavam mais azuis, seus cabelos grossos ganharam uma aparência mais selvagem e estavam mais pretos, e ele até parecia mais alto. E sua Marca agora estava completa. A safira crescente fora preenchida. E seus olhos, sobrancelhas e maçãs do rosto estavam agora emoldurados por estonteantes desenhos que pareciam uma teia de nós entrelaçados formando uma máscara, que me fez lembrar de cara da linda Marca da professora Nolan. Fiquei tonta com a sua imponência.

Erik olhou para mim por um momento. Seus lábios grossos se levantaram e ele deu um sorriso especial só para mim. Pensei que meu coração fosse explodir. Então ele levantou os braços e gritou com uma voz cheia de poder e da mais pura alegria: – Eu me Transformei!

Todo mundo começou a dar vivas, mas só Neferet e os *vamps* chegaram perto dele. Então, eles deixaram o centro de recreações com Erik em meio ao burburinho e gritaria.

Eu fiquei lá. Estava passada, chocada e bastante enjoada.

– Vão levar Erik para ser ungido no ritual da Deusa – Aphrodite disse. Ela ainda estava ao meu lado, e sua voz soou tão vazia quanto eu me senti de repente. – Os novatos não sabem exatamente o que acontece durante esse ritual. É segredo dos grandes, e os *vamps* não podem contar – ela deu de ombros. – Enfim... Acho que um dia vamos descobrir.

– Ou morrer – respondi de um jeito inerte.

– Ou morrer – ela concordou. Então olhou para mim. – Você está bem?

– Tô. Bem – eu disse automaticamente.

– Ei, Z.! Foi legal demais, não foi? – Jack perguntou.

– Cara, foi incrível. Ainda estou trôpego! – Damien e seu enorme vocabulário.

– Ah, *baby*! Agora Erik Night faz parte do grupo dos *vamps* gostosos, tipo Brandon Routh, Josh Hartnett e Jake Gyllenhaal.

– E Loren Blake, gêmea. Não deixe esse gostoso de fora – Erin disse.

– Nem pensar, gêmea – Shaunee concordou.

– É legal demais Z. ser namorada de um *vamp*. Um *vamp* de verdade – Jack disse.

Damien tomou fôlego para falar, mas fechou a boca e pareceu estar se sentindo desconfortável.

– O que foi? – perguntei.

– Bem, é só que... ahn... bem... – ele hesitou.

– Meu Deus, o que foi? Fala logo! – eu o repreendi.

Ele respondeu, mas vi que tinha ficado com medo e me senti uma megera: – Bem, não entendo muito disso, mas depois que um novato passa pela Transformação, vai embora da Morada da Noite e começa a viver como vampiro adulto.

– O namorado de Zoey vai embora? – Jack perguntou.

– Relacionamento a distância, Z. – Erin disse logo.

– É, vocês dois vão dar um jeito. Moleza – Shaunee falou.

Olhei para as gêmeas, para Damien e Jack e para Aphrodite.

– Um saco – ela disse. – Ao menos para você – Aphrodite levantou as sobrancelhas e deu de ombros. – Que bom que ele me deu o fora – então ela jogou o cabelo para trás e foi para o recinto ao lado, onde estava a comida.

– Se não podemos chamá-la de bruxa do inferno, podemos chamá-la de vaca? – Shaunee perguntou.

– Prefiro vaca insuportável, gêmea – Erin respondeu.

– Bem, ela está errada – Damien afirmou, teimosamente. – Erik ainda é seu namorado, apesar de ter de se afastar para cuidar de coisas de *vamp* adulto.

Estavam todos olhando para mim, então tentei sorrir: – É, eu sei. Tudo bem. É só que... é muita coisa para dar conta de uma vez só. Vamos comer alguma coisa – antes que eles pudessem tentar continuar a me consolar, fui até a mesa de comida e eles vieram logo atrás de mim como patinhos atrás da pata-mãe.

Pareceu levar uma eternidade para as Filhas e Filhos das Trevas comerem e irem embora, mas, quando olhei para o relógio, percebi que haviam comido rápido e estavam indo embora cedo. Houve muitos comentários animados sobre Erik, e eu balancei a cabeça em concordância e emiti ruídos semiadequados em resposta na tentativa de esconder meu torpor e desconforto. Achei que o fato de todo mundo sair cedo era prova do péssimo trabalho que eu havia feito. Finalmente percebi que só haviam ficado Jack, Damien e as gêmeas. Eles estavam jogando fora os restos e amarrando os sacos de lixo em silêncio.

– Ahn, pessoal, vou fazer isso – eu disse.

– Já estamos terminando, Z. – Damien falou.– Só falta mesmo guardar as coisas de Nyx na mesa no meio do círculo.

– Vou fazer isso então – eu disse, tentando (sem conseguir, a julgar pelas caras que eles fizeram) me fazer de indiferente.

– Z., está tudo...

Levantei a mão para interromper Damien: – Estou cansada. Estou meio bolada por causa de Erik. E, honestamente, preciso ficar um pouco sozinha – não quis soar megera demais, mas estava começando a perder a capacidade de manter o sorriso forçado no rosto e fingir que não tinha um terremoto acontecendo dentro de mim. E eu sem dúvida preferia que meus amigos achassem que eu estava de TPM do que prestes a desabar. Aspirantes a Grande Sacerdotisa não desabam. Elas resolvem as coisas. E eu não queria de jeito nenhum, nem pensar, por nada neste mundo, que eles soubessem que eu não estava resolvendo droga nenhuma. – Pessoal, vocês podem me dar um tempo? Por favor.

– Tranquilo – as gêmeas disseram juntas. – Até mais, Z.

– Tudo bem. A gente, ahn, se fala depois então – Damien falou.

– Tchau, Z. – Jack disse. Esperei fecharem a porta e comecei a caminhar lentamente para a parte do salão que era usada como estúdio de dança e sala de ioga. Havia vários colchões amontoados em um canto e eu afundei em um deles. Minhas mãos estavam tremendo quando eu peguei meu telefone celular do bolso do vestido.

Você tá bem?

Digitei a mensagem de texto e enviei para o telefone celular descartável que havia comprado para Stevie Rae. Esperei pelo que pareceu uma eternidade até ela responder.

Tudo

Aguenta aí, eu disse em outra mensagem de texto.

Rápido, ela respondeu.

Pode deixar

Fechei o celular, recostei-me contra a parede e, sentindo como se o mundo inteiro estivesse caindo sobre meus ombros, caí no maior choro, soluçando muito.

Chorei, solucei; solucei e chorei, abraçando as pernas e me balançando. Eu sabia o que havia de errado comigo. O que me surpreendia era que nenhum de meus amigos tivesse percebido ainda.

Pensei que Erik estivesse morrendo, e isto me fez lembrar da noite em que Stevie Rae morreu em meus braços. Era como se estivesse acontecendo tudo de novo – o sangue, a tristeza, o horror. Fui pega completamente de surpresa. Tipo, pensei que já tivesse superado o que aconteceu com Stevie Rae. Afinal, ela não estava realmente morta.

Eu estava me enganando.

Eu estava chorando tão alto que só percebi que ele estava lá quando tocou meu ombro. Levantei os olhos enxugando as lágrimas e tentando pensar em alguma desculpa para dar ao amigo ou amiga que tivesse vindo me procurar.

– Senti que você precisava de mim – Loren disse. Solucei e me aninhei em seus braços. Ele se sentou ao meu lado e me pôs em seu colo. E me abraçou forte, murmurando palavras doces, dizendo que agora estava tudo bem e que jamais me deixaria ir embora. Quando finalmente me recompus e solucei ao invés de chorar, Loren me deu um de seus antigos lenços de linho.

– Obrigada – murmurei, e assoei o nariz e sequei o rosto. Tentei não olhar para meu reflexo no espelho em frente a nós, mas eu não tive como deixar de reparar que estava com os olhos inchados e o nariz vermelho. – Ah, que ótimo. Estou com uma cara horrorosa.

Loren riu e me girou em seu colo para me fazer olhar para ele. Ele gentilmente tirou meu cabelo do rosto: – Você parece uma Deusa entristecida pelo estresse e pela adversidade.

Senti uma gargalhadazinha histérica se formar em algum ponto dentro do meu peito: – Nunca vi Deusa nenhuma melecada como eu.

Ele sorriu: – Ah, eu não tenho tanta certeza disso, não – então ele fez uma cara séria. – Quando Erik se Transformou, você achou que ele estava morrendo, não foi?

Fiz que sim com a cabeça, com medo de começar a chorar de novo se não dissesse nada.

O maxilar de Loren se contraiu e relaxou novamente: – Eu disse a Neferet várias vezes que *todos* os novatos, e não só os quintos e sextos formandos, deviam ser informados sobre como a Transformação se manifesta no estágio final para não se assustarem ao presenciar uma.

– Dói tanto quanto parece?

– Dói, mas é uma dor boa; se é que isto faz sentido. Imagine seus músculos doloridos após malhar na academia. Eles doem, mas não é uma dor ruim.

– Pareceu bem pior do que dor nos músculos – eu disse.

– Não é tão ruim... na verdade, é mais chocante do que doloroso. As sensações invadem seu corpo e você fica hipersensível – ele fez carinho no meu rosto, traçando de leve com o dedo o desenho de minha Marca. – Você vai passar por isso um dia.

– Espero que sim.

Nenhum de nós disse nada por um momento, mas ele continuou a me acariciar o rosto e a traçar a Marca que adornava a lateral do meu pescoço. Seu toque fez meu corpo relaxar e formigar ao mesmo tempo.

– Mas tem algo mais a aborrecendo, não tem? – Loren disse gentilmente. Sua voz era profunda, musical e hipnoticamente bela. – Não é só a Transformação de Erik trazendo a memória da morte de sua amiga.

Eu não disse nada. Ele abaixou o pescoço e me beijou na testa, tocando suavemente com os lábios a tatuagem em forma de lua crescente. Estremeci.

– Pode conversar comigo, Zoey. Depois de tanta coisa entre nós, você precisa saber que pode confiar em mim.

Ele roçou os lábios nos meus. Seria realmente bom poder contar a Loren sobre Stevie Rae. Ele podia me ajudar, e sabe Deus como eu precisava dessa ajuda. Principalmente depois que eu meio que decidira que Stevie Rae podia ser curada se eu pedisse a Nyx, o que, naturalmente, significava que um círculo teria de ser traçado, ou seja, que eu teria de levar Damien, as gêmeas e Aphrodite a Stevie Rae ou trazer Stevie Rae até nós. O encantamento de proteção de Neferet não ajudaria em nada, mas talvez Loren conhecesse algum segredo dos vampiros sobre o assunto. Tentei escutar minha intuição – tentei conferir se meu instinto ainda estava gritando para eu ficar de boca calada –, mas tudo que senti foram as mãos e os lábios de Loren.

– Fale comigo – ele sussurrou junto à minha boca.

– Eu... eu quero... – sussurrei, arfando. – É muito complicado.

– Deixe-me ajudar você, meu amor. Não tem nada que não possamos resolver juntos – seus beijos foram ficando mais longos e mais quentes. Eu queria contar tudo a ele, mas minha cabeça estava girando e eu estava tendo dificuldade para pensar, quanto mais falar.

– Vou lhe mostrar como podemos dividir tudo um com o outro... como podemos ficar juntos de verdade – ele disse.

Loren tirou a mão que estava afundada em meus cabelos e puxou a camisa, cujos botões pularam, expondo seu peito. Então ele arranhou lentamente o lado esquerdo do peito, deixando uma linha de sangue escarlate. O cheiro de seu sangue me envolveu.

– Beba – ele disse.

Não me contive. Baixei o rosto em direção ao peito dele e provei. Seu sangue fluiu através de mim. Era diferente do de Heath – não era tão quente, nem tão saboroso. Mas era mais poderoso. Ele pulsava em mim com um desejo vermelho e urgente. Apertei seu corpo, querendo mais e mais.

– Agora é minha vez. Eu tenho que provar de você! – Loren disse.

Antes que eu me desse conta do que ele estava fazendo, puxou meu vestido. Não tive chance de surtar por ele estar me vendo só de sutiã e calcinha, pois passou a unha no meu peito. Arfei ao sentir a dor aguda, então seus lábios me tocaram e Loren começou a beber meu sangue e a dor foi substituída por ondas de um prazer impressionante e tão intenso que não consegui fazer mais nada além de gemer. Loren arrancou toda a sua roupa enquanto me sugava, e eu o ajudei. Tudo que sabia era o que eu tinha que dar a ele. Tudo que senti foi calor e desejo. Suas mãos e sua boca estavam em toda parte, e mesmo assim eu não me cansava dele.

Então aconteceu. Senti as batidas de seu coração sob a pele e percebi que estava em sincronia com meu coração. Senti sua paixão com a minha e ouvi seu desejo rugindo dentro de minha cabeça.

E então, no fundo de minha mente embaralhada, ouvi Heath gritar: – *Zoey! Não!*

Meu corpo se contorceu nos braços de Loren.

– Shhh – ele sussurrou. – Tudo bem. Está melhor assim meu amor, muito melhor. Ser Carimbado com um humano é difícil demais; as ramificações são muitas.

Eu estava respirando rápido e pesado: – Acabou? Minha Carimbagem com Heath foi rompida?

– Foi. Nossa Carimbagem a substituiu – ele rolou com o corpo por sobre o meu. – Agora vamos completar isto. Me deixa fazer amor com você, meu bem.

– Sim – sussurrei. Levei os lábios ao peito de Loren outra vez e, enquanto eu bebia seu sangue, Loren fez amor comigo até nosso mundo explodir em sangue e paixão.

23

Eu estava deitada sobre Loren, sentindo algo delicioso que parecia uma névoa. Ele fez um demorado carinho ao longo das minhas costas, traçando e retraçando minhas tatuagens.

– Suas tatuagens são lindas. Como você – Loren disse.

Soltei um suspiro, toda alegre, e esfreguei o nariz nele. Virei a cabeça e fiquei perplexa ao ver nosso reflexo nos espelhos de parede inteira do estúdio. Estávamos nus e havia manchas de sangue em nossos corpos, que estavam intimamente juntos, e meus longos cabelos negros nos cobriam apenas parcialmente. As filigranas de minhas tatuagens pareciam exóticas, espalhando-se do meu rosto pelo meu pescoço e descendo a linha da espinha até chegar à base das costas. A fina película de suor em meu corpo fazia as tatuagens brilharem como safiras.

Loren tinha razão. Eu era linda. E também tinha razão quanto a nós. Não importava se ele era mais velho, além de ser um vampiro feito (e professor da minha escola). O que nós vivemos juntos estava além de tudo aquilo. O que vivemos foi realmente especial. Mais especial do que meu sentimento por Erik. Mais especial até do que Heath.

Heath...

A sonolência e a satisfação me deixaram como se alguém tivesse borrifado água fria na minha pele. Deixei de olhar para nosso reflexo e olhei para o rosto de Loren. Ele estava me observando com um leve sorriso nos cantos da boca. Deus, ele era lindo pra caramba, e eu não conseguia acreditar que ele fosse meu de verdade. Então procurei ajeitar as ideias e fiz a pergunta que queria ver respondida: – Loren, é verdade mesmo que minha Carimbagem com Heath foi rompida?

– Sim, é verdade mesmo – ele disse. – Você e eu nos Carimbamos, e isso rompeu sua ligação com o garoto humano.

– Mas eu li o livro de Sociologia Vampírica, e lá dizia que era difícil e doloroso romper a Carimbagem entre um vampiro e um humano. Não entendo como pode ter sido tão fácil, e lá não diz nada sobre uma Carimbagem anular a outra.

Seu leve sorriso se ampliou e ele me deu um beijo doce e delicado: – Você ainda vai aprender que muitos livros escolares não ensinam o que é ser vampiro. Senti-me jovem, burra e super sem graça, e ele percebeu na hora.

– Ei, não me entenda mal. Eu me lembro que ficava confuso por não entender exatamente no que estava me Transformando. Tudo bem. Acontece com todos nós. E agora estou aqui para ajudá-la.

– É que eu não gosto de não saber – eu disse, relaxando outra vez em seus braços.

– Eu sei. Quanto a romper a Carimbagem, o negócio é o seguinte. Você e o humano tinham uma ligação, mas você não é vampira. Você ainda não completou a Transformação – ele fez uma pausa e acrescentou enfaticamente: – Ainda. De modo que a Carimbagem não foi completa. Quando você e eu bebemos do sangue um do outro, formamos entre nós uma ligação mais forte do que a sua com ele – ele deu um sorriso sensual. – Porque eu *sou* um vampiro.

– Heath sentiu dor com isso?

Loren deu de ombros: – Provavelmente, mas uma hora vai passar. E, no final das contas, é melhor assim. Todo o universo dos vampiros vai se abrir para você muito em breve, Zoey. Você vai ser uma extraordinária Grande Sacerdotisa. Não tem lugar para um humano neste mundo.

– Eu sei que você tem razão – respondi, tentando organizar as ideias em minha mente e me lembrar de como estava decidida no começo da noite a terminar tudo com Heath. Era bom mesmo que ficar com Loren tivesse rompido a Carimbagem com Heath. Era mais fácil assim – para ambos. Então eu disse: – Que bom que não posso estar Carimbada com você e com Heath ao mesmo tempo.

– Isso seria impossível. Nyx fez da Carimbagem um processo que só acontece com dois de cada vez. Acho que é para que nenhum de nós possa formar um exército de escravos Carimbados.

O tom sarcástico de sua voz me assustou tanto quanto o que ele disse.

– Eu jamais pensaria em fazer isso – exclamei.

Loren riu baixinho: – Tem muitos *vamps* que fariam.

– Você faria?

– Claro que não – ele me beijou outra vez e acrescentou: – Além disso, estou mais do que feliz com nossa Carimbagem. Não preciso de nenhuma outra.

Suas palavras me empolgaram. Ele era meu e eu era dele! Então o rosto de Erik me veio à mente e o entusiasmo passou.

– Que foi? – ele disse.

– Erik – sussurrei.

– Você pertence a mim! – a voz de Loren soou pesada, e seus lábios também estavam pesados quando ele me beijou possessivamente, fazendo meu sangue ferver.

– Sim – foi tudo que eu pude dizer quando o beijo acabou. Ele era como uma grande onda contra a qual eu não podia resistir, e deixei que ele afastasse de mim a lembrança de Erik. – E eu pertenço a você.

Loren me envolveu com os braços e me levantou gentilmente, virando o corpo para poder me olhar nos olhos. – Pode me dizer agora?

– Dizer o quê? – perguntei, mas sabia direitinho o que ele queria saber.

– O que a está aborrecendo tanto.

Ignorando o súbito nó no estômago, tomei uma decisão. Depois do que acabara de acontecer entre nós, eu tinha que confiar em Loren.

– Stevie Rae não morreu. Ao menos não no sentido em que achamos que morreu. Ela está viva, apesar de estar diferente. E não é a única novata que supostamente morreu mas na verdade está viva. Tem um monte de novatos assim, mas não são como ela. Stevie Rae conseguiu guardar um pouco de sua humanidade. Eles não.

Senti a tensão no corpo dele e meio que me preparei para escutar que eu estava maluca, mas ele só perguntou: – Como assim? Me explica tudo, Zoey.

Expliquei. Disse tudo a Loren. Contei sobre os "fantasmas" que vira, disse que não achava que eles fossem fantasmas de verdade, contei dos mortos-vivos medonhos que mataram os jogadores de futebol do Union, contei como salvei Heath. Finalmente, contei tudo sobre Stevie Rae. Tudo sobre ela.

– Então agora ela está esperando no apartamento da garagem dos pais de Aphrodite? – ele perguntou.

Fiz que sim com a cabeça: – É, ela precisa beber sangue todo dia. Ela não segurou tão bem assim seu lado humano. Se não beber sangue, tenho medo de que fique como os outros – estremeci, e ele me abraçou forte.

– Eles são tão maus assim? – Loren perguntou.

– Você não imagina. Eles não são humanos e não são vampiros. É como se tivessem se transformado em todos os estereótipos mais horrorosos de vampiros. Eles não têm alma, Loren – olhei nos seus olhos. – E eles não têm mais jeito, mas a afinidade de Stevie Rae com a terra não deixou que sua alma fosse totalmente destruída, apesar de ela estar deformada. Eu acho que posso fazer alguma coisa por Stevie Rae.

– Acha mesmo?

Achei meio estranho ele ficar tão chocado com a possibilidade de eu curar Stevie Rae, mas, ao mesmo tempo, aceitar normalmente a existência de garotos mortos-vivos.

– Bem, eu acho. Posso estar errada, mas creio que só preciso usar os poderes dos elementos. Sabe – fiz uma pausa e me ajeitei no colo dele, pensando se estaria ficando pesada –, tenho uma conexão especial com os cinco elementos. Acho que basta usá-la.

– Pode dar certo. Mas você precisa pensar que está invocando uma magia poderosa, e sempre existe um custo associado a isso – ele falou lentamente, parecendo escolher cuidadosamente cada palavra (ao contrário de mim, que costumava soltar tudo e depois lamentar ou morrer de vergonha). – Zoey, como essa coisa terrível foi acontecer a Stevie Rae e aos demais novatos? Quem ou o que é responsável por isso?

Eu ia dizer Neferet quando senti minhas vísceras dando voltas e algo dentro de mim gritando *Não toque no nome dela*. Tá, não escutei as palavras em si, mas de repente entendi o que estava me dando vontade de vomitar. E foi quando percebi, para minha surpresa, que não havia dito *tudo* a Loren. Ao contar da noite em que salvei Heath dos garotos mortos-vivos e reencontrei Stevie Rae, não mencionei Neferet. Não havia pensado nisso. Não foi de propósito, mas havia uma peça fundamental do quebra-cabeças que eu havia deixado de dividir com ele.

Nyx. Só podia ser a Deusa agindo através do meu subconsciente. Ela não queria que Loren soubesse de nada sobre Neferet. Será que ela estava tentando protegê-lo? Devia ser...

– Zoey, o que está havendo?

– Ah, nada. Só estou pensando. Não – eu meio que gaguejei –, eu... eu não sei como foi que aconteceu, mas bem que eu queria me lembrar. Queria mesmo entender – acrescentei afobadamente.

– Stevie Rae não sabe?

O alarme soou novamente dentro de mim: – Na verdade ela não está conseguindo se comunicar muito bem no momento. Por quê? Você já ouviu falar de algo assim acontecendo?

– Não, nada – ele passou a mão nas minhas costas. – Mas se você soubesse como aconteceu, poderia tentar fazer alguma coisa.

Olhei nos olhos dele. Eu queria tanto que aquele enjoo no estômago passasse: – Você não pode contar nada disso para ninguém, Loren. *Ninguém mesmo,* nem para Neferet – tentei ser firme e bancar a Grande Sacerdotisa, mas minha voz falhou.

– Não precisa se preocupar, meu amor! Claro que não vou contar a ninguém – Loren me trouxe para perto e fez carinho nas minhas costas. – Mas quem mais sabe além de mim e de você?

– Ninguém – a mentira foi tão automática que me chocou.

– E Aphrodite? Você disse que está escondendo Stevie Rae no apartamento da garagem da casa dos pais dela, não disse?

– Aphrodite não sabe. Eu a ouvi falando com umas garotas que seus pais iam ficar fora pelo resto do inverno. Ela estava sugerindo usarem a garagem do apartamento para fazer uma festa, mas, bem, todo mundo está "p" da vida com Aphrodite, então ninguém deu moral para ela. Foi assim que eu soube que o apartamento estava vazio, então levei Stevie Rae para lá – não tive a intenção consciente de omitir Aphrodite da história que eu estava contando para ele, mas minha boca parecia estar decidindo por mim. Cruzei os dedos mentalmente, torcendo para que ele não percebesse que eu estava mentindo.

– Tudo bem, deve ser melhor assim mesmo. Zoey, você disse que Stevie Rae não parece mais a mesma e que ela não está conseguindo se comunicar muito bem. Como você conversa com ela?

– Bem, ela fala, mas está confusa e... e... – saí pela tangente, tentando inventar um jeito de explicar sem entrar em mais detalhes do que devia –, e às vezes o que ela diz é mais animalesco do que humano – eu disse de um jeito meio tolo. – Eu a encontrei hoje mesmo, antes do ritual de Neferet.

Senti que ele balançou a cabeça: – Foi de lá que você veio.

– Foi – resolvi não falar nada sobre Heath. Só de pensar nele me sentia culpada. Nossa Carimbagem estava desfeita, mas, ao invés de me sentir aliviada, estava sentindo um vazio esquisito.

– Mas como você sabe que ela ainda está no apartamento de Aphrodite e que está tudo bem?

Distraída, respondi: – Ahn? Ah, eu dei um celular para ela. Posso ligar ou mandar mensagem. Acabei de conferir se ela estava bem agora há pouco – apontei para meu celular, que havia caído do bolso do meu vestido e estava ao lado dele no chão, perto do colchão onde estávamos deitados. Então afastei a imagem de Heath da mente e me concentrei no problema mais imediato. – Eu talvez precise de sua ajuda.

– Pode pedir qualquer coisa – ele disse, delicadamente afastando meu cabelo do rosto.

– Vou ter de trazer Stevie Rae aqui para a escola, ou então ir ao encontro dela com a gangue.

– A gangue?

– Você sabe, Damien, as gêmeas e Aphrodite, para traçarmos um círculo. Sinto que vou precisar deles para invocar os elementos e ajudar Stevie Rae.

– Mas você disse que eles não sabem de Stevie Rae – ele retrucou.

– E não sabem. Vou ter que contar para eles, mas primeiro quero definir o que vou fazer para resolver o *probleminha* de Stevie Rae – Deus, que jeito mais retardado de falar. Suspirei e balancei a cabeça. – Mas, na verdade, eu não queria contar nada – eu disse, sentindo uma tristeza ao pensar no *probleminha* de Stevie Rae e como meus amigos iam ficar possessos por eu esconder deles assuntos tão importantes.

– Quer dizer que você e Aphrodite na verdade são amigas? – Loren fez a pergunta como quem não quer nada, sorrindo e brincando com uma mecha do meu cabelo, mas, como acontecia com Heath, nossa Carimbagem estabelecia um vínculo e eu senti a tensão escondida dentro dele. Aquela resposta era muito mais importante do que ele estava demonstrando. Isso me deixou preocupada, e não só porque minhas vísceras estavam se revirando outra vez, me avisando para calar a boca.

Resolvi entrar no clima "não-tô-nem-aí": – Que nada, Aphrodite é a maior mala. É que, por alguma razão que Damien, as gêmeas e eu *não* compreendemos, Nyx lhe concedeu afinidade com a terra. O círculo não funciona tão bem sem ela, então ela entrou porque não tem outro jeito. Mas não somos amiguinhas nem nada do tipo.

– Ótimo. Pelo que ouvi falar, Aphrodite tem sérios problemas. Você não deve confiar nela.

– E não confio – e, ao dizer isso, percebi que na verdade eu confiava, sim, em Aphrodite. Talvez mais até do que confiava em Loren, com quem havia acabado de perder a virgindade e com quem havia acabado de me Carimbar. Que ótimo. Sorte a minha.

– Ei, relaxe. Sei que a aborrece falar dessas coisas – Loren fez carinho no meu rosto e eu automaticamente me apoiei em sua mão. Seu toque era sempre incrível. – Estou aqui agora. Vamos dar um jeito nisso. Vamos dar um passo de cada vez.

Eu quis lembrá-lo de que Stevie Rae não tinha muito tempo, mas seus lábios já estavam nos meus outra vez e tudo em que consegui pensar era como era bom senti-lo junto ao meu corpo... senti sua pulsação acelerando... e meu coração começou a bater no mesmo ritmo que o dele. Nossos beijos ficaram mais intensos e ele foi descendo a mão pelo meu corpo. Apertei meu corpo junto ao dele, e minha mente só registrava calor e sangue e Loren... Loren... Loren...

Um barulho estranho e abafado surgiu em meio à confusão mental causada pelo calor que me engolfava. Como se estivesse em um sonho, virei a cabeça enquanto Loren fazia uma trilha de beijos, descendo pelo pescoço, e senti um golpe pavoroso de puro choque que me fez tremer o corpo inteiro.

Erik estava parado na porta com uma expressão de completo estupor em seu rosto recém-Marcado.

– Erik, eu... – fui me aproximando, pegando meu vestido e tentando me cobrir. Mas nem precisei me preocupar por Erik me ver nua.

Loren ficou na minha frente em um movimento rápido, protegendo-me com seu corpo.

– Você está nos interrompendo – a bela voz de Loren estava carregada de violência contida. Senti o poder nela contido na sua pele nua, o que me fez arfar de surpresa.

– É, estou vendo – Erik disse. Sem dizer mais nada, ele deu meia-volta e saiu.

– *Aimeudeus*! *Aimeudeus*! Não acredito que isso aconteceu! – afundei o rosto em brasas nas mãos.

Loren voltou a me abraçar e sua voz era tão tranquilizadora quanto seu toque: – *Baby*, está tudo bem. Uma hora ele ia ter de saber sobre nós.

– Mas não assim – gritei. – Erik descobrir assim é tão horrível que não sei o que dizer – levantei o rosto para olhar para ele. – E agora todo mundo vai saber. Isso é péssimo, Loren! Você é professor e eu sou novata. Não existem regras contra isso? Para não falar que nos Carimbamos – então me veio outro pensamento terrível e comecei a tremer. E se eu fosse expulsa das Filhas das Trevas por estar com Loren?

– Zoey, meu amor, me escuta – Loren me segurou pelos ombros e me sacudiu gentilmente. – Erik não vai dizer nada a ninguém.

– Vai, sim! Você viu a cara dele. Claro que ele não vai guardar segredo por minha causa, nunca mais vai fazer nada por mim.

– Ele vai ficar de bico calado porque vou mandar que fique – a expressão de preocupação no rosto de Loren mudou e de repente ele pareceu tão perigoso quanto na hora em que disse a Erik que ele estava nos interrompendo. Senti uma pontada de medo e comecei a imaginar se Loren não tinha outro lado de sua personalidade bem diferente daquele que estava me mostrando.

– Não faça mal a ele – sussurrei, ignorando as lágrimas correndo pelo meu rosto.

– Ah, meu bem, não se preocupe. Não vou fazer mal a ele. Só vou conversar – Loren me tomou nos braços e, apesar de meu corpo, meu coração e minha própria essência quererem chegar mais perto dele, forcei-me a me afastar. – Tenho que ir – eu disse.

– Tá, tudo bem. Também tenho que ir.

Enquanto ele me dava minhas roupas e nós nos vestíamos, disse a mim mesma que ele só estava com pressa de ir porque precisava encontrar Erik, mas, ao pensar em me separar de Loren, senti um buraco sinistro se formar no meu estômago. O corte em meu seio através do qual ele bebera meu sangue estava doendo. Além disso, meu corpo estava dolorido em partes íntimas, onde jamais doera antes. Dei uma olhada na parede de espelhos. Meus olhos estavam vermelhos e inchados. Meu rosto todo estava inchado e meu nariz estava vermelho. Meu cabelo estava um desastre. Minha cara estava uma desgraça, o que era de se esperar, porque me sentia uma desgraça.

Loren me pegou pela mão e caminhamos pelo centro de recreações vazio. Ao chegarmos à porta, ele me beijou de novo antes de abri-la.

– Você está com cara de cansada – ele disse.

– E estou – dei uma olhada no relógio do centro de recreações e fiquei chocada ao ver que eram só duas e meia da manhã. Parecia que várias noites haviam se passado no espaço de duas horas.

– Vá dormir, amor – ele disse. – Amanhã a gente se vê.

– Como? Quando?

Ele sorriu e fez carinho no meu rosto, traçando a trilha da minha tatuagem: – Não se preocupe. Não vai demorar. Eu a procuro depois que dormirmos um pouco – senti seu toque quente em minha pele. Meu corpo, aparentemente manifestando vontade própria, foi se aconchegando ao dele enquanto ele passava os dedos intimamente na curva do meu pescoço e recitava:

"Acordo de um sonho contigo
Na primeira noite de doce sono
Quando os ventos sussurram baixinho,
E as estrelas brilham demais

Acordo de um sonho contigo,
E um espírito em meus pés
Me conduziu – sabe-se lá como –
À janela de teu quarto, minha doçura!"

Seu toque me fez tremer e suas palavras me aceleraram o coração e me deixaram tonta: – Você escreveu isso? – sussurrei enquanto ele me beijava o pescoço.

– Não, Shelley. Difícil acreditar que ele não era vampiro, não é mesmo?

– Ahã – respondi, sem ouvir direito.

Loren riu e me abraçou: – Amanhã te procuro. Juro.

Caminhamos juntos, mas nos separamos quando ele pegou o rumo do dormitório dos meninos e eu caminhei lentamente para o das meninas. Não havia muitos novatos nem *vamps* por perto, ainda bem. Eu não queria dar de cara com ninguém. A noite estava escura e nublada, e os velhos postes de luz a gás mal me alcançavam com a escuridão que me cercava. Mas não liguei. Eu queria ser coberta pela noite. Isso me ajudava a acalmar os nervos, alterados por estar longe de Loren.

Eu não era mais virgem.

Isto me atingiu como uma flecha. Tudo aconteceu tão rápido que nem tive tempo de pensar, mas foi o que *fiz*. Cara, eu precisava conversar com Stevie Rae – até a versão morta-viva de Stevie Rae iria querer saber desta história. Será que minha cara estava diferente? Não, isso era estupidez. Todo mundo sabia que este tipo de coisa não se descobre só de olhar na cara da pessoa. Pelo menos, não normalmente. Bem, não sou exatamente uma adolescente normal (se é que algum adolescente podia ser normal). Era melhor eu dar uma boa olhada no espelho quando chegasse ao quarto.

Eu havia acabado de pisar na calçada em frente ao meu dormitório e estava ensaiando na cabeça o que ia dizer aos meus amigos, que deviam estar assistindo a algum filme ou sei-lá-o-quê. É claro que não podia lhes contar sobre Loren, mas precisava inventar uma história para dizer que havia terminado com Erik. Ou talvez não. Loren ia conversar com ele, portanto Erik provavelmente não ia dizer nada a ninguém. Eu podia falar que nos separamos por causa de sua Transformação e deixar por isso mesmo. Não seria surpresa para ninguém se eu ficasse abatida por causa disso. Sim, era o que eu ia fazer.

De repente, uma das sombras debaixo de um cedro cheiroso se mexeu e parou na minha frente.

– Por que, Zoey? – Erik perguntou.

24

Meu corpo pareceu congelar quando olhei para Erik. Sua Marca ainda era uma surpresa. Era única, incrível e o havia deixado ainda mais lindo.

– Por que, Zoey? – ele repetiu, enquanto fiquei olhando para ele como uma retardada muda.

– Eu sinto muito mesmo, Erik! – eu disse sem pensar. – Não tive intenção de magoar você. Não queria que você descobrisse daquele jeito.

– É – ele disse friamente. – Descobrir que minha namorada que bancava a santinha é na verdade uma vagabunda não seria problema se você, sei lá, anunciasse no jornal da escola. É, assim teria sido bem melhor.

Seu tom de voz foi tão agressivo que eu quase me encolhi: – Eu não sou vagabunda.

– Então pelo jeito você sabe imitar uma direitinho. Eu sabia! – ele gritou. – Eu sabia que estava acontecendo alguma coisa entre vocês dois! Como fui imbecil de acreditar quando você disse que não era nada – ele deu uma risada completamente desprovida de humor. – Meu Deus, eu sou um idiota.

– Erik, isso não era para ter acontecido, mas Loren e eu estamos apaixonados. Tentamos manter distância um do outro, mas simplesmente não conseguimos.

– Você só pode estar de brincadeira! Você acredita mesmo que aquele canalha está apaixonado?

– Ele está, sim.

Erik balançou a cabeça e deu outra risada triste: – Se você acredita nisso, é mais imbecil do que eu. Ele está usando você, Zoey. Só tem uma coisa que um cara como ele quer de uma garota como você, e já conseguiu. Depois que ele se cansar de usar, vai lhe dar um chute.

– Isso não é verdade – rebati.

Ele continuou falando como se eu não tivesse dito nada: – Droga, ainda bem que vou embora daqui amanhã, apesar de que eu gostaria de estar aqui quando Blake lhe der o fora.

– Você não sabe o que está dizendo, Erik.

– Sabe, você deve ter razão – ele disse com uma voz fria e dura que o fez soar como um estranho. – Eu com certeza não sabia o que estava dizendo quando falava para todo mundo que estávamos juntos e como eu estava feliz. Eu achei mesmo que estava apaixonado por você.

Meu estômago deu voltas. Suas palavras estavam me apunhalando o coração: – Eu também pensei que estava me apaixonando por você – disse baixinho, piscando os olhos com força para não chorar.

– Porcaria nenhuma! – ele gritou. Ele soou cruel, apesar dos olhos cheios de lágrimas. – Pare com esses joguinhos. E você acha que Aphrodite é uma cachorra agressiva? Perto de você, ela é um anjo, porra!

Ele começou a se afastar. – Erik, espere. Não quero que tudo termine assim – eu disse, sentindo lágrimas rolarem pelo meu rosto.

– Pare de chorar! Foi você quem quis assim. Foi assim que você e Blake planejaram.

– Não! Eu não planejei nada disso!

Erik balançou a cabeça para trás e para a frente, piscando muito os olhos: – Me deixa. Acabou. Nunca mais quero ver você na vida – então ele praticamente saiu correndo.

Senti uma pressão e um calor no peito, e parecia que nunca mais ia conseguir parar de chorar. Meus pés começaram a se mexer, levando-me para o único lugar para onde eu podia ir, para encontrar a única pessoa que eu queria ver. Nem sei como, mas consegui me recompor ao chegar ao *loft* dos poetas. Tudo bem que eu não estava realmente recomposta, mas ao menos parecia suficientemente normal para que ninguém que estivesse passando (como dois *vamps* guerreiros e dois novatos) quisesse me parar para perguntar o que estava havendo. Consegui parar de chorar. Ajeitei os cabelos com os dedos e os joguei sobre os ombros para cobrir um pouco minha cara inchada.

Não hesitei ao chegar ao edifício onde ficava o corpo docente. Respirei fundo e torci em silêncio para que ninguém me visse. Assim que entrei, me dei conta de que não devia ter me preocupado tanto que alguém me visse. O lugar não tinha jeito de dormitório. Não havia uma sala enorme na qual os *vamps* se juntavam para assistir tevê como os novatos. Era só um enorme salão de piso de pedra com um corredor cheio de portas fechadas. A escada era à direita e subi correndo. Eu sabia que Loren ainda não devia estar de volta. Ele devia estar procurando Erik. Mas tudo bem. Eu ia me aninhar em sua cama e esperar por ele. Ao menos assim eu podia ficar perto dele outra vez. Senti meu corpo tenso e esquisito ao chegar ao andar de cima e me dirigir a uma enorme porta de madeira não muito longe de mim.

Ao me aproximar, vi que a porta estava entreaberta e ouvi a voz de Loren vindo de dentro. Ele estava rindo. O som da risada me roçou a pele, levando embora a dor e a tristeza causadas pela cena com Erik. Fiz bem em vir procurá-lo. Eu já estava até sentindo seus braços me envolvendo. Loren ia me abraçar e me chamar de "amor" e "*baby*" e dizer que tudo ia dar certo. Seu toque ia anular a dor e as coisas terríveis que Erik me disse e me fazer parar de me sentir tão arrasada. Pus a mão na porta para abrir e entrar.

Então ela deu aquela risada grave, melódica e sedutora, e o mundo parou.

Era Neferet. Ela estava lá com Loren. Aquela voz era inconfundível; aquela risada linda e envolvente. A voz de Neferet era tão única quanto a de Loren. Quando pararam de rir, as palavras dela me alcançaram, escapando pela fresta como se fossem uma névoa venenosa.

– Você se saiu muito bem, meu querido. Agora eu sei o que ela sabe, e tudo vai sair de acordo com o planejado. Vai ser fácil continuar a isolá-la. Só espero que sua função não tenha sido desagradável demais – Neferet disse brincando, mas com uma ponta de crueldade.

– Ela é fácil de enrolar. Um presentinho aqui, um elogiozinho ali e dá para conseguir seu amor verdadeiro e seu hímen em sacrifício ao deus da farsa e dos hormônios – Loren riu de novo. – Garotas novinhas são tão ridículas, tão previsivelmente fáceis.

Senti suas palavras me furando a pele em mil lugares diferentes, mas avancei silenciosamente para dar uma olhada pela fresta da porta. Vi de relance o quarto enorme cheio de móveis de couro e iluminado por montes de velas ornamentais. Meus olhos foram imediatamente atraídos para a peça central do *loft:* uma enorme cama de ferro no meio do quarto. Loren estava deitado e recostado em zilhões de travesseiros gordos. Estava completamente nu.

Neferet estava usando um longo vestido vermelho que lhe envolvia o corpo perfeito e tinha um decote fundo que mostrava o colo. Ela andava de um lado para o outro enquanto falava, passando os longos dedos de unhas benfeitas pelas beiras da cama em que Loren estava.

– Faça com que ela fique ocupada. Vou dar um jeito de fazer aquela gangue virar as costas para ela. Ela é poderosa, mas não vai conseguir usar os dons sem os amigos para ajudá-la a manter a cabeça no lugar enquanto fica correndo atrás de você – Neferet fez uma pausa e bateu no queixo com seu dedo esguio. – Mas, sabe, fiquei surpresa com essa Carimbagem – percebi o movimento tenso no corpo de Loren. Neferet sorriu: – Você não achou que eu fosse sentir o cheiro, não é? Você está fedendo ao sangue dela.

– Eu não sei como isso foi acontecer – Loren disse rapidamente, e a evidente irritação em sua voz lançou dardos em meu coração, que senti se esfacelar em pedacinhos. – Acho que subestimei minha capacidade de atuação. Só fico aliviado por não existir nada real entre nós, o que me poupa de emoções confusas e do vínculo que se faz com a verdadeira Carimbagem – ele riu. – Como a que ela tinha com o garoto humano. Ele deve ter sofrido uma dor dos diabos quando a Carimbagem entre eles foi rompida. Estranho que ela tenha sido capaz de Carimbá-lo com tanta força antes mesmo de se Transformar.

– Outra prova do poder que ela tem! – Neferet o repreendeu. – Apesar de ela ser ridiculamente fácil de enrolar para uma Escolhida. E não finja reclamar por ela tê-lo Carimbado. Nós dois sabemos muito bem que assim o sexo ficou mais prazeroso para você.

– Bem, uma coisa posso dizer, foi bem inconveniente você mandar o galante Erik procurar pela namoradinha tão rápido. Você não podia ter nos dado mais uns minutinhos para terminar?

– Posso lhe dar o tempo que você quiser. Na verdade, posso liberá-lo agora mesmo para você ir atrás de sua cadelinha de estimação e *terminar.*

Loren se sentou e agarrou o pulso de Neferet.

– Deixa disso, *baby*. Você sabe que eu não a quero *de verdade.* Não fique brava comigo, amor.

Neferet se afastou dele sem dificuldade, mas o gesto foi mais de brincadeira do que de irritação. – Não estou com raiva. Estou satisfeita. Depois que você rompeu a Carimbagem que Zoey tinha com o garoto humano, ela vai ficar ainda mais sozinha. E sua Carimbagem com aquela petulante nem é permanente. Ela vai se dissolver quando ela se Transformar ou morrer – ela completou com uma risadinha maldosa. – Mas você prefere que ela não se dissolva? Talvez você resolva preferir alguém mais jovem e inocente.

– Nunca, amor! Jamais vou querer ninguém como quero você – Loren disse. – Deixa eu te mostrar, *baby*. Deixa eu te mostrar – ele foi para a ponta da cama e a tomou nos braços. Então passou as mãos no corpo dela de um jeito bem parecido com o que acabara de fazer comigo.

Levei a mão à boca para não gritar.

Neferet se revirou nos braços de Loren e arqueou o corpo contra o dele, cujas mãos continuavam a percorrer todo seu corpo. Ela estava olhando para a porta. De olhos fechados e lábios entreabertos. Ela gemeu de prazer e seus olhos se abriram lentamente, de modo quase sonolento. E então Neferet olhou diretamente para mim.

Eu dei meia-volta e desci as escadas correndo para sair do prédio. A vontade que tinha era de continuar correndo, para qualquer lugar bem longe. Mas meu corpo me traiu. Só consegui cambalear poucos passos depois da porta. Consegui chegar debaixo de umas sombras atrás de uma das bem cortadas cercas vivas, me abaixar e vomitar.

Quando parei de vomitar a seco, comecei a caminhar. Minha mente não estava funcionando direito. Eu estava desorientada por pensamentos terríveis que rodopiavam em minha mente. Estava mais sentindo do que pensando, e tudo o que eu sentia era dor.

A dor dizia que Erik estava certo, mas ele havia subestimado Loren. Ele achou que Loren estava me usando só para sexo. A verdade é que Loren nem me queria. Ele só me usou em obediência à mulher que ele realmente desejava. Eu não era nem um objeto sexual para ele. Eu era uma inconveniência. Ele só me tocou e me disse tudo aquilo... todas aquelas coisas lindas... porque na verdade estava desempenhando uma função designada por Neferet. Para ele, eu era menos que nada.

Prendendo o choro, arranquei os brincos de diamante das orelhas e, dando um grito, os atirei longe.

– Droga, Zoey. Se você estava cansada dos diamantes, era só dizer. Tenho uns brincos de gotas de pérolas que combinariam direitinho com aquele colar cafona com o boneco de neve que Erik deu no seu aniversário, eu teria trocado pelos diamantes.

Dei meia-volta lentamente, como se meu corpo fosse se despedaçar caso me mexesse rápido demais. Aphrodite estava descendo da calçada que dava para a sala de jantar. Trazia em uma das mãos uma fruta estranha e uma garrafa de Corona na outra.

– O que é? Eu gosto de manga – ela disse. – No dormitório nunca tem, mas na geladeira da cozinha dos *vamps* sempre tem. Até parece que eles vão dar pela falta de uma manguinha ou outra – eu não disse nada, e ela continuou: – Tá, tá, eu sei que cerveja é uma bebida comum e meio vulgar, mas eu também gosto. Ei, por favor, não conte para minha mãe. Ela ia surtar geral – então vi que ela arregalou os olhos ao olhar direito para mim. – Puta merda, Zoey! Você tá com uma cara horrorosa. Que foi?

– Nada. Me deixa – eu disse, mal reconhecendo minha própria voz.

– Tá, você que sabe. Cuide da sua vida que eu cuido da minha – ela disse, e foi logo se afastando.

Eu estava sozinha. Exatamente como Neferet havia dito, estavam todos me abandonando. E eu merecia. Eu havia magoado Heath terrivelmente. Magoara Erik. Entreguei minha virgindade por mentiras. Como Loren conseguira? Sacrifiquei o amor verdadeiro e meu hímen para o deus da farsa e dos hormônios. Não era à toa que fosse um Poeta Laureado. Sem dúvida ele sabia lidar com as palavras.

E, de repente, tive de correr. Não sabia para onde estava indo. Só sabia que tinha que correr cada vez mais rápido, senão minha mente ia explodir. Só parei quando não estava mais conseguindo respirar, e então me recostei contra a casca de um velho carvalho, arfando.

– Zoey? É você?

Levantei os olhos, piscando em meio à bruma de minha infelicidade, e me deparei com Darius, o jovem e gostoso guerreiro que parecia uma montanha de tão grande. Ele estava no topo do muro que cercava a escola, e me observava com curiosidade.

– Está tudo bem contigo? – ele perguntou daquele jeito meio arcaico que os guerreiros falavam.

– Sim – respondi ainda meio sem fôlego. – Só queria dar uma caminhada.

– Mas você não estava caminhando – ele disse, com razão.

– Modo de falar – olhei nos seus olhos e cheguei à conclusão de que estava cansada de mentir. – Senti que minha cabeça estava prestes a explodir, então corri o máximo que pude. E vim parar aqui.

Darius assentiu lentamente com a cabeça: – É um lugar de poder. Não me surpreende que tenha sido atraída para cá.

– Aqui? – olhei ao redor. E então – *aimeudeus* – me dei conta de onde estava exatamente. – Este é o muro leste perto do alçapão.

– É sim, Sacerdotisa. Até os humanos bárbaros sentiram o poder deste lugar, por isso deixaram aqui o corpo da professora Nolan – ele fez um gesto acima do ombro apontando para o local do outro lado do muro onde Aphrodite e eu encontramos o corpo da professora Nolan. Também foi onde encontrei Nala (ou melhor, onde ela me encontrou), onde tracei meu primeiro círculo, vi pela primeira vez um dos mortos-vivos e invoquei os elementos e Nyx para remover o bloqueio de memória que Neferet colocara em minha mente.

Era realmente um lugar de poder. Eu nem acreditava que não tinha percebido isso antes. Claro que eu estava totalmente ocupada com Heath, com Erik e especialmente com Loren. *Neferet tinha razão,* eu pensei com tristeza. *Eu era ridiculamente fácil de enrolar.*

– Darius, acha que pode me deixar um pouco sozinha? Eu gostaria de... de rezar, e espero que Nyx me responda se eu escutar direito.

– E isso seria mais fácil estando sozinha – ele disse.

Assenti com a cabeça, sem saber bem se podia continuar a fazer minha voz de preocupada.

– Vou lhe dar privacidade, Sacerdotisa. Mas não se afaste muito daqui. Não se esqueça de que Neferet lançou um encanto ao redor da escola e, se você usar o alçapão e cruzar a linha do feitiço, em instantes estará cercada pelos Filhos de Erebus – ele deu um sorriso sem graça, mas gentil. – O que não a ajudaria a se concentrar em suas preces, minha *lady*.

– Pode deixar – tentei não me esquivar quando ele me chamou de Sacerdotisa e minha *lady*. Eu não merecia o título.

Com um só movimento fluido e sem pressa ele saltou do alto do muro de seis metros e caiu de pé. Então me saudou com o punho sobre o coração, fez uma ligeira mesura e desapareceu noite adentro em total silêncio.

Foi quando minhas pernas resolveram falhar. Soltei o corpo sobre a grama na base do velho e conhecido carvalho, abracei os joelhos e comecei a chorar, silenciosa e continuamente.

Eu estava inacreditavelmente arrependida. Como pude ser tão imbecil? Como pude cair nas mentiras de Loren? Eu acreditei mesmo nele. E agora não só perdera a virgindade com aquele cafajeste como também estava Carimbada com ele, o que fazia de mim duplamente uma idiota.

Eu queria minha avó. Funguei e procurei meu celular no bolso do vestido. Eu ia contar tudo à minha avó. Ia ser estranho e constrangedor, mas ela não ia me abandonar nem me julgar. Vovó não ia deixar de me amar.

Mas a porcaria do celular não estava comigo. Então me lembrei de que ele havia caído do bolso quando fiquei pelada com Loren. Eu provavelmente havia me esquecido de pegar. Não era de se prever? Fechei os olhos e encostei a cabeça na casca da árvore.

– *Miauff*!

Senti o focinho quente e úmido de Nala no meu rosto. Sem abrir os olhos, abri os braços para ela pular no meu colo. Ela pôs as patinhas da frente no meu ombro e empurrou o rosto na curva do meu pescoço, ronronando furiosamente, como se aquele som pudesse me forçar a me sentir melhor.

– Ah, Nala, eu pisei feio na bola – abracei minha gata e chorei convulsivamente.

25

Quando ouvi o som de passos se aproximando, imaginei que fosse Darius voltando para ver como eu estava. Tentei me controlar, enxuguei o rosto com a manga do vestido e tentei parar de chorar.

– Bem, que droga, Aphrodite, você tinha razão. A cara dela tá péssima – Shaunee disse.

Levantei o rosto e vi as gêmeas se aproximando com Aphrodite e Damien logo atrás.

– Z., sua cara tá toda borrada – Erin falou e então balançou a cabeça, dizendo a Shaunee: – Lamentavelmente, também vou ter que admitir que Aphrodite tinha razão.

– Eu disse – Aphrodite falou presunçosamente.

– Eu não acho que seja particularmente correto ficar tecendo loas a Aphrodite por ela ter razão quanto a Zoey estar passando por algum problema muito sério.

– Damien, bem que eu queria... – Erin começou a falar.

– Dá para parar com essa porcaria de vocabulário do Sylvan Learning Center? – Shaunee completou pela outra.

– E vocês poderiam fazer a gentileza de desistir e, quem sabe, comprar um dicionário? – Damien retrucou recatadamente.

Sei que é esquisito, mas aquele bate-boca soou como música em meus ouvidos.

– Que equipe de resgate mais patética vocês formam – Aphrodite disse. – Tome – ela me deu uma bola do que eu esperava fosse lenço de papel limpo. – Estou ajudando mais do que vocês três, o que é uma vergonha.

Damien bufou e tirou as gêmeas da frente para se agachar ao meu lado. Assoei o nariz e limpei o rosto antes de olhar para ele.

– Aconteceu algo ruim, não foi? – ele disse.

Eu fiz que sim com a cabeça.

– Que merda. Morreu mais alguém? – Erin perguntou.

– Não – minha voz falhou, e limpei a garganta para tentar outra vez. Desta vez minha voz saiu abafada, mas mais parecida com minha voz normal. – Não, ninguém morreu. Não é nada do tipo.

– Conte-nos logo – Damien disse, batendo de leve no meu ombro.

– É, você sabe que não há nada que não possamos resolver juntos – Shaunee afirmou.

– Digo o mesmo, gêmea – Erin concordou.

– É tanta nerdice que acho que vou vomitar – Aphrodite disse.

– Cala a boca! – as gêmeas gritaram.

Olhei para os meus amigos. Por mais que não quisesse, tinha que lhes contar sobre Loren. E também tinha que contar sobre Stevie Rae. E tinha de fazer tudo isso antes que acontecesse o que Neferet havia dito. Antes que minhas mentiras e segredos os deixassem tão "p" da vida comigo que eu os acabasse perdendo.

– É complicado; fiz uma besteira das grandes – comecei.

– Ah, tipo Aphrodite – Erin falou.

– Sem problema. Estamos ficando acostumadas a isso – Shaunee completou.

– Morram, gêmeas *nerds* – Aphrodite disse.

– Se vocês três calarem a boca, Zoey vai poder explicar o que há de errado – Damien disse com exagerada paciência.

– Desculpe – as gêmeas murmuraram.

Aphrodite só revirou os olhos.

Respirei fundo e abri a boca para começar a contar a horrível história, quando fui interrompida pela voz pomposa de Jack.

– Pronto! Achei ele!

Jack veio correndo. Seu lindo sorriso se apagou um pouco quando ele me viu, provando que eu realmente devia estar com uma cara tão ruim quanto estava sentindo. Ele se sentou ao lado de Damien e deixou Erik olhando para mim.

– Vamos, meu bem – Damien disse, batendo de leve no meu ombro outra vez. – Estamos todos aqui. Diga o que aconteceu.

Não consegui falar. Só consegui ficar olhando para Erik. Seu rosto era uma máscara bela e indecifrável. Pelo menos era indecifrável até ele começar a falar, então sua expressão vazia foi substituída pela de nojo. Sua voz profunda e expressiva transbordou desprezo.

– Vai contar a eles, *meu bem,* ou quer que eu conte?

Eu quis dizer alguma coisa. Eu quis gritar pedindo para ele parar com aquilo, para me perdoar, por favor, dizer que ele estava certo e que eu estava totalmente errada, e que aquilo estava me deixando doente. Mas a única coisa que saiu da minha boca foi um "não" sussurrado, tão baixo que pensei que Damien nem tivesse me escutado. Logo percebi que não faria diferença se eu tivesse gritado. Erik estava lá para se vingar de mim, e nada iria detê-lo.

– Ótimo. Eu conto – Erik olhou para os meus amigos. – Nossa Z. está dando para Loren Blake.

– O quê? – as gêmeas disseram juntas.

– Impossível – Damien falou.

– Nã-não – Jack gaguejou.

Aphrodite não disse nada.

– Verdade. Eu os vi. Hoje. No centro de recreações. Sabem aquela hora em que vocês acharam que ela estava toda tristinha porque eu havia me Transformado? É, Zoey, eu vi como você estava *triste*. Tão triste que teve que chupar o sangue de Blake e montar nele como se ele fosse um cavalo.

– Loren Blake? – Shaunee perguntou, parecendo totalmente perplexa.

– O senhor Gostosão? O cara que a gente passou o semestre inteiro falando que queria devorar como se fosse uma barra de chocolate? – imitando o tom de sua gêmea, Erin olhou para mim, chocada e horrorizada. – Você devia nos achar completamente patéticas.

– É, por que você não disse nada? – Shaunee perguntou.

– Porque se Zoey tivesse dito como eles estavam *apaixonados*, talvez vocês não fossem achar muito legal da parte dela ficar me usando e fingindo que estávamos juntos para ela poder dar suas escapadas com Blake. E, de qualquer forma, ela provavelmente estava rindo de vocês duas pelas costas – Erik disse cruelmente.

– Eu não o estava usando – eu disse a Erik, surpreendendo-me com a força súbita em minha voz. – E eu juro que nunca fiquei rindo de vocês – eu disse às gêmeas.

– É, e elas podem mesmo confiar na sua palavra – Erik disse. – Ela é uma vadia mentirosa. Ela usou vocês do mesmo jeito que me usou.

– Chega, agora tá na hora de você calar a boca – Aphrodite disse.

Erik riu: – Ah, que perfeito. Uma vadia defendendo a outra.

Aphrodite apertou os olhos e levantou a mão direita. Os galhos do carvalho mais perto da cabeça de Erik se envergaram em direção a ele, e ouvi o aviso do som de madeira rachando. – Acho melhor você parar de me irritar – ela disse. – Você diz que gosta tanto de Zoey, mas você a tratou como um cão sarnento porque ela feriu seu pequeno ego. E eu posso testemunhar publicamente que é *pequeno*. Você já fez o que tinha de fazer e agora está na hora de ir embora.

Os olhos azuis brilhantes de Erik me fuzilaram e por um instante enxerguei neles o Erik de antes – aquele cara maravilhoso que se apaixonara por mim –, mas então a dor em sua expressão afogou nele qualquer traço de delicadeza. – Por mim, tudo bem. Tô fora – ele disse antes de sair.

Eu olhei para Aphrodite: – Obrigada – agradeci.

– Tranquilo. Eu sei como é fazer uma merda das grandes e as pessoas ficarem te jogando na cara para sempre.

– Você ficou mesmo com o professor Blake? – Damien perguntou.

Eu fiz que sim com a cabeça.

– Puta... – Shaunee começou.

– ... merda – Erin concluiu.

– Ele é mesmo muito, muito bonito – Jack falou.

Respirei fundo e soltei tudo: – Loren Blake é o maior filho-da--puta que já conheci na vida.

– Uau. Você falou palavrão – Aphrodite disse.

– Quer dizer que ele a estava usando só por causa do sexo? – Damien perguntou. Ele voltou a dar tapinhas no meu ombro.

– Não exatamente – fiz uma pausa e esfreguei o rosto com as mãos como se pudesse, por mágica, dizer a coisa certa. Estava na hora de contar a eles sobre Stevie Rae. Queria ter tido a chance de ensaiar o que eu ia dizer agora. Aphrodite estava olhando para mim, e me senti ridiculamente feliz por ela estar lá. Ao menos ela podia me apoiar e talvez me ajudar a fazer Damien e as gêmeas entenderem.

Foi quando um som esquisito veio de alguma parte do muro atrás de mim. Não tive certeza se havia mesmo escutado alguma coisa até Damien olhar por cima do meu ombro e perguntar: – O que foi isso?

– É o alçapão – Aphrodite disse. – Está se abrindo.

Uma terrível premonição me fez sentir um frio na espinha. Fiquei de pé, fazendo Nala reclamar alto e as gêmeas olharem para mim confusas, franzindo a testa, quando ouvi a voz de Stevie Rae vindo do outro lado da porta aberta.

– Zoey? Sou eu.

Corri para o alçapão, berrando: – Não, Stevie Rae! Fique aí...

E, fazendo cara feia para mim, Stevie Rae passou pelo alçapão no muro que cercava a escola: – Zoey? Eu... – ela começou a dizer, mas parou ao ver todo mundo logo atrás de mim.

Nala uivou no chão ao meu lado e arqueou a espinha sinistramente preparando-se para avançar em Stevie Rae, chiando e cuspindo como uma gata maluca. Felizmente, meus reflexos de novata permitiram que eu a agarrasse quando ia passar por mim. – Nala, não! É só Stevie Rae – eu disse, tentando controlar a gata enlouquecida sem ser arranhada nem mordida. Stevie Rae recuara e se agachara defensivamente à sombra do muro. A única coisa que estava vendo dela era o brilho vermelho dos seus olhos.

– Stevie Rae? – Damien disse com uma voz presa.

Mandei Nala se comportar e a afastei para poder me concentrar nos meus amigos, mas antes de me voltar para eles, fui até Stevie Rae. Ela não fugiu de mim, mas parecia a ponto de fazer isso a qualquer momento. E também estava com uma cara péssima. Estava com o rosto magro e pálido demais. Ela não havia escovado os cabelos louros, curtos e cacheados, que estavam emaranhados e opacos. Na verdade, a única coisa brilhante e saudável nela eram os olhos vermelhos – e eu já sabia que isso não era um bom sinal.

– Como você está? – perguntei com uma voz calma e baixa.

– Mal – ela disse. Ela olhou nervosamente acima do meu ombro e se encolheu. – É difícil olhar para eles outra vez, principalmente porque sinto que estou perdendo a batalha...

– Você não vai perder esta batalha – eu disse com firmeza. – Segure firme. Eles não sabem sobre você.

– Você não contou para eles? – Stevie Rae parecia ter acabado de levar uma bofetada.

– Longa história – eu disse sem entrar em detalhes. – Mas o que você está fazendo aqui?

Ela franziu a testa: – Porque você me mandou uma mensagem de texto para a gente se encontrar aqui.

Fechei os olhos, sentindo mais uma onda de dor. Loren. Ele estava com meu celular. Ele passou uma mensagem de texto para Stevie Rae. Ou, para ser mais precisa, Neferet deve ter feito isso. Ela não sabia que eu estaria lá, mas sabia, graças a Loren, que eu não contara a meus amigos sobre Stevie Rae. Ela também sabia que Loren não tinha a menor intenção de impedir que Erik contasse a todos sobre o que acontecera. Ela sabia que ele ia surtar e contar ao mundo inteiro (ou pelo menos aos meus amigos) sobre Loren e eu, e que o segredo ia vazar. Stevie Rae ser encontrada no campus era mais um segredo meu a ser descoberto. Eu já era capaz de imaginar meus amigos pensando "*Como poderemos confiar em Zoey outra vez?*", e já sentia que eles iam se afastar cada vez mais de mim.

Dois pontos para Neferet. Zero para Zoey.

Peguei a mão inquieta de Stevie Rae e, apesar de ter de puxar com força, comecei a voltar com ela para onde estavam Damien, as gêmeas, Jack e Aphrodite – dentre os cinco, quatro estavam olhando para Stevie Rae boquiabertos. Melhor resolver isso logo antes que chegassem os *vamps* guerreiros e a droga da escola inteira descobrisse tudo e minha vida começasse a desmoronar ao meu redor.

– Stevie Rae não morreu – eu disse a eles.

– Morri, sim – Stevie Rae falou.

Suspirei: – Stevie Rae. Não vamos discutir isso de novo. Você está andando e falando. E está aqui em carne e osso – levantei nossas mãos dadas para demonstrar. – Então você não está morta.

Em algum ponto no meio da discussão com Stevie Rae, escutei um choramingo. Eram as gêmeas. Elas ainda estavam olhando para Stevie Rae, mas se agarraram uma na outra e estavam chorando como bebês. Eu comecei a lhes dizer algo, mas Damien me interrompeu.

– Como? – ele estava pálido como uma folha de papel, completamente desprovido de cor. Ele deu um passo hesitante à frente. – Como pode?

– Eu morri – a voz de Stevie Rae soou tão pálida e sem vida quanto o rosto de Damien. – Então acordei assim e, não sei se vocês já repararam, não estou no meu normal de antes.

– Você está com um cheiro estranho – Jack disse.

Stevie Rae virou seus olhos inflamados para mim: – E vocês têm cheiro de jantar para mim.

– Pare com isso! – puxei a mão de Stevie Rae. – Eles são seus amigos. Você não devia assustá-los.

Ela tirou a mão da minha: – É isso que estou tentando dizer a vocês todos desta vez, Zoey. Eles não são meus amigos. Você não é minha amiga. Agora, não. Não depois do que aconteceu comigo. Eu sei que você acha que pode dar jeito nisso, mas eu só vim para cá nesta noite para dizer que isto tem que terminar agora. Ou você me cura de uma vez por todas, ou me deixa em paz e me deixa terminar de me transformar em seja lá o que for.

– Não temos tempo para isso. Neferet pôs um encantamento ao redor do terreno da escola para saber quando qualquer humano, *vamp* ou novato entra ou sai daqui. Você cruzou o perímetro, por isso os Filhos de Erebus vão chegar a qualquer momento. Acho melhor você ir embora. Vou encontrá-la assim que puder para terminarmos de resolver isso.

– Ei, Zoey, detesto ter de contradizê-la logo hoje que você está tendo um dia de merda, mas não acho que os guerreiros estão vindo, pois Neferet não sabe que Stevie Rae está aqui – Aphrodite disse.

– Ahn? – perguntei.

– Aphrodite tem razão – Damien disse lentamente, como se seu cérebro tivesse enguiçado e começado a funcionar de novo. – Neferet cercou o perímetro do terreno para saber quando passasse algum humano, novato ou vampiro. Stevie Rae não é nenhuma dessas coisas, por isso o encantamento não funciona com ela.

– O que ela está fazendo aqui? – Stevie Rae perguntou, fuzilando Aphrodite com seus olhos vermelhos.

Aphrodite revirou os olhos, mas reparei que ela deu vários passos para trás, abrindo mais espaço entre ela e Stevie Rae.

E então as gêmeas de repente estavam bem na frente de Stevie Rae. Shaunee e Erin ainda estavam chorando, agora baixinho, como se nem soubessem que estavam chorando.

– Você está viva – Shaunee falou.

– Sentimos tanto sua falta – Erin disse.

Elas abraçaram Stevie Rae, que ficou completamente imóvel, como uma estátua de si mesma. Em determinado momento, Damien se juntou a elas. Stevie Rae não relaxou. Não correspondeu ao abraço. Ela fechou os olhos e ficou totalmente parada. Vi uma lágrima de sangue descer de seu olho e rolar pelo seu rosto.

26

– Vocês têm que me soltar agora – a voz de Stevie Rae estava dura, tensa e totalmente diferente do seu normal, e por isto teve o efeito desejado. Damien e as gêmeas instantaneamente pararam de abraçá-la.

– Você está com um cheiro esquisito – Shaunee disse, tentando sorrir entre lágrimas.

– É, na boa – Erin concordou.

– Mas a gente não liga – Damien acrescentou.

– Ei, bando de *nerds* que ainda estão vivos – Aphrodite gritou debaixo do grande carvalho para onde fora, só para ter certeza de que ia ficar em segurança. – Se eu fosse vocês, ficava longe dessa morta-viva. Ela morde.

– Você é quem morde! – Shaunee a repreendeu.

– Cachorra! – Erin disse.

– O que ela está dizendo é verdade – Stevie Rae falou. Então ela olhou para Damien, para as gêmeas e para mim: – Explique.

– Stevie Rae tem um problema com sangue. Ela precisa beber. Senão fica meio irritada.

Debaixo da árvore, Aphrodite deu uma risada debochada.

– Diz a verdade – Stevie Rae insistiu.

Suspirei, resignada, e resumi a história para eles: – Ela é só uma dentre o monte de novatos que morreram e depois voltaram assim. Foram eles que mataram aqueles jogadores de futebol do Union no mês passado. E quase mataram Heath. Foi quando salvei Heath deles que fiquei sabendo de Stevie Rae. Só que ela *é* diferente deles. Ela preservou um pouco de humanidade.

– Mas está indo embora – Aphrodite acrescentou.

Fiz cara feia para ela: – É, podemos dizer que está. Por isso, o que precisamos fazer é curar Stevie Rae para que ela volte a ser como antes.

As gêmeas e Damien ficaram calados pelo que pareceu um tempo enorme. E então Damien perguntou: – Faz um mês que você sabe disso e não disse nada a nenhum de nós?

– Você nos deixou achando que Stevie Rae tinha morrido – Shaunee disse.

– Você agia como se também achasse que ela estava morta – Erin lembrou.

– Retardados! Ela não podia contar para vocês. Vocês não fazem ideia do tipo de força em jogo aqui – Aphrodite disse.

– Do jeito que você está falando, parece que estamos em um filme vagabundo de ficção científica – Shaunee respondeu.

– É, estamos fora, cachorra – Erin completou.

– Você sabe disso há um mês e não disse nada a nenhum de nós – desta vez, Damien não perguntou.

– Aphrodite tem razão – eu disse. – Eu não podia contar. Existem circunstâncias atenuantes – e ainda existiam. Era melhor para eles não saber que Neferet estava por trás de tudo, mesmo que ficassem com ódio de mim.

– Não tô nem aí para o que Aphrodite disse. Somos seus amigos. Seus melhores amigos. Você devia ter nos contado – Damien afirmou.

– Circunstâncias atenuantes? – Erin perguntou. – Parece que Aphrodite de repente passou a fazer parte dessas circunstâncias.

– Também havia circunstâncias atenuantes quando você fez segredo sobre Loren? – Shaunee perguntou. Sua voz estava contida. Ela me encarou com desconfiança nos olhos castanhos.

Eu não sabia o que dizer. Senti que os estava perdendo, e o pior de tudo era que eu sabia que merecia que eles me virassem as costas.

– Como podemos confiar se você esconde as coisas de nós? – como sempre, Damien resumiu o sentimento geral em uma simples frase.

– Eu sabia que isso era uma péssima ideia – Stevie Rae disse. – Vou cair fora.

– Por quê? Precisa sair para comer alguém ou tem algum lugar para tocar o terror? – Aphrodite perguntou.

Stevie Rae deu meia-volta e rosnou para ela: – Talvez eu resolva começar por você, bruxa.

– Nossa mãe, relaxa. Foi só uma pergunta – Aphrodite tentou soar casual, mas vi o medo nos seus olhos. Agarrei a mão de Stevie Rae outra vez e a segurei com força quando ela tentou tirar. Ignorando-a, olhei para Damien e para as gêmeas: – Vocês vão ou não vão me ajudar a curá-la?

Após uma pequena hesitação, Damien disse: – Eu vou ajudar, mas não confio mais em você.

– Digo o mesmo – as gêmeas falaram juntas.

Meu estômago se revirou e um nó apertado se formou. Eu quis me jogar na grama, chorar e implorar *Não deixem de ser meus amigos, não deixem de confiar em mim!* Mas não fiz nada disso. Não podia. Afinal, eles tinham razão. Então assenti com a cabeça e disse: – Tudo bem, vamos traçar um círculo e curá-la.

– Não temos vela nenhuma aqui – Damien lembrou.

– Posso ir pegar correndo – Jack disse. Ele nem olhou para mim, falou diretamente com Damien.

– Não. Não temos tempo para isso – falei. – Não precisamos de velas. Somos capazes de manifestar os elementos. As velas fazem parte apenas do cerimonial – fiz uma pausa e acrescentei: – Mas acho que você devia ir embora, Jack. Não sei direito o que vai acontecer e não quero que você corra o risco de se machucar.

– T-tá bem – ele gaguejou. Então enfiou as mãos nos bolsos e foi se afastando lentamente.

– Parece que nesta noite vamos abrir mão da cerimônia – Damien disse, me lançando um olhar duro.

– É, nesta noite vamos abrir mão de muita coisa – Shaunee estava olhando para mim, mas seus olhos pareciam os de uma estranha. Erin assentiu em silêncio.

Trinquei o maxilar para calar o grito de dor, tristeza e medo que estava se formando em minha garganta. Se eu os perdesse, como sobreviveria? Como ia poder enfrentar Neferet? Como ia encarar Loren? Como ia lidar com a perda de Heath e de Erik?

Foi quando me lembrei de algo que havia lido em um daqueles livros velhos e embolorados durante minhas pesquisas para encontrar um jeito de curar Stevie Rae. No livro, eles citavam a frase de uma vampira de tempos antigos que era Grande Sacerdotisa Amazona; havia um retrato dela, uma imagem bela e imponente.

Ela dizia *Ser Escolhida de nossa Deusa é um privilegio, mas dói.*

Eu estava começando a entender o que aquela antiga sacerdotisa de Nyx queria dizer.

– Vamos fazer isso ou não vamos? – Aphrodite gritou debaixo da árvore.

Retomei a concentração: – Vamos sim. O norte fica para lá – apontei para a árvore onde estava Aphrodite. – Tomem seus lugares – ainda segurando o pulso de Stevie Rae, fui até o meio do círculo que estava se formando ao meu redor.

– Se você não me soltar, não posso ir para a posição da terra – Stevie Rae disse.

Olhei em seus olhos vermelhos tentando enxergar algum vestígio da minha melhor amiga, mas o que vi foi um olhar estranho e frio.

– Você não vai ser a terra. Você vai ficar no meio comigo – eu disse.

– Então, quem vai completar o círculo? Jack foi embora e ele nem é exatamente... – ela perdeu a fala quando seus olhos foram para a posição da terra no círculo e ela viu Aphrodite: – Não! – Stevie Rae chiou. – Ela, não!

– Ah, para com isso! – gritei, fazendo os elementos agitarem o ar ao meu redor em reação à raiva e à frustração. – Aphrodite vai ficar no lugar da terra. Desculpe, sei que você não vai gostar. Sinto muito por você não gostar dela. Lamento por todo este inferno que está acontecendo e por eu não poder fazer nada. Só que você vai ter que aceitar isto como eu aceitei. Agora, fique quieta aqui e vamos ver se consigo fazer a coisa funcionar.

Eu sabia que estava todo mundo me encarando. As gêmeas e Damien me olhavam como se fossem estranhos me acusando, e Stevie Rae havia sido tomada por um ódio que eu sabia era de verdade, só não sabia se era só de Aphrodite ou de mim também. Dei uma rápida olhada em Aphrodite. Ela estava na posição norte, olhando para Stevie Rae com desconfiança.

Que ótimo. Clima perfeito para reverenciar a Deusa.

Fechei os olhos e respirei longa e profundamente várias vezes para manter o equilíbrio. *Nyx, eu sei que fiz besteira, mas, por favor, esteja comigo e com meus amigos. Curar Stevie Rae é mais importante do que nossos conflitos. Neferet quis me separar de todo mundo para que eu também acabe me separando de você. Mas não vou perder minha fé... não vou deixar de acreditar em você... nunca.*

Então abri os olhos e caminhei resolutamente até Damien. Antes ele me saudava com um sorriso tão bonitinho. Mas nesta noite me encarou com firmeza, sem nenhum traço de doçura nem de amizade.

– Como Grande Sacerdotisa em treinamento para nossa Grande Deusa Nyx, uso seu poder e autoridade para invocar ao meu círculo o primeiro elemento, o vento! – eu falei com uma voz forte e firme, levantando os braços ao dizer o nome do elemento, e senti um alívio inimaginável quando um poderoso golpe de vento girou ao redor de Damien e de mim, levantando nossos cabelos e fazendo nossas roupas esvoaçarem. Então virei à direita e fui em direção a Shaunee.

Eu não esperava que ela me saudasse, e ela não saudou mesmo. Ela me observou em silêncio com seus olhos castanhos reservados. Controlei o desespero que senti por causa daquela rejeição e invoquei o fogo.

– Como Grande Sacerdotisa em treinamento para nossa Grande Deusa Nyx, uso seu poder e autoridade para invocar ao meu círculo o segundo elemento, o fogo!

Eu mal parei para sentir o calor que me bateu na pele e segui rapidamente em direção a Erin, que também estava silenciosa e calada.

– Como Grande Sacerdotisa em treinamento para nossa Grande Deusa Nyx, uso seu poder e autoridade para invocar ao meu círculo o terceiro elemento, a água!

Dei as costas aos aromas do mar e fui até Aphrodite. Ela me encarou com firmeza e deu um sorriu sem graça.

– É um saco quando nossos amigos ficam bolados com a gente não é? – ela disse baixinho, para que só eu escutasse.

– É – sussurrei. – E sinto muito por ter sido parte da razão pela qual seus amigos ficaram bolados com você.

– Que nada – ela balançou a cabeça. – Não foi você. Foram minhas decisões de merda. Você também está nessa merda por causa de suas próprias escolhas.

– Obrigada por me lembrar – eu disse.

– Só quero ajudar – Aphrodite falou. – Melhor andar logo com isso. A medonha Stevie Rae está perdendo a linha.

Nem precisei me virar e olhar para Stevie Rae para saber que Aphrodite tinha razão. Senti que Stevie Rae estava ficando mais agitada. Era como se ela fosse um elástico a ponto de arrebentar.

– Como Grande Sacerdotisa em treinamento para nossa Grande Deusa Nyx, uso seu poder e autoridade para invocar ao meu círculo o quarto elemento, a terra!

Aphrodite e eu fomos cercadas pelo cheiro limpo e doce de um prado primaveril. Eu ainda estava sorrindo quando me virei para voltar ao centro e invocar o espírito para completar o círculo, quando vi Stevie Rae surtar.

– Não! – a palavra saiu quase como um irreconhecível grunhido de raiva e desespero. – Ela não pode ser a terra! Eu sou a terra! É tudo que restou de mim! Não vou deixar ela me tirar isso!

Com uma agilidade ofuscante, Stevie Rae se jogou para cima de Aphrodite.

– Não! Stevie Rae, para com isso! – gritei, tentando afastar Stevie Rae de Aphrodite, mas foi como tentar arrastar uma coluna de mármore. Ela era forte demais. Aphrodite tinha razão. Stevie Rae não era humana, nem novata e nem vampira. Ela era outra coisa; e uma coisa perigosa. Ela estava embolada com Aphrodite em uma horrorosa paródia de abraço. Eu vi o brilho agudo de suas presas, então Aphrodite gritou e Stevie Rae afundou os dentes em seu pescoço.

– Me ajudem a tirar Stevie Rae dela! – gritei, olhando desesperadamente para Damien e para as gêmeas, sem parar de tentar puxar Stevie Rae.

– Não consigo! – Damien gritou. – Não consigo me mexer.

– Nós também não! – Shaunee disse.

Os três estavam enraizados ao chão pelos elementos. Damien estava preso ao chão por um vento furioso. Shaunee cercada por uma gaiola de fogo. Erin de repente se viu em uma piscina cheia de água e sem fundo.

– Você tem que terminar o círculo! – Damien gritou. – Invoque todos os elementos para ajudá-la. É o único jeito de salvá-la.

Corri para o meio do círculo. Levantei os braços e completei o traçado: – Como Grande Sacerdotisa em treinamento para nossa Grande Deusa Nyx, uso seu poder e autoridade para invocar ao meu círculo o quinto e último elemento, o espírito!

O poder tomou conta de mim. Rangi os dentes e tentei controlar a tremedeira em meu corpo. Os gritos de Aphrodite foram ficando cada vez mais fracos, mas eu não podia pensar nisso. Fechei os olhos para me concentrar. Então pronunciei as palavras divinas que me vieram à mente, como uma doce e certa resposta à prece de uma criança. Minha voz foi magicamente amplificada. Senti as palavras se materializando, cintilantes, ao meu redor.

"Vento, sopre o que foi maculado
Fogo, queime o negror da aversão
Água, lave o mau intento não realizado
Terra, alimente sua alma e elimine a escuridão
Espírito, preencha-a para que da morte ela retorne!"

Como se estivesse jogando uma bola, lancei em Stevie Rae o efervescente poder elemental que senti nas mãos. Neste momento, senti uma dor ardente e já familiar reverberando na base da espinha ao redor da cintura. Meu grito ecoou o de Stevie Rae. Abri os olhos e vi uma coisa bizarra. Aphrodite havia caído no chão durante o ataque. Stevie Rae estava de costas para mim, de modo que só vi o rosto de Aphrodite. De início, não entendi o que estava acontecendo. Elas estavam cercadas por uma bola brilhante que girava como um redemoinho de poder formado pelos cinco elementos. As duas ficaram entrando e saindo de foco enquanto a onda de poder rolava e engrossava ao redor delas. Mas vi que Stevie Rae não estava mais agarrando Aphrodite. Agora era Aphrodite quem estava agarrando Stevie Rae, forçando-a a continuar bebendo seu sangue. Stevie Rae se debatia na tentativa de parar, tentando se afastar.

Corri de novo para tentar separá-las, mas quando atingi a bolha de poder foi como dar de cara com uma porta de vidro. Eu não conseguia atravessá-la, e não fazia ideia de como abri-la.

– Aphrodite! Solte-se dela! Ela está tentando parar antes de acabar te matando! – eu gritei.

Aphrodite me olhou nos olhos. Seus lábios não se mexeram, mas ouvi sua voz com clareza dentro da minha cabeça. *Não. É assim que vou compensar tudo de ruim que fiz. Desta vez eu fui a Escolhida. Lembre-se de que me sacrifiquei por vontade própria.*

Então Aphrodite revirou os olhos e seu corpo caiu como morto, enquanto um último e longo suspiro saiu de seus lábios sorridentes. Stevie Rae deu um grito horrível e finalmente saiu de cima dela, caindo no chão ao lado do corpo de Aphrodite. A bolha de poder se rompeu e sumiu no vazio. Eu sabia que o círculo também havia se rompido, porque senti a ausência dos elementos. Eu não sabia o que fazer. Eu não conseguia me mexer.

Então Stevie Rae olhou para mim. Estava chorando lágrimas rosadas e seus olhos ainda tinham um tom estranho e avermelhado. Mas seu rosto voltara a ser o de antes. Mesmo antes de ela falar, eu já sabia que fora curada e já não era mais a morta-viva na qual Neferet a transformara.

– Eu a matei! Eu... Eu tentei parar! Ela não me deixou sair e eu não consegui me afastar! Ah, Zoey, eu sinto muito! – ela soluçou.

Fui até Stevie Rae quase tropeçando e com palavras de Loren na cabeça: *Você precisa pensar que está invocando uma magia poderosa, e sempre existe um custo associado a isto:* – Não é culpa sua, Stevie Rae. *Você não...*

– O rosto dela! – a voz de Damien veio logo atrás de mim. – Olha só a Marca dela.

Primeiro não entendi direito, mas depois fiquei boquiaberta. Estava tão concentrada em olhar para seus olhos, tão concentrada em ver a Stevie Rae de antigamente, que não reparei no óbvio. A lua crescente no meio de sua testa havia sido preenchida. Lindas tatuagens em formato de longas flores curvilíneas e enroscadas umas nas outras lhe emolduravam os olhos e desciam pelas maçãs do rosto.

Mas não eram tatuagens de vampiro em tom safira. Eram de um escarlate brilhante.

– O que vocês estão olhando? – Stevie Rae perguntou.

– To-tome – Erin procurou em sua onipresente bolsa e pegou um espelho de maquiagem, que passou para Stevie Rae.

– *Aimeusantodeus!* – Stevie Rae falou vagarosamente. – O que isto quer dizer?

– Significa que você está curada. Você se Transformou. Mas se Transformou em um tipo novo de vampiro – Aphrodite disse, sentando-se com dificuldade.

27

– Puta merda! – Shaunee gritou e recuou aos tropeços, segurando-se no braço de Erin para não cair.

– Você estava morta! – Erin disse.

– Não pensei que estivesse – Aphrodite respondeu, esfregando a testa com uma das mãos e com a outra tocando cautelosamente a marca da mordida no pescoço. – Ai! Droga, estou toda doída.

– Eu sinto muito, *muito* mesmo, Aphrodite – Stevie Rae disse. – Tipo, eu não gosto de você, mas não seria capaz de te morder. Pelo menos agora, não seria.

– Tá, tá, que seja – Aphrodite respondeu. – Não esquenta com isso. Tudo faz parte do plano de Nyx, por mais doloroso e inconveniente que possa ser – ela fez outra careta de dor tocando o pescoço. – Deus, ninguém tem um *band-aid* aí, não?

– Eu tenho um lenço de papel em algum lugar. Espere aí que vou ver se acho – Erin disse, procurando novamente na bolsa.

– Tente achar um lenço limpo para ela, gêmea. Aphrodite já vai ter razões demais para se estressar para ainda ter que lidar com uma infecção das brabas.

– Nossa, vocês duas são tão gentis – Aphrodite disse, olhando para as gêmeas dando um meio sorriso, e eu olhei direito para ela pela primeira vez.

Meu estômago foi parar no joelho.

– Sumiu! – eu disse, perplexa.

– Ah, merda! Zoey tem razão – Damien falou, olhando para Aphrodite.

– O quê? – Aphrodite perguntou. – Sumiu o quê?

– Ohh!!! – Shaunee disse.

– É, sumiu – Erin concordou, entregando uns lenços de papel a Aphrodite.

– Que diabo vocês estão dizendo aí? – Aphrodite perguntou novamente.

– Tome. Use isto aqui – Stevie Rae entregou-lhe o espelho. – Olhe para seu rosto.

Aphrodite suspirou, nitidamente irritada: – Tá, eu sei que minha cara tá uma merda. *Hello*! Stevie Rae acabou de me dar uma dentada. Vou dar uma notícia fresquinha para vocês: nem eu consigo manter uma aparência perfeita o tempo todo, principalmente quando... – assim que Aphrodite se concentrou no espelho e deu uma olhada no reflexo de seu rosto, suas palavras sumiram como se alguém tivesse apertado um botão de desligar. Ela tocou com a mão trêmula o ponto no meio da testa onde antes estava a Marca de Nyx. – Sumiu – sua voz era um sussurro rasgado. – Como pode ter sumido?

– Eu nunca, jamais ouvi falar de nada parecido com o que está acontecendo. Nunca vi em livro nenhum, nem em lugar nenhum – Damien disse. – Depois que a pessoa é Marcada, não tem como ser desMarcada.

– Foi como Stevie Rae se curou – Aphrodite soou confusa e ficou tocando o ponto vazio no meio da testa. – Nyx tirou a marca de mim e a deu para Stevie Rae – um tremor horroroso sacudiu seu corpo. – E agora voltei a ser apenas humana – ela soltou o espelho e ficou de pé. – Tenho que ir embora. Não faço mais parte disto aqui – ela foi saindo pelo alçapão, meio sem jeito e com os olhos arregalados e vidrados.

– Espere, Aphrodite – eu disse, correndo atrás dela. – Talvez você não tenha voltado a ser humana. Talvez isso seja algo esquisito que vai passar em um ou dois dias e sua Marca vai acabar voltando.

– Não! Minha Marca já era. Eu sei. Só... só quero ficar sozinha!

Ela saiu correndo pela porta, chorando.

No instante em que Aphrodite passou pelo perímetro do muro da escola, o ar vibrou e houve um perceptível barulho de alguma coisa rachando, como se fosse algo grande caindo e quebrando.

Stevie Rae me agarrou pelo braço: – Você fica aqui. Eu vou atrás dela.

– Mas você...

– Não, eu estou bem agora – Stevie Rae deu aquele seu sorriso doce e cheio de vida. – Você me curou, Z. Não se preocupe. Eu fiz isso acontecer com Aphrodite. Vou ver se ela está bem. Depois volto para ver você.

Ouvi ruídos ao longe, parecia que algo grandioso estava se aproximando rapidamente.

– São os guerreiros. Eles sabem que os limites da escola foram violados – Damien disse.

– Vai! – eu disse a Stevie Rae. – Eu te ligo – então acrescentei: – Eu *não vou* te mandar mensagem de texto. Nunca. Se você receber alguma mensagem de texto, não fui eu.

– Tudo certinho, não vou esquecer – Stevie Rae disse e sorriu para nós quatro. – Até daqui a pouco! – ela saiu e fechou a porta. Percebi que nada aconteceu quando ela atravessou o perímetro e questionei brevemente que diabos aquilo significava.

– Então o que vamos dizer que estávamos fazendo aqui? – Damien perguntou.

– Estamos aqui porque Erik deu o fora em Zoey – Shaunee respondeu.

– É, ela está chateada – Erin acrescentou.

– Não contem nada sobre Aphrodite e Stevie Rae – pedi.

Meus amigos me olharam como se eu tivesse acabado de dizer que *talvez não devêssemos contar aos nossos pais que tomamos umas cervejinhas.*

– Não sacaneia? – Shaunee perguntou com sarcasmo.

– Estávamos quase dando com a língua nos dentes – Erin disse.

– É, afinal, não sabemos guardar segredo – Damien falou.

Que droga. Eles estavam realmente "p" da vida comigo.

– Então, quem vamos dizer que quebrou a barreira? – Damien perguntou. Reparei que ele sequer olhava para mim, fazendo a pergunta apenas para as gêmeas.

– Aphrodite, ora essa – Erin respondeu.

Antes que eu pudesse reclamar, Shaunee acrescentou: – É, não vamos dizer nada sobre o desaparecimento da Marca dela. Só vamos dizer que ela veio até aqui conosco e ficou de saco cheio do blá-blá-blá de Zoey.

– E de ela ficar se fazendo de vítima – Erin acrescentou.

– E das mentiras. Então ela caiu fora. Como é típico de Aphrodite – Damien completou.

– Ela vai se encrencar – afirmei.

– É, bem, a consequência é uma merda – Shaunee falou.

– Uma merda que está seguindo de pertinho alguém que eu conheço – Erin disse, me olhando de um jeito cortante.

Foi quando vários guerreiros liderados por Darius apareceram na clareira onde estávamos. De armas em punho, eram demoniacamente assustadores e estavam prontos para descer a porrada (potencialmente em nós).

– Quem rompeu o perímetro? – Darius praticamente berrou.

– Aphrodite! – os quatro dissemos juntos.

Darius fez um gesto ágil para dois dos guerreiros: – Encontrem-na – ele ordenou. Depois dirigiu-se a nós: – A Grande Sacerdotisa convocou uma assembleia na escola. Vocês terão de estar no auditório. Eu os acompanharei até lá.

Acompanhamos Darius obedientemente. Tentei olhar nos olhos de Damien, mas ele não me dirigia o olhar. Nem as gêmeas. Era como se eu estivesse caminhando entre estranhos. Na verdade, era pior ainda.

Estranhos pelo menos sorriam e diziam "oi". E não havia nem sombra de sorriso nem de "oi" nenhum vindo dos meus amigos.

Havíamos caminhado apenas um pouquinho quando senti a primeira dor. Foi como se alguém tivesse cravado uma faca invisível no meu estômago. Eu ia vomitar, com certeza, e me abaixei, gemendo.

– Zoey? O que foi? – Damien perguntou.

– Não sei. Eu... – não consegui dizer mais nada, e ao mesmo tempo tudo ao meu redor ficou ultraconcentrado. A dor no meu estômago foi se espalhando e eu sabia que os guerreiros haviam começado a me cercar, mas agarrei a mão de Damien. Apesar de ainda estar revoltado comigo, ele segurou firme e ficou dizendo que tudo ia dar certo.

A dor se espalhou do meu estômago em direção ao coração. Será que eu estava morrendo? Eu não estava cuspindo sangue. Será que estava tendo um ataque cardíaco? Era como se tivesse sido jogada no pesadelo de alguém, no qual estava sendo torturada por facas invisíveis e mãos ocultas.

A dor lancinante que de repente atingiu o pescoço foi forte demais, e tudo começou a ficar escuro. Eu estava caindo, mas a dor era insuportável. Eu não podia fazer nada... eu estava morrendo...

Fui levantada por mãos e braços fortes, e tive a vaga consciência de estar sendo levada por Darius.

Então senti um puxão terrível por dentro. Eu gritei, e gritei, e gritei de novo. Parecia que meu coração estava sendo arrancado do corpo. Quando pensei que não fosse mais aguentar, a coisa parou. Tão abruptamente quanto havia começado a dor parou, me deixando suada e com falta de ar, mas perfeitamente bem fora isso.

– Espere. Pare. Eu estou bem – eu disse.

– Minha *lady*, você estava sentindo uma dor terrível e precisa ser levada para a enfermaria – Darius disse.

– Tá. Não – fiquei feliz ao ouvir minha voz e perceber que estava completamente normal. Bati no ombro supermusculoso de Darius. – Pode me soltar. Estou falando sério. Estou bem.

Relutantemente, Darius parou e me pôs gentilmente de pé. Eu me senti como um experimento científico quando as gêmeas, Damien e os demais guerreiros ficaram me olhando com caras de bobos.

– Estou bem – repeti com um tom de severidade. – Não sei o que aconteceu, mas passou. Mesmo.

– Você devia ir à enfermaria. Depois que a Grande Sacerdotisa terminar sua fala, irá até a enfermaria ver como você está – Darius disse.

– Não. De jeito nenhum – respondi. – Ela está ocupada. E não precisa se preocupar se tive uma convulsão ou sei lá o que me atacou o... ahn... estômago.

Darius não pareceu convencido.

Empinei o queixo e engoli o que me restava de orgulho: – Tenho problemas com gases. Problemas sérios. Pergunte aos meus amigos.

Darius virou-se para as gêmeas e Damien.

– É, ela é uma garota muito peidona – Shaunee confirmou.

– Nós a chamamos de Dona Fedorenta – Erin disse.

– Ela, de fato, é extraordinariamente flatulenta – Damien acrescentou.

Bem, percebi que a tropa não havia zombado de mim porque estava tudo perdoado e fôssemos grandes amigos outra vez. Meus amigos simplesmente aproveitaram uma excelente oportunidade de me fazer passar vergonha.

Deus, eu estava com uma dor de cabeça terrível.

– Gases, minha *lady*? – Darius disse, controlando o riso.

Dei de ombros e não tive problema em corar – Gases – confirmei. – Podemos ir direto para o auditório? Estou me sentindo bem melhor.

– Como preferir, minha *lady* – Darius bateu continência.

Mudamos de direção e voltamos a caminhar até o auditório outra vez.

– O que foi aquilo? – Damien sussurrou, vindo para perto de mim.

– Não faço a mínima ideia – sussurrei também.

– Mínima ideia – Shaunee repetiu baixinho.

– Ou então sabe, mas não quer dizer – Erin murmurou.

Não podia dizer nada. Só balancei a cabeça com tristeza. Eu havia causado tudo isso. Tudo bem que eu tinha minhas razões, ao menos para parte do que fiz. Mas a verdade é que havia mentido por tempo demais para meus amigos.

Como Shaunee havia dito, a consequência é uma merda, e como Erin observara, ela estava com certeza me seguindo de pertinho. Ninguém mais falou comigo até chegarmos ao auditório. Quando passamos pela porta da frente, Jack se juntou a nós. Ele nem olhou para a minha cara. Sentamos todos juntos, mas ninguém falou comigo. Ninguém mesmo. As gêmeas como sempre conversavam entre si, nitidamente vasculhando o local com os olhos à procura de T. J. e Cole, que na verdade as viram primeiro e correram para se sentar perto delas. A paquera que veio em seguida foi quase nojenta o bastante para me fazer jurar que jamais ia ficar com ninguém. Como se eu pudesse escolher.

Entrei depois de todo mundo, por isso me sentei na última cadeira da última fila. Damien estava na minha frente com o resto da gangue. Eu o ouvi sussurrando com Jack e explicando o que havia acontecido com Aphrodite e Stevie Rae. Nenhum deles me disse nada, nem se virou para olhar para mim.

Estavam todos muito inquietos e parecia que estávamos esperando há séculos. Fiquei pensando que diabo Neferet estava aprontando. Tipo, ela convocou este encontro todo. Praticamente a droga da escola inteira estava presente, apesar de eu me sentir miseravelmente sozinha. Olhei ao redor para ver se Erik estava olhando feio para mim de algum ponto do recinto, mas não o vi em parte alguma. Vi o pobrezinho do Ian Bowser, que estava na primeira fila, de olhos vermelhos e parecendo ter perdido seu melhor amigo. Eu sabia direitinho como ele estava se sentindo.

Finalmente ouviu-se um murmúrio e Neferet entrou no auditório, seguida por vários professores seniores, inclusive Dragon Lankford e Lenobia. Cercada pelos Filhos de Erebus, ela entrou no palco com sua postura majestosa. Todos fizeram silêncio e prestaram atenção.

Ela não perdeu tempo e foi direto ao ponto: – Faz tempo que vivemos em paz com os humanos, apesar de eles nos insultarem e nos isolarem por décadas a fio. Eles têm inveja de nosso talento e de nossa beleza; de nossa riqueza e de nosso poder. E sua inveja vem crescendo e virando ódio. Agora esse ódio se transformou em violência declarada contra nós por pessoas que se dizem *religiosas e corretas* – ela deu uma risada fria e bela. – Que abominação.

Eu tinha que reconhecer que Neferet era incrivelmente boa. Hipnotizava multidões. Se ela não fosse Grande Sacerdotisa, poderia ser uma das maiores atrizes de sua época.

– É verdade que existem muito mais humanos do que vampiros, e eles nos subestimam por sermos minoria. Mas vou lhes jurar uma coisa: se eles assassinarem mais um dentre nossas irmãs e irmãos, vou declarar guerra a eles – ela teve de esperar os guerreiros terminarem de dar vivas para continuar, mas pelo jeito não se importou. – Não será uma guerra aberta, mas será mortal e...

As portas do auditório se abriram e Darius e mais dois guerreiros entraram às pressas, interrompendo Neferet. Como todos nós, ela observou em silêncio enquanto os vampiros se aproximavam com uma expressão péssima no rosto. Achei que Darius estava estranho. Não estava pálido, mas parecia de plástico. Parecia que seu rosto tinha virado uma máscara.

Neferet se afastou do microfone para ele lhe sussurrar a notícia. Quando ele terminou, ela se levantou, muito empinada, quase como se estivesse controlando uma dor terrível. Então oscilou e levou a mão ao pescoço. Dragon foi para o lado dela para lhe dar apoio, mas a Sacerdotisa dispensou a ajuda. Lentamente retornou ao microfone e, com uma voz fúnebre, disse: – O corpo de Loren Blake, nosso amado

Poeta *Vamp* Laureado, acaba de ser encontrado pregado em nosso portão da frente.

Senti que Damien e as gêmeas olharam para mim. Levei a mão à boca para segurar o soluço de horror, como fizera ao ver Loren e Neferet juntos.

– Foi isto o que aconteceu com você – Damien sussurrou, com a cara quase cinza de tão pálida. – Vocês se Carimbaram, não foi?

Só pude assentir. Toda minha atenção se concentrou em Neferet, que continuou a falar: – Loren foi estripado e decapitado. Como fizeram com a professora Nolan, eles pregaram uma escritura nojenta em seu corpo. Esta, do livro de Ezequiel, que diz: "*Elimine todas as coisas detestáveis e todas as abominações. Arrependa-se*" – ela fez uma pausa e abaixou a cabeça, aparentemente tentando se controlar e se concentrar. Então empinou os ombros, levantou o rosto, e sua raiva era tão luminosa e gloriosa que até meu coração bateu mais rápido.

– Como eu estava dizendo quando recebi esta trágica notícia, não será uma guerra aberta, mas será mortal e nós venceremos. Talvez seja hora de nós, vampiros, assumirmos nosso lugar no mundo e não mais nos submetermos aos humanos!

Eu sabia que ia vomitar, então saí correndo do auditório, e ainda bem que tinha ficado na última fila. Eu sabia que meus amigos não iam atrás de mim. Eles ficariam lá dentro, dando vivas como os demais. E eu ia ficar do lado de fora, sentindo as vísceras dando nós, pois no fundo da minha alma eu sabia que essa guerra contra os humanos era errada. Esta não era a vontade de Nyx.

Ofeguei, respirando fundo e tentando parar de tremer. Tudo bem, eu podia saber que essa guerra não era a vontade de nossa Deusa, mas o que eu ia fazer? Eu era só uma garota, e meus gestos recentes provaram que eu não era das mais espertas. Nyx também devia estar furiosa comigo. Tinha razão para isso.

Então lembrei-me daquela dor conhecida que se espalhou pela minha cintura. Olhei ao redor para ter certeza de que estava sozinha e levantei a barra do vestido para ver minha pele. Ela estava lá! Minha linda Marca com filigranas estava na cintura. Fechei os olhos. *Ah, obrigada Nyx! Obrigada por não me abandonar!*

Encostei-me ao muro do auditório e chorei. Chorei por Aphrodite e por Heath, por Erik e por Stevie Rae. Chorei por Loren. Principalmente por Loren. Sua morte me abalou. Conscientemente eu sabia que ele não havia me amado. Ele me usara porque Neferet queria me atingir através dele, e no fundo eu não me importava com isso. Senti sua morte como se ele tivesse sido arrancado do meu coração. Eu sabia que havia algo de errado com a sua morte, e o erro maior era o fato de ele ter sido assassinado por fanáticos religiosos. E esses fanáticos podiam estar ligados a mim. Talvez meu padrasto estivesse envolvido na morte de Loren.

Sua morte... a morte de Loren...

Então voltou tudo. Nem sei por quanto tempo fiquei encostada ao muro do auditório chorando e tremendo. Só sei que estava sofrendo pela morte da garota que eu tinha sido, tanto quanto estava sofrendo pela morte de Loren.

– A culpa é sua.

A voz de Neferet me talhou. Levantei a cabeça, enxugando o rosto com a manga, e a vi. Apesar dos olhos vermelhos, ela não derramara nenhuma lágrima.

Ela me dava nojo.

– Todo mundo pensa que você não chora por ser forte e corajosa – eu disse. – Mas eu sei que você não está chorando porque não tem coração. Você é incapaz de chegar ao ponto de chorar.

– Engano seu. Eu o amava, e ele me adorava. Mas você já sabe disso, não é? Você, como boa bisbilhoteirazinha que é, andou nos espionando – ela disse. Neferet olhou rapidamente para trás e levantou o dedo indicador, dando a entender que esperassem um minuto. O guerreiro que estava vindo na sua direção parou e deu as costas; obviamente seu trabalho era impedir que alguém nos interrompesse.

Então Neferet se voltou para mim: – Loren morreu por culpa sua. Ele sentiu que você estava arrasada e, quando atravessaram o perímetro, ele achou que fosse você fugindo da ceninha que orquestrei para você e o *coitadinho* do Erik, que ficou *tão chocado* – ela disse com desprezo e sarcasmo. – Loren foi atrás de você. E, por ter saído para procurá-la, foi assassinado.

Balancei a cabeça, deixando minha raiva e meu nojo serem suplantados pelo medo e pela dor: – Foi você quem causou tudo isso. Você sabe disso. Eu sei. E, mais importante de tudo, Nyx sabe.

Neferet riu: – Você já usou antes o nome da Deusa para me ameaçar, mas, mesmo assim, aqui estou eu, uma poderosa Grande Sacerdotisa, enquanto você é a mesma novata boba e idiota, que acaba de ser abandonada pelos amigos.

Engoli em seco. Ela tinha razão neste ponto. Ela era tudo isso, e eu não era nada. Tomei decisões cretinas e por causa disso perdi a confiança dos meus amigos. E ela continuava, bem, mandando. No fundo do meu coração eu sabia que Neferet guardava ódio e maldade, mas mesmo assim não conseguia olhar para ela e enxergar isso. Ela era luminosa, bela e poderosa. Ela era a imagem perfeita de uma Grande Sacerdotisa e de alguém Escolhida por uma Deusa. Como eu podia achar que era páreo para ela?

Então senti um golpe de vento, o calor de um dia de verão, o friozinho gostoso do litoral, a vastidão selvagem da terra e a força do meu espírito. A nova evidência da preferência de Nyx latejou em minha cintura enquanto me lembrei das palavras sussurradas pela Deusa: *Lembre-se, a escuridão nem sempre equivale ao mal, assim como nem sempre a luz traz o bem.*

Então empinei a coluna. Concentrei-me nos cinco elementos, levantei as mãos, palmas abertas, e, sem tocar em Neferet, fiz um gesto como se estivesse empurrando algo. A Grande Sacerdotisa cambaleou para trás, tropeçou, perdeu o equilíbrio e caiu sentada. Vários guerreiros vieram correndo do auditório para ajudá-la a se levantar, e então me agachei, fingindo perguntar se ela estava bem, e sussurrei: – Acho que você devia pensar duas vezes antes de me tirar do sério, sua velha.

– Muitas águas ainda vão rolar entre nós duas – ela sibilou.

– Quanto a isso concordo plenamente – eu disse.

Então me afastei dela, deixando-a cercada de guerreiros e dos demais novatos e *vamps* que vinham aos montes do auditório. Cheguei a ouvi-la dizendo que apenas havia quebrado um salto e estava tudo bem, até que juntou tanta gente que já não dava mais para vê-la nem ouvi-la.

Não esperei que as gêmeas e Damien viessem me ignorar. Dei as costas a todos e estava indo direto para o dormitório quando Erik saiu de repente das sombras do muro do auditório. Estava com os olhos arregalados e uma expressão de terror, muito abalado e pálido. Obviamente, ele havia testemunhado a cena entre mim e Neferet. Empinei o queixo e olhei bem naqueles olhos azuis que me eram tão familiares.

– É, tem muito mais coisas em jogo do que você pensava – eu disse.

Ele balançou a cabeça, mais de surpresa do que duvidando: – Neferet... ela é... ela é... – ele gaguejou, olhando para a verdadeira multidão que ainda cercava a Grande Sacerdotisa.

– Que ela é uma cachorra do mal? São estas as palavras que você está procurando? Pois ela é, sim – foi bom dizer aquilo. Principalmente por estar dizendo a Erik. Eu quis explicar melhor, mas parei ao ouvir as palavras seguintes.

– Isto não muda o que você fez.

De repente não senti nada além de um extremo, enorme cansaço: – Eu sei, Erik.

Sem dizer mais nada, fui me afastando dele.

O dia estava começando a nascer, e a escuridão estava ganhando os tons pastéis de uma manhã nebulosa. Respirei fundo, inalando o friozinho do novo dia. Os confrontos com Neferet e Erik produziram em mim uma estranha calma e meus pensamentos se organizaram facilmente em duas pequenas colunas.

No lado positivo: primeiro, minha melhor amiga não era mais um monstro morto-vivo sedento de sangue. Claro que eu não sabia direito no que ela havia se transformado, aliás, nem sabia onde ela estava. Segundo, eu não tinha mais que me revezar entre três namorados. Terceiro, eu não estava mais Carimbada com ninguém, o que também era uma coisa boa. Quarto, Aphrodite não estava morta. Quinto, eu disse aos meus amigos um monte de coisas que estavam presas há muito tempo. Sexto, eu não era mais virgem.

No lado negativo: primeiro, eu não era mais virgem. Segundo, não tinha mais namorado. Nenhum. Terceiro, eu podia ter causado a morte do Poeta *Vamp* Laureado e, mesmo não tendo sido eu, devia ter sido alguém da minha família. Quarto, Aphrodite voltara a ser humana e estava nitidamente surtada. Quinto, a maioria dos meus amigos estava "p" da vida comigo e não confiava mais em mim. Sexto, eu não parava de mentir para eles, pois ainda não podia deixar que soubessem a verdade sobre Neferet. Sétimo, eu estava bem no meio de uma guerra entre vampiros (que eu não era ainda) e humanos (que eu não era mais). E, para completar em grande estilo, oitavo, a Grande Sacerdotisa *vamp* mais poderosa de nossos tempos era minha inimiga mortal.

– *Miaau-ff*! – a vozinha reclamona de Nala me avisou a tempo que era bom eu abrir os braços antes de ela pular.

Fiz carinho nela: – Um dia você vai pular rápido demais e acabar caindo sentada – sorri, relembrando. – Como Neferet, caindo de bunda no chão.

Nala ligou o botão de ronronar e esfregou o rosto no meu.

– Bem, Nala, acho que estamos bem no meio de uma grande cagada. O lado negativo da minha vida está bem mais forte que o positivo, e você sabe o que é mais esquisito? Estou até começando a me acostumar – Nala continuou ronronando feito um motor, e eu dei um beijo na manchinha branca de seu focinho. – A barra vai pesar, mas acredito sinceramente que Nyx me Escolheu, o que significa que ela vai ficar do meu lado – Nala soltou um miadinho de gata velha e eu tratei de me corrigir logo. – Quero dizer, *nós*. Nyx vai estar do nosso lado – troquei Nala de braço para poder abrir a porta do dormitório. – É claro que o fato de Nyx me Escolher me faz duvidar um pouco de sua capacidade de decisão – murmurei, meio que de brincadeira.

Acredite em si mesma, Filha, e prepare-se para o que virá.

Dei um grito ao ouvir a voz da Deusa em minha mente. Que maravilha. *Prepare-se para o que virá* não soou nada bem. Olhei para Nala e suspirei: – Lembra da época em que ter um aniversário sem graça era o nosso maior problema?

Nala espirrou bem na minha cara, me fazendo rir enquanto eu dizia "eeca" e corria para dentro do quarto para pegar a caixa de lenço de papel que deixara na mesinha de cabeceira.

Como sempre, Nala resumiu minha vida perfeitamente: meio engraçada, meio grosseira e bastante zoneada.

Descubra o que acontecerá em

Indomada

o próximo livro da fascinante série
The House of Night

1

O *crá! crá! crá!* de uma gralha idiota não me deixou dormir a noite inteira. (Bem, para ser mais precisa, o dia inteiro – é que, sabe, sou uma vampira novata e existe toda aquela história de trocar o dia pela noite.) Enfim, não preguei o olho na noite/dia passado. Mas, no momento, essa droga de noite em claro é a coisa mais fácil de encarar, porque a vida é um inferno quando a gente está de mal com os amigos. Eu sei bem. Eu sou Zoey Redbird, atualmente a incontestável Rainha da República dos Amigos "P" da Vida.

Persephone, a enorme égua cor de canela que considerava minha enquanto morasse na Morada da Noite, virou a cabeça e esfregou o focinho no meu rosto. Beijei seu focinho macio e voltei a esfregar seu pescoço. Escovar Persephone era algo que sempre me ajudava a pensar e a me sentir melhor. E eu, com certeza, precisava das duas coisas.

– Tudo bem, consegui evitar o Grande Confronto por dois dias, mas não dá mais para continuar assim – eu disse à égua. – Sim, eu sei que eles estão no refeitório agora, jantando juntos, superamiguinhos e me deixando totalmente de fora.

Persephone resfolegou e voltou a mastigar feno.

– É, eu sei que eles também estão sendo uns babacas. Claro que eu realmente menti para eles, mas na verdade foi mais uma omissão. Tudo bem que os deixei de fora de alguns assuntos. Mas foi basicamente pensando no bem deles mesmos – suspirei. Bom, foi para o bem deles que eu não havia dito que Stevie Rae tinha virado morta-viva. Minha história com Loren Blake, Poeta *Vamp* Laureado e professor da Morada da Noite, bem, isso foi mais pensando em mim mesma. Mas mesmo assim. Persephone levantou a orelha para me ouvir. – Eles estão me julgando demais.

Persephone resfolegou de novo. Suspirei novamente. Droga. Eu não aguentava mais ficar evitando o pessoal.

Depois de dar mais uns tapinhas no lombo da doce égua, fui saindo lentamente da baia em direção à sala de equipamentos e guardei as escovas que havia usado nela por uma hora. Respirei fundo o cheiro de couro e de cavalo para que aquela mistura relaxante me acalmasse os nervos. Ao ver meu reflexo no vidro da janela da sala de equipamentos, automaticamente passei os dedos pelos meus cabelos negros, tentando deixá-los menos desgrenhados. Eu havia sido Marcada como vampira novata e me mudado para a Morada da Noite fazia pouco mais de dois meses, mas já dava para perceber que meus cabelos estavam mais grossos e mais compridos. E ganhar cabelos maravilhosos foi apenas uma das muitas mudanças que me aconteceram. Algumas dessas mudanças foram invisíveis – como o fato de eu ter afinidade com todos os cinco elementos. Já outras eram bem visíveis – como as peculiares tatuagens que me emolduravam o rosto com curvas intrincadas e exóticas, sendo que, diferentemente de qualquer vampiro novato ou adulto, o desenho em tom de safira se espalhava pelo pescoço e ombros abaixo, alcançando a espinha e, mais recentemente, a cintura, uma pequena novidade que só eu, minha gata Nala e nossa Deusa Nyx sabíamos. Como se eu tivesse mais alguém para mostrar.

– Bem, até dois dias atrás você tinha não apenas um, mas três namorados – eu disse, olhando para minha imagem no vidro com olhos pesados e um meio sorriso cético. – Mas você deu um jeito nisso, não deu? Agora você não tem namorado nenhum, só que ninguém vai voltar a confiar em você de novo por pelo menos, sei lá, alguns zilhões de anos – tirando Aphrodite, que surtou geral e caiu fora dois dias atrás, achando que de repente tinha virado humana outra vez, e Stevie Rae, que foi atrás da surtada Aphrodite por se sentir culpada pela transformação de novata a humana quando tracei um círculo, o que a transformou de morta-viva sinistra em vampira esquisita de tatuagem vermelha. Mas ao menos ela voltara a ser a Stevie Rae de antes. – Seja como for – eu disse em voz alta –, você conseguiu ferrar com todo mundo que entrou em sua vida. Bom trabalho!

Meus lábios começaram a tremer e senti as lágrimas se formando nos olhos. Não. Ficar de olhos vermelhos não ia ajudar em nada. Tipo, na boa, se ajudasse em alguma coisa, meus amigos e eu já teríamos feito as pazes. O negócio era encará-los de frente e tentar dar um jeito na situação.

A noite de fim de dezembro estava fria e um pouquinho nebulosa. Ao longo da calçada entre a área da estrebaria e da arena esportiva e o edifício principal da escola os lampiões a gás cintilavam com pequenos halos de luz amarela, dando um toque de beleza antiga ao lugar. Na verdade, o campus inteiro da Morada da Noite era belíssimo e sempre me pareceu pertencer mais a uma lenda tipo Rei Arthur do que ao século vinte e um. *Eu adoro isto aqui,* procurei lembrar. *É meu lar. É o meu lugar. Vou fazer as pazes com meus amigos e então tudo vai dar certo.*

Eu estava mordendo o lábio, preocupada em descobrir exatamente como ia fazer as pazes com meus amigos, quando meu estresse mental foi interrompido por um barulho esquisito de asas batendo que tomou conta do ambiente ao meu redor. Algo naquele som me provocou um frio na espinha. Olhei para cima. Não havia nada acima de mim, a não ser o breu, o céu e os galhos secos dos enormes carvalhos que margeavam a calçada. Fiquei arrepiada e me senti a um passo da morte, e a noite antes suave e nebulosa ficou soturna e malévola.

Peraí! Soturna e malévola? Ora, que bobeira! O que ouvi provavelmente não era nada mais sinistro do que o vento soprando por entre as árvores. Nossa, eu estava ficando pirada.

Balançando a cabeça em autocensura, continuei caminhando, mas depois de dois passos a coisa aconteceu de novo. Ouvi o barulho esquisito de asas batendo acima de mim e senti na pele um sopro de ar forte e uns cinco graus mais frio. Automaticamente levantei a mão, imaginando morcegos, aranhas e todo tipo de coisas nojentas.

Meus dedos encontraram um vazio, mas um vazio glacial, e uma dor gelada me cortou a mão. Completamente surtada, dei um berro e apertei minha mão junto ao peito. Por um momento fiquei sem saber o que fazer, e meu corpo se paralisou de medo. O bater de asas ficou mais alto, e o frio mais intenso, até que finalmente resolvi me mexer. Abaixei a cabeça e fiz a única coisa que podia. Corri até a porta mais próxima.

Depois de correr para dentro, bati a grossa porta de madeira e, arfando, fui espiar pela janelinha em forma de arco que havia no meio da porta. A noite se mexia e boiava debaixo dos meus olhos como se uma tinta preta tivesse sido jogada sobre uma página preta. Mas eu continuava sentindo aquele medo terrível e glacial. O que estava acontecendo? Quase sem perceber o que estava fazendo, sussurrei: – Fogo, eu o invoco. Preciso de seu calor.

O elemento respondeu imediatamente, aquecendo o ar ao meu redor como se eu estivesse perto de uma relaxante lareira. Ainda espiando pela janelinha, apertei as palmas das mãos contra a grossa madeira da porta: – Lá para fora – murmurei. – Mande seu calor lá para fora também – o elemento projetou seu calor através da porta e alcançou a noite do outro lado. Ouvi um chiado, que pareceu o som de calor emanando de gelo seco. A névoa se agitou, grossa e densa, me deixando tonta e um pouquinho enjoada, e o estranho breu começou a evaporar. Então o calor dominou totalmente o frio e, tão de repente quanto começara, a noite ficou normal e tranquila de novo.

O que havia acabado de acontecer?

Minha mão dolorida desviou minha atenção da janela. Olhei para baixo. Havia manchas vermelhas nas costas da mão, como se algo com garras ou unhas tivesse me arranhado a pele. Esfreguei as marcas de aparência feroz, e minha pele doeu como se tivesse sido queimada a ferro.

Então me bateu uma sensação dura e esmagadora, e foi aí que meu sexto sentido me mostrou que a Deusa havia me avisado que eu não devia ficar lá sozinha. O frio que envenenara a noite – aquele não-sei-o-que fantasmagórico que me perseguiu e machucou minha mão – se transformou em mau presságio e, pela primeira vez em muito tempo, fiquei com medo de verdade, completamente apavorada. Não com medo por meus amigos. Nem por minha avó, nem pelo meu ex-namorado humano, nem mesmo pela minha mãe desnaturada. Estava com medo por mim mesma. Eu não estava simplesmente *querendo* a companhia de meus amigos; eu precisava deles.

Ainda esfregando a mão, forcei minhas pernas a se mexerem e não me restou a menor sombra de dúvida de que era melhor enfrentar a mágoa e a decepção dos meus amigos do que aquele troço escuro que me esperava em algum ponto escondido da noite.

Vacilei por um segundo e fiquei em frente à porta aberta da agitada "sala de jantar" (também conhecida como refeitório da escola), observando os outros garotos conversando à vontade e felizes uns com os outros. Quase me deixei abater pelo súbito desejo de ser apenas uma novata como outra qualquer e não ter nenhuma habilidade extraordinária nem as responsabilidades que vêm com essas habilidades. Por um segundo, quis tanto ser normal que tive dificuldade de respirar.

Então senti em minha pele um vento suave que parecia aquecido por uma chama invisível. Senti o cheiro do oceano, apesar de não haver nem sombra de oceano perto de Tulsa, Oklahoma. Ouvi o canto dos pássaros e senti cheiro de grama recém-cortada. E meu espírito vibrou em silenciosa alegria ao reconhecer os poderosos dons concedidos pela Deusa, dons de afinidade com todos os cinco elementos: ar, fogo, água, terra e espírito.

Eu não era normal. Era diferente de todos os novatos e de todos os vampiros, e não era certo de minha parte desejar ser diferente. E parte da minha não normalidade me dizia que eu tinha que ir até lá e tentar fazer as pazes com meus amigos. Empinei as costas, olhei ao redor do recinto com olhos livres de autopiedade e encontrei sem dificuldade meu grupo especial sentado no lugar de sempre.

Respirei fundo e atravessei o refeitório rapidamente, acenando ou sorrindo brevemente para o pessoal que me dizia oi. Percebi que todos continuavam me cumprimentando com a mesma mistura de respeito e reverência de sempre, o que significava que meus amigos não andaram falando mal de mim para todo mundo. Também significava que Neferet ainda não havia declarado guerra contra mim. Ainda.

Peguei uma saladinha e um refrigerante de cola. Então, agarrando minha bandeja com tanta força que estava ficando com os dedos brancos, fui direto para nossa mesa e me sentei ao lado de Damien como antigamente.

Ninguém olhou para mim, mas a conversa espontânea morreu no mesmo instante, coisa que eu odiava demais. Tipo, o que pode ser mais horrível do que se aproximar de um grupo de supostos amigos e a conversa morrer de um jeito que não deixa dúvida de que eles estavam falando de você? Eca.

– Oi – eu disse ao invés de sair correndo ou cair no choro como me deu vontade. Ninguém disse nada.

– Então, quais as novas? – perguntei a Damien, ciente de que meu amigo *gay* era naturalmente o ponto mais frágil da corrente do "dar-um-gelo-na-Zoey".

Infelizmente, foram as gêmeas quem me responderam e não Damien, que era *gay* e, portanto, mais sensível e educado.

– Merda nenhuma, não é gêmea? – Shaunee disse.

– Isso aí, gêmea, merda nenhuma. Porque a gente não pode ficar sabendo de merda nenhuma – Erin acrescentou. – Gêmea, sabia que somos totalmente não confiáveis?

– Só fiquei sabendo recentemente, gêmea. E você? – Shaunee perguntou.

– Também só fiquei sabendo recentemente – Erin completou.

Tudo bem, as gêmeas não são gêmeas de verdade. Shaunee Cole é uma americana de origem jamaicana e pele cor de caramelo que havia sido criada na Costa Leste. Erin Bates é uma linda loura nascida em Tulsa. As duas se conheceram depois de Marcadas, quando se mudaram no mesmo dia para a Morada da Noite. Elas se identificaram no mesmo instante – como se genética e geografia jamais tivessem existido. Elas literalmente terminam as frases uma da outra. E, naquele momento, estavam me encarando com seus olhares gêmeos de desconfiança.

Deus, aquelas duas me cansavam.

E também me irritavam. Não, eu não compartilhei meus segredos com elas. Sim, eu menti para elas. Mas tive de fazer isso. Bem, no geral, tive que fazer. E aquela hipocrisia gêmea estava me dando nos nervos.

– Obrigada pelo adorável comentário. E agora vou tentar perguntar a alguém que não precisa responder em uma versão estéreo da insuportável Blair de *Gossip Girl* – virei a cabeça e olhei diretamente para Damien, apesar de ouvir as gêmeas bufando, prontas para dizer algo de que eu esperava elas se arrependessem um dia. – Bem, o que eu realmente queria saber quando perguntei quais eram as novas é se vocês repararam em algo assustador, fantasmagórico, algum troço esquisito e esvoaçante ultimamente. Repararam?

Damien é um cara alto e muito bonitinho, dono de excelente estrutura óssea e de olhos castanhos que costumavam ser calorosos e expressivos, mas que naquele momento estavam desconfiados e bem frios. – Um fantasma esvoaçante? – ele perguntou. – Desculpe, mas não faço ideia do que você está falando.

Senti um aperto no coração ao ouvir o tom estranho que ele usava para falar comigo, mas procurei me concentrar no fato de ele pelo menos ter me respondido: – Quando eu estava saindo da estrebaria, algo meio que me atacou. Não consegui ver nada, mas era um troço frio que me deixou a maior mancha na mão – levantei a mão para mostrar, e a mancha não estava mais lá.

Que ótimo.

Shaunee e Erin bufaram ao mesmo tempo. Damien só fez uma cara muito, muito triste. Eu estava abrindo a boca para explicar que havia uma mancha minutos antes quando Jack veio correndo.

– Ah, oi! Desculpe pelo atraso, mas quando estava vestindo a camisa descobri uma mancha paquidérmica na frente. Dá para acreditar nisso? – Jack disse enquanto corria com sua bandeja de comida para se sentar ao lado de Damien.

– Uma mancha? Não é naquela camisa Armani linda, azul de mangas compridas, que te dei de Natal, é? – Damien perguntou, abrindo espaço para o namorado se sentar.

– *Aimeudeus*, não! Jamais derramaria nada nela. Adoro aquela camisa e... – suas palavras morreram quando ele olhou para mim. Ele engoliu em seco. – Ah, ahn. Oi, Zoey.

– Oi, Jack – respondi, sorrindo para ele. Jack e Damien estão juntos. *Hello*. Eles são *gays*. Meus amigos e eu, como qualquer pessoa que não seja bitolada nem moralista, não temos nenhum problema com isso.

– Eu não esperava ver você – Jack balbuciou. – Achei que você ainda estivesse... ahn... bem... – ele não conseguiu formular a frase, parecia desconfortável e estava ficando vermelho.

– Você achou que eu ainda estava me escondendo no meu quarto? – completei para ele.

Ele fez que sim.

– Não – respondi com firmeza. – Cansei disso.

– Nossa que *meda* – Erin começou, mas, antes que Shaunee pudesse continuar com o deboche de sempre, uma risada primitivamente sensual veio da porta atrás de nós. Então nos viramos para olhar e ficamos de queixo caído.

Aphrodite entrou no recinto, rindo e piscando os olhos para Darius, um dos mais jovens e mais gostosos guerreiros dos Filhos de

Erebus que protegiam a Morada da Noite, e jogou os cabelos para trás em um gesto gracioso. Aquela garota sempre tinha sido do tipo multitarefa, mas fiquei passada de ver a cara dela, normal, controlada e totalmente tranquila. Apenas dois dias atrás ela estava quase morta e depois ficou totalmente surtada ao ver que desaparecera de sua testa o desenho de lua crescente cor de safira que todos os novatos tinham e que significava que haviam sido Marcados para começar a Transformação através da qual virariam vampiros ou morreriam.

O que significava que ela, de alguma maneira, havia se transformado em humana novamente.